AtV

Sylvie Germain wurde 1954 in Châteauroux als Tochter eines Unterpräfekten geboren. Nach einem Philosophiestudium an der Sorbonne wandte sie sich bald der Literatur zu. Sie schrieb zunächst Novellen und Erzählungen für Kinder, bevor sie 1985 mit ihrem ersten Roman, dem »Buch der Nächte«, Aufsehen beim Publikum wie bei der Kritik erregte: Entgegen allen intellektuellen literarischen Moden trat sie mit einem Buch an, das lebt vom Kontrast einer dichten, poetischen Schreibweise zur Dramatik seiner Handlung und Unglaublichkeit, ja Märchenhaftigkeit seiner Bilder, in die der Leser der Erzählerin bald wie selbstverständlich folgt.

Dem »Buch der Nächte« – das mit einigen anderen ihrer Bücher heute in 14 Sprachen übersetzt ist – folgten die Romane »Bernsteinnacht« (1987, dt. 1993), »Tage des Zorns« (1989, dt. 1992, AtV 1993), »Das Medusenkind« (1991, dt. 1992), »Die weinende Frau in den Straßen von Prag« (1992, dt. 1994), »Immensités« (1993, Übersetzung in Vorbereitung beim Aufbau-Verlag).

Das Mädchen Lucie lebt eine verträumte Kindheit in einem kleinen Ort des Berry, einer Landschaft, bevölkert von Blumen, Vögeln, Insekten, Kröten, unsichtbaren Feen und Legenden. Aber der stille Zauber dieser Kindheit wird plötzlich gebrochen. Ein Oger zieht durchs Land, ein Unhold, der gierig ist auf den Körper kleiner Mädchen. Auch Lucie wird sein Opfer, doch tötet er sie nicht, wie vor ihr zwei Mädchen, sondern zerstört durch seine finsteren Lüste allmählich alle Unschuld in ihr, alle Lebensfreude, ihre Zärtlichkeit und Güte. Dieser Oger, der sie so unwiderruflich verletzt, ist ihr sehr viel älterer Bruder, der sie über lange Zeit sexuell mißbraucht. Die Nacht für Nacht sich wiederholende Schmach, der Ekel, der Haß, die Angst, gleichfalls umgebracht zu werden, wenn sie redete, lassen Lucie mit der Zeit zu einem borstigen Mädchen werden, das sich in Einsamkeit verschließt. Doch eines Tages gewinnt ihr dunkler, lodernder Blick – gleich dem der Gorgonentochter Medusa – die ungeheure Kraft, den Oger zu versteinern.

Sylvie Germain

Das Medusenkind

Roman

Aus dem Französischen
von Josef Winiger

Aufbau Taschenbuch Verlag

Titel der Originalausgabe

L'Enfant Méduse

ISBN 3-7466-1040-0

1. Auflage 1995
Aufbau Taschenbuch Verlag GmbH Berlin

Umschlaggestaltung Bert Hülpüsch
Satz LVD GmbH, Berlin
Druck Elsnerdruck, Berlin
Printed in Germany

Für Linda und Henri de Meyrignac

Durch euer stillschweigendes Sterben
habt ihr eines Tages, ganz ohne Absicht,
einen großen Apfelbaum erblühen lassen
mitten im Winter.

Jules Supervielle

Kindheit

Zur selben Zeit, spricht Gott der Herr,
will ich die Sonne am Mittag untergehen und
das Land am hellen Tage finster werden lassen.

Amos, 8, 9

Miniatur I

Eine Nacht wider alle Gewohnheit und Regel hat den hellichten Tag überrascht. Der Mond, der eben noch nicht zu sehen gewesen, erscheint hoch am Himmel, schwarz und ungestüm bricht er sich Bahn. Der Mond hat sich vom nächtlichen Anker gerissen, er hat sich gegen den purpurn und stahlblau wogenden Wolkenstrom geworfen, der ihn sonst zur Schwelle seiner Bahn geleitet. Er hat die Ordnung der Zeit durchbrochen, jegliches Maß und Gesetz verneint. Der Mond ist tintenschwarz, er ist von der Farbe des Krieges und des Wahns – er setzt zum Sturm auf die Sonne an.

Der Mond überrollt die Sonne, deren Korona zu schmelzen beginnt. Die Sonne bewehrt sich mit langen weißglühenden Federn, windet bleiche Krakenarme um den Rand der Mondscheibe. Ein riesiger Schatten fällt auf die Erde und bedeckt sie im Flug. Boden, Mauern, Dächer, alles zittert, alles scheint zu erschauern, sich in grauen Wellen zu kräuseln.

Eine jähe Kälte bricht herein und ergreift die Lebewesen, die Bäume, die Steine. Die Vögel sind verstummt, mit pochenden Herzen kauern sie auf ihren Ästen. Es fehlt ihnen der Flug, um in einen so leeren und düsteren Himmel aufzuschwingen, es fehlt ihnen der Gesang, um in eine solche Stille einzustimmen. Die Hunde knurren, sie ducken sich in die Häuser und Höfe. Ihr Rückgrat ist steif, ihre Weichen gespannt. Sie stimmen ein klagendes Geheul an, als läge die Witterung eines Wolfs in der Luft. Eines sehr großen Himmelswolfs mit aschgrauem Fell.

Auch die kleinen Kinder bekommen Angst, einige fangen zu weinen an. Der Himmelswolf frißt das Licht auf.

Indes ist der Himmel schön. Der Mond hat den Leib der Sonne verschlungen. Für einen Augenblick vermählen sich die beiden Gestirne in einer Umarmung von Finsternis und Glut. Der aschig leblose Leib des einen legt sich auf den feurig lebendigen Leib des anderen. Das Licht züngelt um die dunkle Scheibe herum, mit einer rosa- und silberfarbenen Aureole umkränzt es die von Kratern und toten Meeren zerklüftete, staubüberzogene Kugel. Und im ganzen Umkreis leuchten die Sterne auf.

Wie Myriaden von Augen aus unvordenklichen Zeiten funkeln die Sterne, ihr kalter goldener Blick ruht auf dem Paar, das da ringend sich umschlingt und in der Lust verschmilzt.

Es ist nicht Tag, es ist nicht Nacht. Es ist eine ganz andere Zeit, ein flüchtiger Berührungspunkt zwischen den Minuten und der Ewigkeit, zwischen dem Entzücken und dem Entsetzen. Das Herz der Welt liegt bloß – ein dunkles Herz mit Glorienschein.

Und Ahnungen keimen auf einmal in den Seelen der Menschen über das, was ihr Schicksal sein mag im Wind der Zeiten, im Fleisch der Welt: Wer weiß, ob ihr Tod nicht nach diesem Bilde sein wird, das da oben über ihren Köpfen gleißt. Könnte es also sein, daß ein für immer erloschener Leib sich mit reinem Licht gürtet, perlmuttschimmernde Feuerlanzen aufrichtet, ein letztes Mal im Glanz erzittert wie im Tiefsten der Liebe? Kann es wirklich sein, daß ein Leib sich so dem Tode entwindet und in Verlangen erglüht? Wer weiß!

Es liegt denn auch eine sehr sanfte Rührung in den himmelwärts gerichteten Augen der Menschen.

Gleichwohl lassen sie Vorsicht walten beim Schauen. Die Menschen sind von furchtsamer Art. Ihr Wissens-

durst ist groß, ihre Schreckhaftigkeit noch größer. Wer immer die Sonnenfinsternis beobachtet, blickt durch ein rußgeschwärztes Glas. Wenn die Schönheit in ganzer Helle erstrahlt, versehrt sie die Augen der Menschen.

Im Schulhof sind alle Kinder versammelt. Sie verrenken sich den Hals, damit ihnen nichts von dem Himmelsschauspiel entgeht, das sie vielleicht ihr Leben lang nicht mehr zu sehen bekommen. Sie blinzeln hinter ihren geschwärzten Glasscheiben. Über den dämmerigen Hof verteilt, haben sich unbewegliche Gruppen gebildet. Es ist, als hätten sich Schwärme von Insekten mit großen Augen aus Lavaglas hier niedergelassen; scheue Insekten, die unruhig den bleigrauen Himmel beäugen, um im nächsten Augenblick wieder zu ihrem tanzenden Flug abzuheben. Sie verhalten den Atem. Die ihnen vertrauten Gestirne vollbringen Großartiges. Es dunkelt am hellichten Tag, der Mond hat der Sonne das Licht gestohlen.

Sie schauen und schauen, sie hätten so gern, wenn das Wunder andauerte, die sonderbare Erscheinung am Himmel bliebe, der Mond noch andere Kunststückchen erfände. Doch es geht alles so schnell; schon gleitet der Mond ab, er taumelt und verschwindet im aufstrahlenden Tageslicht. Auf seiner Flucht nimmt er die Nacht, die Sterne und den so schönen Zauber mit, den er für einen Augenblick am Himmel geschaffen hat.

Nur die Sonne bleibt. Ihre rosa Aureole und die hohen weißlichen Flammen hat sie verloren. Die Kinder senken ihre gläsernen Masken, ihr Hüpfen und Schnattern setzt wieder ein.

Doch ein Kind bleibt stumm, das Gesicht zur Sonne gewandt. Ein strahlendes Lächeln verharrt auf seinen Lippen. Ein kleines Mädchen steht neben ihm. Es hat große schwarze Augen – so groß, daß sie das ganze Gesicht überstrahlen und ihm einen unendlich verwunderten, ein wenig drolligen Ausdruck verleihen. Sie zieht den Jungen sachte an einem Zipfel des Mantels. Beide

Kinder haben einen roten Wollschal um den Hals geschlungen.

Vom Mond ist nichts mehr zu sehen, doch die silbergraue Finsternis, mit der er für einige Minuten die Erde umhüllt hat, blendet noch immer die Augen dieser Kinder; sie wogt unter ihren Lidern, kräuselt sich unter ihrer Haut, bildet Wirbel in ihren Herzen.

Ihre Augen strahlen vor Fröhlichkeit, ihre Herzen tanzen vor Freude. Die Welt ist für sie noch Bezauberung.

Legende

Die Welt ist für sie noch Überraschung, das Leben steht vor ihnen als ein Spiel. Ein großes Abenteuerspiel, dessen Regeln sie zu entziffern beginnen. Die Tage ihrer Kindheit sind leicht und heiter. Sie sind Seifenblasen, ins Licht geschickt.

Der Junge ist Louis-Félix Ancelot. Er ist elf Jahre alt, hat krauses, kupferfarbenes Haar, ein sommersprossiges Gesicht und haselnußbraune Augen. Er ist kurzsichtig, trägt eine Hornbrille, und hinter den dicken Gläsern blinzelt er unentwegt. Denn zu brennend ist seine Neugier auf alle Dinge dieser Welt, zu unbändig seine Lust, das Sichtbare zu sehen, und zu groß vor allem seine Leidenschaft für die Gegenden des Himmels. Diese Begeisterung für den Himmel hat ihn in frühester Kindheit ergriffen; schon immer haben die Sterne, die Himmelskörper, die fernen Planeten seinen Blick gebannt. Er erinnert übrigens gerne daran, daß er in der dunkelsten Stunde einer Sommernacht geboren ist, unter mond- und dunstlosem Himmel. Unter klarster Sternenpracht. In seiner Geburtsstunde kulminierte die Wega im strahlenden Bild der Leier. Und die Leier soll in jener Nacht einen sehr hellen Ton ausgesandt haben, der bis unter die Augenlider des neugeborenen Kindes drang und seitdem im verzauberten Herzen des Jungen zu immer mächtigerer Musik anschwillt.

Sein Herz, sein Blick, sein Denken und Wünschen – sein ganzes Wesen ist gefangengenommen von dieser so nahen anderen Welt, die jede Nacht über ihm zu funkeln anhebt. Dort oben, in der Unendlichkeit.

Dort oben, am Himmel, wo Auge und Begeisterung an keine Schranke stoßen. Immer gegenwärtig ist er, der Himmel, bei Tag und bei Nacht, in der Morgendämmerung und in der Abenddämmerung. Weit ist er, der Himmel, rosa, blau, orangerot, lila und purpurn, schiefer-, metall- und pechkohlengrau. Fruchtbar ist er, der Himmel, mit seinen Sternendolden, mit den auf- und zugehenden Mondblumen, mit all seinen Sonnen, die bald Disteln, bald blutroten Riesenbeeren, bald fahlen Aigrettenkugeln gleichen. Tief ist er, der Himmel, mit den Galaxien, die an seinen Rändern schweben, und sogar über sie hinweg, um in gähnendes Niemandsland abzudriften. Leicht ist er, der Himmel, und sanft, mit seinen Sternwolken, seinen Kumulusgebirgen, seinen Nebelschwaden und seinem Schnee, mit seinen Regenbogen. Zum Fürchten auch ist er, der Himmel, mit seinen Stürmen, seinen Blitzen, seinen Meteoriteneinschlägen.

Er ist ein Buch, der Himmel, ein großes Buch mit Bildern aus Kräften und Geschwindigkeiten. Ein Buch mit lebenden Seiten, die sich einrollen, verdrehen, fortfliegen, zerreißen und sich wieder zusammenfügen, immer gleich und doch jedesmal neu. Er ist ein Text, der sich immerfort neu schreibt, fortsetzt, mit neuen Bildern schmückt. Er ist Louis-Félix' liebstes Bilderbuch. Doch da sind noch unzählige Seiten, die er nicht gelesen, unzählige Bilder vor allem, die er noch nicht betrachtet hat. Das Bilderbuch ist endlos und schwer zu lesen. „Wenn ich groß bin, werde ich Astronom", verkündet Louis-Félix. Und er ist felsenfest von seiner Berufung überzeugt. Er arbeitet schon jetzt auf seinen schönen Traum hin; der kleine Sternenanbeter weiß, daß er viel studieren muß, um ein richtiger Gelehrter zu werden. In seiner Ungeduld und seinem Eifer verschlingt er sämtliche Artikel und Bücher für Astronomieliebhaber, die er auftreiben kann. Auf seinem Nachttisch liegt ein Himmelsatlas, die Wände seines Zimmers sind mit Plakaten und Aufnahmen des Sternenhimmels bedeckt, die er aus Illustrierten ausgeschnitten hat. Über seinem Bett klebt eine Himmelskarte an der Zimmerdecke, und seine Leselampe ist ein großer Himmelsglobus aus Plexiglas, der ein bläuliches Licht verströmt. Abend für Abend schläft er in einer künstlichen Firmamenthöhle ein, und sein Schlaf ist erfüllt von glitzerndem Sonnenstaub, funkelnden Sternen und schimmernden Nordlichtern. Im Traum umkreist er Planeten, fliegt im Sonnenwind dahin, durchsegelt die Milchstraße, rennt in der Unendlichkeit des Himmels wie ein Schmetterlingsjäger hinter Meteoren her.

Zu seinem zehnten Geburtstag hat er ein prächtiges Fernglas geschenkt bekommen. Für ihn, den kurzsichtigen Sternennarr, war es ein doppeltes Wunder. Er hatte jetzt Augen, mit denen er Entferntes sehen konnte – und sogar vergrößert. Man hatte ihm Zauberaugen geschenkt, mit denen er Unsichtbares sehen, das Außerirdische betrachten, hinter die Kulissen der Welt blicken konnte. Auf das lichtbogenblaue Glanzpapier, in dem das Geschenk verpackt war, hatte seine Mutter geschrieben: „Unserem kleinen Prinzen der Sterne."

Ein Königreich hatte der kleine Prinz schon – den Himmel. Nun brauchte er auch einen Palast. Den schuf er sich im Speicher, dort hat er sich ein Observatorium eingerichtet. Dieses Observatorium beschränkt sich auf einen Hocker vor dem Fenster; weil das Fenster so tief ist, hat er die Beine abgesägt, er sitzt also fast auf dem Boden. Dazu hat er sich einen Dreifuß mit einem Brettchen als Auflage für die Ellbogen gebaut, damit er das Fernglas ruhig halten kann. Neben seinen Sitz hat er eine umgekehrte Obstkiste gestellt, auf der seine Arbeitsmittel bereitliegen: eine globale Himmelskarte, eine Detailkarte seiner Gegend, einen Kalender, einen Wecker, Millimeterpapier, zwei Hefte, ein Federmäppchen mit Bleistiften, Kugelschreibern, Lineal, Radiergummi, Winkelmesser und Zirkel. Während seiner Beobachtungsstunden macht er Aufzeichnungen, Messungen, fertigt Graphiken und Skizzen an. Und manchmal schreibt er auch seine Gedanken auf. Ins Heft mit dem gelben Umschlag kritzelt er durcheinander seine Notizen und Skizzen, ins Heft mit dem blauen Umschlag schreibt er säuberliche Einträge. Im gelben Heft ist er der Astronomenlehrling, im blauen Heft ist er der Sänger des Firmaments.

Doch der kleine Sternenkönig träumt davon, sein Reich auszubauen. Sein großer Wunsch ist jetzt ein Teleskop. Wenn er erst einmal ein solches besitzt, wird er wirklich König sein. Seine sonstige Ausrüstung hat sich inzwischen beträchtlich vermehrt; zum elften Geburtstag hat er einen Fotoapparat bekommen. Eifrig macht er sich nun daran, die Sterne und vor allem den Mond abzulichten. Seine Augen haben ein weiteres Wunder erlebt: Sein Blick hat ein dauerhaftes Gedächtnis erhalten, das er sogar anfassen kann in Gestalt schwarzweißer Rechtecke aus Glanzpapier, die Monat für Monat mehr werden. Er, der am Tag mit so schlechten Augen bestraft ist, entwickelt in den Nächten, die er aufbleiben und in seinem Obervatoriumspalast verbringen darf, eine fabelhafte Sehkraft. Da ist sein Blick geradezu famos, er ist nicht nur präzis und aufmerksam, er hinterläßt sogar Spuren, die von seinem beharrlichen Staunen Zeugnis ablegen. Aschenputtel ging am Tage in Lumpen und Holzpantinen, doch des Nachts tanzte sie in goldenen Pantoffeln und prächtigen Kleidern. Louis-Félix fühlt sich ein wenig als Aschenputtels Bruder; seine Ballnächte finden in seinem Himmelsspeicher statt, wo er, angetan mit einem Herrscherblick, mit dem Mond und den Sternen tanzt. Für Stunden vergißt er die Kurzsichtigkeit des Tages, da legt er die Augen der Herrlichkeit an.

*

Louis-Félix gilt als sonderbares Kind. Es heißt von ihm, er sei zu intelligent für sein Alter, sein Wissensdrang und sein Gedächtnis seien ungewöhnlich. Er hat schon zwei Klassen übersprungen. Seine Lehrer stehen ihm ziemlich ratlos gegenüber, weil er ihnen ganz ungewöhnliche Fragen stellt, einen unersättlichen Lerneifer zeigt und alles verstehen will. In Mathematik, Geographie und Physik ist er herausragend. Als er sechs war, boten ihm seine Eltern Klavierunterricht an, doch er wollte unbedingt Englischstunden, um die amerikanischen Astronomie-Zeitschriften lesen zu können, die als die besten galten. Doch er liebte es auch, wenn seine Mutter ihm Geschichten erzählte, vor allem Sagen aus der griechischen und römischen Mythologie. In diesen Sagen kamen Namen vor, die ihm vertraut waren. Jupiter, Uranus, Merkur und Pegasus, Neptun, Saturn und Kassiopeia, Titan, Andromeda und Venus. Die Liebeshändel und Kämpfe der Götter verliehen den Fixsternen und Planeten den Nimbus des Sagenhaften, sie ließen das Geheimnis und die Schönheit der großen Himmelsgeschlechter noch aufregender erscheinen. Die Gestalten, für die er sich besonders begeisterte und noch immer begeistert, sind Ikarus und Selene. Der feurige Ikarus, der wie ein Vogel im Licht- und Unendlichkeitsrausch geradewegs auf die Sonne zuflog und an der Maßlosigkeit seiner Liebe zugrunde ging, und Selene, die schöne Mondgöttin mit der weißschimmernden Haut und dem lichtspendenden Silberblick.

Der dreieinige Gott hat das gesamte Universum erschaffen – das wiederum hat ihn Pater Joachim im Religionsunterricht gelehrt. Und dieses grenzenlose, unablässig sich ausdehnende Universum hat der dreieinige, allmächtige Gott aus dem Nichts erschaffen. Danach erst sind alle diese mutwilligen Götter, diese eifersüchtigen und hochmütigen Göttinnen gekommen. Ihr Reich auf der Erde der Menschen war vergänglich, und es ist längst untergegangen. Die kriegerischen Götter und die schönen Göttinnen haben sich in die fernen Gefilde einer goldenen alten Zeit zurückgezogen. Pater Joachim hat gesagt, alle diese Gottheiten seien die Früchte menschlicher Einbildungskraft gewesen, bevor der wahre Gott sich den Menschen offenbart habe. Es waren herrliche Früchte, lichtvoll und grausam, in den Träumen der Menschen gereift und von ihnen an die höchsten Äste des Himmels gehängt. Der dreieinige Gott hat den Traum verscheucht, und die Zeit hat diese Früchte aus Leidenschaft, Stolz und Ingrimm fortgetragen. Doch in der Verbannung haben die gestürzten Götter und Göttinnen ihre glanzvollen Namen in die Weite des Himmels gestreut, sie haben sie den Sternen zugeworfen und den Planeten, diesen vagabundierenden Himmelskörpern mit ihren blutroten Ringen – Kronen aus Felsen, Eismassen und Staub auf den Häuptern der ewig umherziehenden Götter.

Louis-Félix wirkt als Kind um so sonderbarer, als sich seine erstaunliche geistige Reife mit einer geradezu naiven Gutmütigkeit paart. Er ist so ohne jedes Arg, daß er oft als rechter Tropf dasteht, und seine Klassenkameraden, die um vieles älter sind als er, lassen sich keine Gelegenheit entgehen, ihn zu hänseln. Es wäre alles nicht so schlimm, hätte er nicht auch einen Tick, der noch weit komischer wirkt als seine Treuherzigkeit. Sobald Louis-Félix nämlich eine Weile an einer Stelle steht, beginnt er unwillkürlich zu hüpfen. Mit geschlossenen Beinen, hängenden Armen, aufrechtem Kopf und ins Leere gehendem Blick macht er kleine Sprünge am Ort. Er hüpft wie ein Roboter, steif und linkisch, ohne jeden ersichtlichen Grund. Niemand weiß, warum sich bei ihm unsichtbare Federn unter den Füßen in Bewegung setzen, sobald er stehenbleibt. Und er selbst kann sein skurriles Verhalten am allerwenigsten erklären. Er hat ganz einfach das unwiderstehliches Bedürfnis zu hüpfen. Es entspannt ihn, er hat das Gefühl, daß er dabei leichter seinen Träumen und Gedanken nachhängen kann. Vielleicht versucht er auch unbewußt, mit seinen kleinen Stakkato-Sprüngen einen Vorgeschmack auf die köstliche Schwerelosigkeit zu bekommen?

Wenn man am späten Nachmittag oder am Sonntag an seinem Haus in der Rue des Oiseleurs vorbeikommt, kann man häufig miterleben, wie sein Leichtgewicht im Garten mit der Regelmäßigkeit eines Metronoms kleine Sprünge vollführt. Außer den mehr oder weniger schmeichelhaften Spitznamen wie Louisfix oder Louplemplem, zu denen sein Vorname ohnehin schon gewöhnlich verballhornt wird, bekommt er oft Hüpfspatz, Springäffchen oder Kleinkänguruh zu hören. Aber das macht ihm gar nichts aus; schließlich tragen viele Sternbilder auch Tiernamen. Am Himmel lebt ein ganzer gigantischer Zoo. Es ist die Hofmenagerie, die sich die Götter in ihrem Exil angelegt haben. Darin gibt es Fabeltiere wie den Drachen, die Wasserschlange oder das Einhorn, daneben ganz gewöhnliche Tiere wie den Fisch, den Kleinen Hund, den Hasen und den Raben. Warum also nicht ein Känguruh? Und schließlich hat auch der Loup, der Wolf, seinen Platz da oben; er liegt zwischen dem Skorpion und dem Zentauren.

Als er letztes Jahr das zweite Mal eine Klasse übersprang, gab es bissige Bemerkungen unter den Schülern, vor allem bei solchen, die mehrfach sitzengeblieben und weiter im Rückstand waren, als Louis-Félix Vorsprung hatte: „Fix ist er, unser kleiner Hornochs, springt fix über die Klassen, springt noch fixer auf Papas Rasen, aber beim Mädchenbespringen, da ist Louis gar nicht fix!" Er ist nicht böse geworden, er kommt sich nur sehr verloren vor inmitten dieser großen Lümmel, von denen sich einige aufführen, als wären sie schon Männer; vor allem langweilt er sich oft im Unterricht, der ihm zu langsam und zu wenig ausführlich ist. Er erinnert ein wenig an jene Bauernjungen, von denen die Legende erzählt, sie hätten von Abenteuern in der weiten Welt geträumt und wären so gerne als Ritter ausgezogen, um ferne Länder zu erobern. Tatsächlich liest er mit Vorliebe Ritterromane, er bewundert Parzival, Lancelot du Lac und dessen Sohn, den reinen und lauteren Galaad.

Louis-Félix will Ritter werden – ein Sternenritter. Sein Gral ist ganz dort oben, im tiefsten Himmel, am Ende der Zeit verborgen. Sein heiliger Gral trägt einen sonderbaren Namen; er heißt Big Bang.

Daß er für seine Gralssuche bisher weder einen wakkeren Gefährten noch den richtigen Meister finden konnte, ist nur halb so schlimm. Er hat ja seine Dame. Eine Dame, wie geschaffen für den stammelnden und linkischen Ritter, der er ist. Eine hübsche Dame im Kleinformat, lebenslustig und anhänglich. Es ist die Kleine, die ihn jetzt im Schulhof sacht am Ärmel zieht.

*

Ihr Name ist Lucie Daubigné. Von einem Wunderkind ist bei ihr nichts zu finden, sie hat auch keine besonderen Ticks. Sie ist ein allzeit munteres Mädchen von etwa acht Jahren. Wenn etwas an ihr bemerkenswert ist, dann sind es ihre riesengroßen schwarzen Augen. Augen mit einem offenen Blick, der vor Fröhlichkeit glänzt. Sie hat langes schwarzes Haar, das sie zu Zöpfen flicht. Sie ist kokett; sie ist ganz versessen auf farbige Hütchen und Halsketten aus bunten Holz- oder Glasperlen und geht gern in hübschen Kleidern und bestickten Söckchen. „Meine Tochter ist schon vom Kleider- und Flitterteufel besessen, das reinste Modepüppchen!“ schimpft ihre Mutter oft. Der blutrote Wollschal, den sie an diesem kalten Februartag um den Hals geschlungen trägt, hat allerdings nichts mit Modebesessenheit zu tun, er ist eine Oriflamme. Eine Bündnisstandarte, das weithin sichtbare Zeichen ihrer Freundschaft für denjenigen, den sie Lou-Fé nennt.

Es ist ihre Idee gewesen, daß sie beide den gleichen Schal tragen sollten. Sie hat auch die Farbe bestimmt. Als ihre Mutter sie fragte, was sie sich zu Weihnachten wünschte, erklärte sie: „Einen Schal, und zwar zweimal! Zweimal denselben, und rot! Das schönste Rot, was es gibt!“ Ihre Mutter neckte sie: „Aha, ich verstehe, der andere ist für deinen Schatz, nicht wahr?“ Doch Lucie haßt dieses Wort; es ist ein Wort für Erwachsene und Dummköpfe, nicht für Lou-Fé. Ihr Freund ist viel mehr für sie: er ist ihr Zwillingsbruder. Auf der Straße ist sie einmal einer Frau mit zwei Kindern an der Hand begegnet, die sich so glichen, als wäre eins verdoppelt worden. Das beschäftigte ihre Phantasie sehr, und sie fand die Sache so wunderbar, daß sie die Zwillingsgeschwisterschaft zur höheren Qualität erklärte, die weit über alberner Verliebtheit stand. Sie hat deshalb ihrer Freundschaft mit Lou-Fé das Siegel dieser schönen Bezeichnung aufgedrückt, die in ihren Augen wunderbar ausdrückt, was höchste Zuneigung alles bedeutet. Was kümmert sie's, daß ihr angeblicher Zwillingsbruder älter ist als sie, daß er rotes und sie dunkles Haar hat, daß er helle, sie aber tiefschwarze Augen hat? Ihr leiblicher Bruder Ferdinand, der Sohn ihrer Mutter aus erster Ehe, ist schließlich siebzehn Jahre älter, dazu strohblond und blauäugig. Solche körperliche Feinheiten haben also wenig zu sagen. Außerdem ist sie vom Sternzeichen der Zwillinge – und das muß doch schließlich einen Sinn haben. So tragen sie jetzt stolz diesen schönen roten Schal zum Ruhme ihrer Freundschaft. Für Lucie ist das Beweis genug.

Ihre Freundschaft entstand vor etwas mehr als zwei Jahren, als Lucie von der Vorschule zur Grundschule wechselte, an der Lou-Fé bereits war. Da sie fast Nachbarn waren, ergab sich der gemeinsame Schulweg von selbst. Lucie wohnt in der Rue de la Grange-aux-Larmes, einer Querstraße zur Rue des Oiseleurs. Die Rue de la Grange-aux-Larmes, die „Straße der Tränenscheune“, befindet sich am Ausgang des Dorfs, in einer weiten Kurve führt sie sanft abfallend zu den Mooren hinunter. In der Mitte der Kurve steht das Haus der Familie Daubigné. Es ist ein schönes Haus, von der Straße aus kaum zu sehen hinter seinem tannengrün gestrichenen Gitterzaun mit geschnittener Buchshecke, hinter all den Heckenrosen, Ziersträuchern, Stockrosen und Lupinen.

Die Straße verdankt ihren Namen einer alten Sage, nach der hier einst, als die Stelle noch außerhalb des Dorfs lag, eine einsame Scheune stand. In dieser Scheune habe es gespukt. Wenn man bei Einbruch der Nacht am Heuschober vorbeigekommen sei, so habe man etwas wie ein trauriges, melodisches Schluchzen vernehmen können. Eine unglückliche Fee habe darin gewohnt. Niemand habe dieses arme, leidgeplagte Wesen je gesehen, doch ihre Geistertränen hätten die Leute gedauert. Schließlich habe der Himmel sich ihrer erbarmt; eines Tages habe der Blitz in die Spukscheune eingeschlagen. Der seit langem dem Verfall anheimgegebene Schober habe lichterloh gebrannt, und die Tränen der Fee seien im Feuer verdampft. Der Kummer der Fee habe sich in den Flammen gekrümmt und gebogen, dann sei er emporgeschwebt und verschwunden. Nur die Tränen lebten in der Erinnerung der Menschen fort, und gleichsam als Nachklang auf das lange, endlich verstummte Weinen erhielt der verlassene Ort seinen Namen.

Die Freundschaft zwischen Lucie und Lou-Fé nahm ihren Anfang auf dem täglichen Gang durch den Septembermorgen. Im lichten Nebel gingen sie nebeneinander her, zunächst noch scheu und wenig gesprächig. Dann kamen die kalten Rauhreifmorgen des Winters, wo jedes nun endlich gesprochene Wort und jedes Lachen eine kleine Wolke um den Mund der Schüler zittern ließ. Als die Frühlingsmorgen auf den Lippen der beiden Kinder nach Zucker und Frische schmeckten, plapperten und schnatterten sie schon fröhlich daher. Lucie, die nichts als Sagen und Märchen las, schwatzte Lou-Fé die Ohren voll mit unwahrscheinlichen Geschichten, in denen Feen, Wölfe, heimtückische Irrlichter, Kobolde und Gespenster zu Hauf vorkamen. Lou-Fé ließ seiner Sternenschwärmerei freien Lauf. Die Phantasie des einen belebte und bebilderte das Wissen des anderen; Hexen und Zauberer durchwanderten die Erde mit dem Himmel als Ziel, wo sie auf fernen Planeten die abgesetzten Götter treffen wollten. Als es Sommer wurde, waren die beiden Kinder unzertrennlich; sie verließen den Schulweg, um andere Wege zu erkunden. Lucie zeigte Lou-Fé ihr Reich, das Moor, die Wiesen, den Wald, und er führte die Freundin in seinen Observatoriumsspeicher. Dann kam ein neuer Herbst, ein ganzes Jahr ging wieder ins Land, und jetzt stehen sie schon mitten in ihrem dritten Winter. Es wird der letzte sein, den sie Seite an Seite verbringen. Weil Louis-Félix mehrere Klassen übersprungen hat, führt die Schule für ihn nicht mehr weiter. Im nächsten Herbst wird er fortgehen müssen. An ihrem Wohnort gibt es kein Gymnasium. Lou-Fé wird in eine Stadt der Umgebung ziehen und dort im Internat wohnen. Die bevorstehende Trennung ist Lucies Kummer. Sie tröstet sich ein wenig damit, daß sie dann ein neues Zimmer haben wird, in dem sie ihren Freund zum Übernachten einladen kann, wenn er nach Hause kommt. Zur Zeit bewohnt sie noch ein winziges, zwischen die Schlafzimmer ihrer Eltern eingezwängtes Kämmerchen. Das neue Zimmer wird im Laufe des Sommers beziehbar sein.

Für Lucie ist dieser Umzug innerhalb des Hauses ein aufregendes Abenteuer. Sie wird die enge Nische ihrer Kindheit mit einem großzügigen Raum am anderen Ende des Flurs vertauschen. Ihr neues Zimmer geht auf den Gemüsegarten hinaus, zur aufgehenden Sonne hin. Hinter der Gartenmauer beginnen die Felder und Wiesen, in der Ferne sieht man den Wald. Dort sind auch die Moore. Die Geschichte des Ländchens ist die seiner Moore, und sie ist von Sagen umrankt – zur Zeit König

Dagoberts sollen Mönche das Land urbar gemacht haben. Mit ihren Äxten haben sie die Wälder gerodet; die Erde war widerspenstig, der Ort unwirtlich und arm, der Boden sauer, doch Gebet und Gesang verliehen den Mönchen unermeßliche Geduld; sie gruben Teiche, errichteten Dämme, sammelten das Regenwasser als himmlisches Manna und ahmten das Wunder des Herrn nach, indem sie die Fische vermehrten; die Vögel kamen und nisteten im Moos, im Schilf- und Binsengürtel der stillen Teiche. Die Vögel blieben. Die Mönche gingen. Doch die Teiche, die sie ausgehoben haben, halten immer noch dem Himmel ihren sanften Spiegel aus grauem Wasser hin, ein demütiges Andenken der Mönche, deren Choral verstummt ist. Die Vögel singen noch heute: die von den Mönchen wie Rosenkranzperlen aneinandergereihten Teiche sind nicht stumm geblieben.

Noch viele andere Stimmen dringen vom Moor herüber: mannigfache Rufe und Geräusche. Unzählige Frösche leben dort, und Kröten wie Glockenspieler, die an Frühlingsabenden ihr fremdartiges Geläut erschallen lassen.

Auch im Gemüsegarten lebt einsam eine riesige Kröte. Sie ist sehr alt, so alt, daß sie für Lucie aus Urzeiten zu stammen scheint. Ihr Vater Hyacinthe, der sein Leben lang in diesem Haus gewohnt hat, versichert ihr, diese Kröte sei fast vierzig Jahre alt. Man sieht sie selten, aber man hört sie. Jeden Frühling erwacht ihre rauhe Stimme aus dem langen Winterschlaf, den sie unter der Erde gehalten hat. Monoton und sehr tief erklingt ihre Stimme in der Dämmerung. Ihr Singsang wacht über den Ort, die Nacht, den nächtlichen Frieden und geleitet den Mond auf seine himmlische Bahn. Sie ist der gütige Genius des Orts. Als Lucie noch ganz klein war, fürchtete sie sich vor der Kröte, doch ihr Vater hat sie mit ihr vertraut gemacht. „Du brauchst keine Angst zu haben vor ihr, sie tut dir überhaupt nichts, und du darfst ihr auch nie etwas tun. Sie hat hier ihr Revier. Sie heißt Melchior; ich habe ihr einst diesen Namen gegeben. Melchior ist ein Weiser, weißt du." – „Was ist ein Weiser?" hatte die Kleine gefragt. „Ein Weiser ist jemand, der sehr viel weiß, nichts vergißt und treu und geduldig ist. Melchior schläft im Winter, er verkriecht sich unter die Erde oder unter einen Baumstrunk. Er schläft, wenn die Erde auch schläft. Mit der Sonne wacht er auf, und wenn es warm wird, kommt er hervor, setzt sich ruhig ins neue Gras, sieht sich mit seinen großen Goldaugen die Welt an, und er sieht und hört Dinge, die weder du noch ich wahrnehmen können."

Hyacinthe erinnerte sich sehr genau an den Tag, als Melchior hinter dem Haus Quartier nahm. Es war kurze Zeit nach dem Tod seines Vaters gewesen. Eines Abends hatte seine Stimme eingesetzt, dunkel und dumpf wie eine Totenglocke, die von Tränen und Trauer kündet. Es war ein dunkles Gebet aus Erde, Nacht und Schmerz, das die Kröte da psalmodierte. War es die Stimme des Hingeschiedenen, die zurückkam und nun hier umging, oder waren es vielmehr seine eigenen Tränen, die sich Geltung verschafften, weil er, der Sohn, ihrer unfähig war? Aus wessen Herz mochte es gekommen sein, dieses sonderbare Tier, das da auf der Erde hockte – aus dem Herz des Toten oder aus dem des Sohnes? War es am Ende selbst ein Herz, ein richtiges Menschenherz? Denn wenn Trauer das Menschenherz erfaßt, wenn Verzweiflung es heimsucht und Kälte es ergreift, dann wird es hohl und von tiefer Leere schwer; die Tränen erstarren in ihm, und es nimmt Farbe und Klang der Bronze an. Die Abwesenheit erschallt in ihm.

Denn das Herz der Menschen erfährt Metamorphosen, Wanderungen, Vertreibungen. Es verweilt lange an den Orten, die es geliebt hat, auch dann noch, wenn der Körper, der es gebildet und getragen hat, zu Staub zerfallen ist. Das Herz der Toten irrt als Bettler umher und sucht ein Gedenken, in dem es eine Bleibe hat. Nicht anders ist es beim Herz der Lebenden, die, sobald sie Trauer anlegen, zu Überlebenden werden – dieses Herz irrt umher und ruft nach den Verstorbenen, bis es zu ihnen zurückgefunden hat. Melchior stand am Kreuzungspunkt dieser beiden Wege des Gedenkens.

Seit fast vierzig Jahren wartet Hyacinthe Daubigné jedes Frühjahr auf Melchiors Rückkehr. Er sieht mit Bangen dem Tag entgegen, an dem sich die Stimme nicht mehr aus dem langen winterlichen Schweigen zurückmelden, an dem der Frühling stumm bleiben und das heilige Herz des Gedenkens nicht mehr schlagen wird.

Lucie weiß nichts von dieser ganzen Geschichte, mit der ihr Vater seine Melancholie umgibt. Lucie hat noch nie Trauer getragen. Melchior ist für sie nichts anderes als ein häßlicher, komischer Dickwanst, der seinen vertrauten Glockenton bald unter ihrem Fenster ertönen lassen wird. „Weißt du", sagt sie zu Lou-Fé, „Melchior gleicht dir ein wenig, er mag die Nacht und die Sterne und singt den Mond an. Außerdem hüpft er im Gras umher wie du!" Für ihr künftiges Zimmer hat sie zwei Betten bestellt; sie wollte Ehebetten, doch ihre Mutter war dagegen. „Übertreiben mußt du nun auch nicht, Lucie! Louis-Félix ist nicht dein Bruder, nicht einmal dein Cousin ..." – „Oh! Er ist mehr als das, er ist mein Zwillingsbruder!" – „Hör auf mit deinen Kindereien, ich bitte dich! Dein Zwillingsbruder ist er nur in deiner Einbildung. Er wird ja nicht bei uns wohnen, er hat seine eigene Familie, sein eigenes Zuhause, und wenn er aus dem Internat nach Hause kommt, wollen seine Eltern ihn bei sich haben. Ich habe nichts dagegen, daß er ab und zu eine Nacht hier schläft, wenn er Lust dazu hat. Aber dafür tut's ein einfacher Diwan auch." Lucie mußte es zufrieden sein, sie wird sich mit einem Diwan bescheiden müssen. Aber das Wort ist ja hübsch, es klingt nach

Diva, und vielleicht haben einst die Göttinnen auf einem Diwan geschlafen? Man muß wunderbar schlafen darauf und himmlische Träume haben. Eigentlich ideal für Lou-Fé.

*

Doch im Augenblick braucht Lou-Fé weder Diwan noch Bett. Er träumt im Stehen, das Gesicht dem Himmel zugewandt. Noch immer ist er wie verzaubert, obwohl es wieder heller Tag ist. Er hat eben ein göttliches Ereignis miterlebt, die Vermählung zweier Gestirne. Und obwohl die Sonne blendet, bleiben seine Augen auf die Stelle gerichtet, an der das Wunder geschah.

Ein sehr großes Flammen der Leidenschaft war am Himmel erschienen, ein Feuer aus reinem Licht, das mit seinen Armen den aschigen, rußigen Leib der Selene umschlang. Selenes Herz muß vor Freude gesprüht haben. Das Geschaute webt in den Augen des Jungen fort, das weiße Feuer wabert noch durchsichtig am Himmel. Unendlich weit und neu erstrahlt die Welt nach dieser Sonnenfinsternis, die sie für einen Augenblick ins Geheimnis getaucht hat.

Miniatur II

Die Glocken läuten zum hohen Fest. Die Glocken jubilieren mit solcher Inbrunst, daß der Himmel selbst zu frohlocken beginnt; es regnet, und gleichzeitig scheint die Sonne. Die Regentropfen glitzern und funkeln, ausgelassen tanzen sie in der klaren und frischen Luft. Ein Regenschauer geht nieder. Und er scheint vom Ostergeläut auszugehen, das von nah und fern ertönt. Niemand wundert sich über diesen majestätischen Strom von Tönen, über diesen zärtlichen Einklang, der sich plötzlich zwischen dem Regen, dem Licht, den rötlichen Wolken und dem Glockengeläut einstellt – es ist Ostern. Der Himmel fällt in den Psalmen- und Hallelujagesang ein, der an diesem Sonntagmorgen angestimmt worden ist. „Das ist vom Herrn geschehen und ist ein Wunder vor unsern Augen."

Der Himmel ist kristallklar und bebend vor Licht, der Wind riecht nach Gras und neuen Lebenssäften. Nach der durchwachten Osternacht ist der Morgen angebrochen, nach tiefer Finsternis ist es Tag geworden. Die Flammen der in der Nacht des Schweigens und der Erwartung entzündeten Kerzen sind alle emporgeschwebt, hoch über die Erde hinaus, jetzt kehren sie wieder als kristallene Fünkchen, die mit hellem Klingeln zu Boden fallen.

Der Himmel bestätigt den Kindern ihren Glauben. Alle Glocken sind wieder da, sie waren nach Rom gepilgert. Voller Übermut und ganz trunken von Sonne und Wind kehren sie zurück und beschenken auf ihrem Durchzug das Land verschwenderisch mit den hellen

Tönen ihrer Freude. Dieses Manna von reiner Lauterkeit entzückt die Kleinen, wenn sie aus der Kirche treten und auf dem mit Pfützen bedeckten Vorplatz vor Ungeduld zappeln. In den elterlichen Gärten erwartet sie ein neues Manna, köstlich und süß.

In den regennassen Gärten haben die Pilgerglocken Eier hinterlassen, die so farbenbunt sind, daß sie von Wundervögeln aus fernen Erdteilen stammen müssen, dazu Früchte aus Mandelcreme und seltsame Papierblumen, die Nougat, Zuckerwerk oder Honigkuchen umschließen, außerdem dicke Hennen und langohrige Hasen aus Milchschokolade. Bienen umschwärmen etwas ratlos diese Früchte und Blumen, dieses duftende Papier, das raschelt und knistert. Schnecken haben einige Eier erklommen, gemächlich machen sie sich im Gras davon, eine schmale, in den Regenbogenfarben schillernde Schleimspur hinter sich ziehend.

Mit lautem Geschrei fallen die Kinder in die Gärten ein. Sie durchsuchen das Gras, die Büsche, die Blumenrabatten. Mit Hingabe ernten sie Zuckerfrüchte und Zuckerblumen. Sie entdecken die Hennen und Hasen und beißen ihnen auf der Stelle Schnäbel, Kämme und Ohren ab. Sie füllen sich die Taschen mit Bonbons, mit kleinen Eiern und Fischen aus rotem, gelbem und blauem Zuckerwerk. Ostern ist für sie ein schöner, klingender Morgen, ein großer Tag der Köstlichkeiten und des Spiels. Ein Tag der Freude, ein Fest für Herz und Gaumen.

Doch nun versieht der Himmel den Freudentag mit noch reicherem Schmuck. Es ist ein Werk des Regens: Jenseits der Wiesen, auf denen die Lämmchen auf ihren zu dünnen Beinen durchs Gras staksen, jenseits der Wälder, die die Seen umschließen, wölbt sich ein Regenbogen. Und dieser Regenbogen läßt leuchtend das Spektrum seiner Farben erstrahlen. Die Kinder vergessen ihre Bescherung; mitten in den Gärten bleiben sie stehen, und die zuckerverklebten Zeigefinger weisen allesamt in die Richtung des Farbenwunders. Eltern und Großeltern stehen auf den Türschwellen und bestaunen ebenfalls das Werk des Regens, diese durchscheinende Glocke mit den irisierenden Rändern, die ganz leicht über dem Horizont schwebt. Sie kommt von viel weiter her als von Rom, und sie ist nicht von den Menschen gemacht. Sie ist ganz aus Licht und trägt die Farben des Erbarmens, ihr Ton ist der des reinen Schweigens und des hohen Gedächtnisses: „Und Gott sprach: Das ist das Zeichen des Bundes, den ich geschlossen habe zwischen mir und euch und allem lebendigen Getier bei euch auf ewig: Meinen Bogen habe ich in die Wolken gesetzt; der soll das Zeichen sein des Bundes zwischen mir und der Erde.“

Die Kirchenglocken sind nun verstummt. Man hört das dünne Geblöke der Lämmer in den Wiesen und die vielfältigen Geräusche aus den Moorwäldern. Es regnet nicht mehr, der schöne Bogen am Himmel beginnt zu verblassen. Gottes Gnade tritt ins Unsichtbare zurück, das Zeichen seines Bundes entzieht sich wieder den Blicken. Nur wer der Erinnerung, der Geduld und des Traumes mächtig ist, wird noch an ihn denken. Die Kinder verlassen die Gärten, sie werden von den Eltern gerufen. Das Essen ist bereit. Man hat weißen Damast über die Tische gebreitet und das Festtagsgeschirr hervorgeholt. Schon klingen die Gläser, und dampfend werden die Speisen hereingetragen.

Legende

Es ist eine große Tischgesellschaft. Die Mutter hat an diesem Ostersonntag die ganze Verwandtschaft eingeladen. Aloïse Daubigné ist eine Frau der Pflichten und der Konventionen. Zweimal im Jahr, zu Weihnachten und zu Ostern, versammelt sie die näheren und entfernteren, meist schon älteren Mitglieder der Familie. „Man kann gegen die Familie einwenden, was man will", sagt sie immer, „sie ist trotz aller Mängel eine grundlegende, solide und vor allem nützliche Einrichtung. Sie ist eine Stütze. Wenn man überhaupt keine Familie hat, ist man im Leben verloren und allen Gefahren ausgesetzt. Allerdings lockern sich die Familienbande leicht, man muß achtgeben, daß sie fest bleiben, und man ist gut beraten, wenn man sie unterhält." Diese Überzeugung läßt Aloïse Daubigné zweimal jährlich die Bande ihrer kleinen Familie auffrischen, etwa so, wie man die Schuhe regelmäßig beim Schuhmacher besohlen läßt, damit sie länger halten. „Es muß laufen!" heißt die Devise, die Madame Daubigné am Giebel ihres Hauses anbringen könnte. Würde man sie fragen, was denn eigentlich laufen müsse und in welche Richtung, so wüßte sie nur zu antworten: „Das Leben, das Zusammenleben in der Gesellschaft." Das Leben ist freilich nicht sehr lustig, und die Gesellschaft sehr klein im verschlafenen Nest inmitten der Moorlandschaft.

Die um den Sonntagstisch versammelte Verwandtschaft ist bunt zusammengewürfelt. Da kommen Onkel und Tanten von überall her, aus Le Blanc, aus Châteauroux, aus Bourges. Einige sind Mitglieder der Charmille-

Familie, der Familie Aloïses, andere gehören zur Morrogues-Sippe, der Aloïse wegen ihrer ersten Ehe verbunden bleibt, ein paar schließlich sind Daubignés. Die halbjährlichen Treffen haben keine sehr engen Beziehungen geschaffen zwischen diesen Männern und Frauen, von denen die meisten in vorgerücktem Alter stehen. Es gibt kaum tiefschürfende Gespräche, man plaudert einfach, erkundigt sich nach dem Gesundheitszustand, kommentiert das Wetter, wie es heute ist und morgen sein wird, oder wie es in den Jahren zuvor war an Ostern, man bespricht den Klatsch der Gegend, und nur ganz gelegentlich wagt man sich in die Nähe des heißesten Eisens – dieses schmutzigen Algerienkriegs, der einfach nicht enden will und jetzt auch noch mit Terroranschlägen auf das Mutterland übergreift.

Lucie mag diese Essen nicht, sie ziehen sich in die Länge wie der Ausziehtisch, an dem sie stattfinden. Es ist kein Ende abzusehen, und mit jedem Gang wird es langweiliger. Dabei ist man erst bei der Vorspeise, der traditionellen Osterpastete, einer Art Kuchen aus Fleisch und hartgekochten Eiern, die in der Gegend bei keinem Osteressen fehlen darf. Das Schöne heute war der Vormittag. Die Bescherung im Garten, wo man überall Bonbons und Schokoladentiere einsammeln durfte. Und dann der Regenbogen, dieses Wunderwerk an zarten Farben im kristallklaren Licht, dieser demütige Glorienkranz über dem Horizont. Lucie wäre am liebsten zu ihm hingelaufen und unter ihm hindurchgegangen, denn gewiß ist die Welt dahinter anders, noch strahlender, noch froher und noch schöner. Doch es ertönte die helle Stimme der Mutter im Garten: „Lucie! Komm sofort herein, wasch dir die Hände, wir essen!“ Eine gebieterische Stimme. Wie ein Gong regelt sie Lucies Tagesablauf, vom Aufstehen bis zum Schlafengehen. Es ist eine Stimme der Ordnung und der Anordnungen. Die Stimme des Vaters hingegen ist selten zu hören, sie fordert nichts, von niemandem.

Eine dem Schweigen nahe Stimme, zurückhaltend, scheu und gedämpft vom Gram, so wenig gehört und so schlecht verstanden worden zu sein, als sie von Liebe sprach, damals, es ist lange her. Für Lucie ist es die Stimme der Träumerei, der sanften Phantasterei, ähnlich der Lou-Fés. Beide, der Vater und der Freund, verkehren ja auch mit weit Entferntem: Lou-Fé blickt unentwegt zu den Sternen hinauf und drückt sich nur durch sie aus, Hyacinthe unterhält sich nur über sehr weite Entfernungen hinweg mit fremden Menschen.

Hyacinthe Daubigné ist begeisterter Funkamateur, und seit er pensioniert ist, bringt er einen Großteil seiner Zeit damit zu, Botschaften auszusenden und zu empfangen. In einem kleinen Raum unter dem Dach hat er seine Sende- und Empfangsanlage eingerichtet – „sein großes Ohr", wie Lucie sie nennt. Aloïse hat wenig Verständnis für das Steckenpferd ihres Mannes. „Sie tun einem leid mit Ihrer Spielerei", hält sie ihm immer wieder vor. „Einerseits verkriechen Sie sich wie ein Einsiedlerkrebs im Haus, andererseits können Sie stundenlang mit Unbekannten plaudern, die sich in den entlegensten Winkeln der Welt aufhalten. Ein merkwürdiger Zeitvertreib! Und dazu diese scheußliche Antenne hinter dem Haus! Wann erlösen Sie uns endlich von dieser häßlichen Vogelscheuche?" So nachgiebig Hyacinthe sonst seiner Frau gegenüber ist, hier bleibt er fest; die große drehbare Antenne, die ihm die Verständigung mit Funkamateuren auf der ganzen Welt ermöglicht, wird er nie und nimmer abbauen. Ja, er hütet sie wie seinen Augapfel, als hätte sich sein Lebensfaden im Lauf der Jahre um diese Riesenhaspel gewickelt. Sie erschreckt auch keineswegs die Vögel, wie Aloïse behauptet, die Spatzen umfliegen sie sogar mit Vorliebe. Ihr Tschilpen begleitet die Stimmen der Unsichtbaren, die von einem Ende der Welt zum anderen miteinander reden.

Obwohl er sich bei diesen Familienzusammenkünften, wie überhaupt in Gesellschaft, sehr unbehaglich fühlt, spielt Hyacinthe sehr höflich seine Rolle als Hausherr. Ferdinand, sein Stiefsohn, macht es sich da leichter, er zeigt ganz offen, daß er sich langweilt. Er zerkrümelt das Brot und rollt es zu Kügelchen, die er vor seinem Teller zu einer Pyramide aufschichtet. An der Unterhaltung zwischen den Gästen, die von der Mutter nach Kräften gefördert wird, nimmt er keinen Anteil, seine Tischnachbarn sind Luft für ihn. Ferdinand mag die Gesellschaft der alten Leute nicht; ihre Gespräche, ihre Kleider, ihr Haar, das alles hat für ihn einen Beigeschmack von staubigem Mief, einen Vorgeschmack von Tod.

Ferdinand trinkt den Wein mit derselben Langsamkeit, mit der er auch alles andere tut. Allerdings trinkt er häufiger und mehr als die anderen. Gleichwohl steigt ihm nicht, wie einigen Tischgenossen, die Röte ins Gesicht. Trübe und mißmutig stiert er vor sich hin. Am Familientisch schläfert ihn der Wein eher ein, als daß er ihn anregte. Nur wenn er, gegen Abend bisweilen schwankend, von Bistro zu Bistro zieht und allein an der Theke seinen Wein oder Cognac trinkt, gerät ein wenig Feuer in seine Seele. Vielleicht zieht es auch ihn, wie Lou-Fé und Hyacinthe, in eine geheimnisvolle Ferne, doch in welche, das weiß niemand. Lucie macht sich keine Gedanken darüber, sie bewundert den Bruder so, wie er ist; er ist ihr großer Bruder, der bei ihrer Geburt schon fast erwachsen war. Er ist einer der Pfeiler ihrer noch ganz heilen und einfachen, doch festgefügten Welt. Und was die auf Geschichten versessene Kleine besonders beeindruckt, ist die Legende, die ihn umgibt; er ist zwar von derselben Mutter geboren wie sie, doch lange vor ihr, und er ist der Sohn eines anderen Vaters, eines Helden, der auf dem Feld der Ehre gefallen ist. Er ist, wie die Mutter sich ausdrückt, der Sohn ihrer Jugend, die Frucht ihrer großen Liebe. Und die Blüte dieser vergangenen Jugend, die Schönheit dieser verlorenen Liebe haben in Ferdinand ihren Widerschein gefunden. Für Lucie gleicht er ein wenig jenen Prinzen, die fern von ihrem Reich schmachten müssen, und sie hegt für ihn nicht nur Bewunderung, sondern auch Mitleid, denn sie selbst ist zu Hause, in ihrem Reich, auch wenn sich dieses im Vergleich zu Ferdinands ruhmreicher Herkunft bescheiden ausnimmt.

*

Teller klappern, das Hauptgericht des Festmahls wird hereingetragen. Eine gespickte Lammkeule mit grünen und weißen Bohnen, dazu Püree. Ein dickbauchiges Soßengefäß aus weißem Porzellan und mit doppeltem Ausgießer – einen für die fette, einen für die magere Soße – geht von Hand zu Hand. Lucie schichtet das Püree auf ihrem Teller zu einem kleinen Berg, in dessen Spitze sie einen Krater für die Soße gräbt. Die braune, golden schimmernden Soße läuft über und rinnt die Flanken des Püreebergs hinunter. „Ein Vulkan, der gerade ausbricht!“ ruft Lucie, begeistert von ihrem Werk. „Lucie!“ mahnt sogleich die Mutter, „sei nicht so laut und iß ordentlich! Und vergiß die Bohnen nicht, Grüngemüse ist wichtig.“ Lucie schweigt, doch heimlich gräbt sie am Fuß ihres Vulkans einen Tunnel. Die fettige, duftende Lava ergießt sich über ihren Teller und überschwemmt das Fleisch und das Gemüse. Endlich beginnt Lucie zu essen. Doch während sie kaut, wird sie von einer Vorstellung geplagt. Sie denkt an die Lämmchen mit ihrer Schreckhaftigkeit und ihrem kläglichen Geblöke, das immerzu nach Mitleid und Erbarmen zu flehen scheint. Und gleichwohl schneidet man ihnen kalt und herzlos die Kehle durch, um das Gedächtnis des barmherzigsten aller Menschen zu begehen, der je auf diese Welt gekommen ist.

Doch einer der Gäste, François Charmille, ein Großonkel mütterlicherseits, zieht sie bald aus ihrer Grübelei.

Man hält ihn für ein wenig verrückt und entschuldigt damit sein kindisch-seniles Verhalten. Seine jüngste Marotte sind die Jo-Jos. Er besitzt eine ganze Sammlung davon, und einige Exemplare hat er dabei. Eines hat er Lucie geschenkt; ein großes mit Holzscheiben, die eine rosa, die andere violett lackiert; die Schnur ist ein Silberfaden. Ihre Mutter hat ihr sogleich verboten, während des Essens damit zu spielen, doch für den alten Onkel gilt das Verbot nicht, er darf sich ungestraft mit den Jo-Jos amüsieren, er darf sie aus der Tasche kramen, zwischen zwei Bissen hüpfen lassen und vergnügt „Hopp, hopp, hopp!“ dazu plärren.

Lucie nennt ihn Onkel Pfeffer, weil er jedes Gericht pfeffert, auch den Nachtisch und den Kaffee, ja sogar den Wein und den Champagner. Ohne seine drei Pfefferstreuer aus graviertem Silber – einen mit schwarzem, einen mit weißem und einen mit grünem Pfeffer – geht er nicht aus dem Haus. Fein säuberlich ausgerichtet stehen sie vor seinem Teller, und gerade eben hat er seinen Médoc mit einer schwarzen Pfefferwolke gewürzt, was die zu seiner Linken sitzende Colombe Lormoy, eine Tante der Mutter, mehrere Male hintereinander niesen läßt.

Tante Colombe ist Witwe. Es sind nun bald fünf Jahre her, daß sie ihren Mann verloren hat, und seitdem vergeht kein Tag, ohne daß sie sein Hinscheiden beklagte. Die tragikomische Geschichte vom „armen Albert“, wie sie ihn nach wie vor nennt, kennen alle anwesenden Gäste längst auswendig. Dutzende Male hat Colombe schon erzählt, auf welch seltsame Weise Gott der Herr seinen Diener Albert abberufen hat. Selbst die kleine Lucie hat anläßlich der Besuche, die sie mit ihrer Mutter der Tante abstattete, mehrfach den Bericht gehört, wie der arme Albert auf der Schwelle eines Straßburger Hotels von einem herunterfallenden Leuchtbuchstaben erschlagen wurde. „Ach“, seufzt Witwe Colombe wieder und wieder, „ich war so glücklich mit meinem geliebten

Albert, und dann ist ihm der Buchstabe W des ‚Weißen Engel' auf den Kopf geplumpst. Mein armer Albert war auf der Stelle tot! Nicht einmal ‚au!' hat er sagen können. Und stellt euch vor, er hat schon den Geist ausgehaucht, und seine Gitane qualmt noch zwischen seinen Fingern! Und draußen will und will es nicht aufhören zu schiffen! Es gießt wie aus Kübeln, der Himmel ist ganz schwarz, und nur darum – so ein Jammer! – gehe ich ins Zimmer hinauf und will den Regenschirm holen, unterdessen wartet mein Albert auf der Türschwelle dieses vermaledeiten Hotels und raucht eine Gitane. Und wie ich wieder herunterkomme mit meinem Regenschirm, was sehe ich? Oh, mein Gott! ... mein armer Albert liegt mit blutüberströmtem Kopf am Boden! Ach, mein armer Albert!. . ."

Tante Colombe wird nie müde, das jähe Ende ihres Albert zu schildern, wobei sie sich immer wieder mit tiefen Seufzern und glucksenden Schluchzern unterbricht. Für Lucie war die abstruse Geschichte zunächst ein Buch mit sieben Siegeln, sie brachte alles durcheinander. Das W verstand sie als „Weh!" und verband es mit dem biblischen Würgengel, der bei seinem Strafgericht Onkel Albert aufs Haupt geschlagen hatte. Und in seinem blinden Haß hatte der Engel das Verderben von einem schwarzen Wolkenschiff aus mit Kübeln ausgegossen – oder war Albert am Ende von einem herunterfallenden Kübel erschlagen worden? Auch bei der Sache mit der Gitane, die noch zwischen den Fingern des Toten qualmte, war Lucie unheimlich zumute. Gitane bedeutete ja Zigeunerin, und über die Zigeuner wurde doch soviel Schauerliches gemunkelt, es hieß, sie seien Diebe und Faulpelze, lauter Halsabschneider, die sich nur aufs Kartenlesen und Messerstechen verstünden! Man behauptete sogar, sie könnten hexen und mit ihrem bösen Blick Tieren und Menschen Schaden zufügen, wenn sie erzürnt seien. Schlimmer noch: sie würden manchmal kleine Kinder stehlen und sie in ferne Länder verkaufen.

Jedenfalls traute man ihnen nicht über den Weg. Als besonders gefährlich galten ihre Frauen – wie es blitzte in ihren Augen, wie stolz und betörend ihr Mienenspiel war, wie lang und pechschwarz das Haar, das sie in grellbunte Tücher wickelten! Und ihre Hände erst! Wie flink diese trockenen Hände sich bewegten, flinker als wilde Katzen! Sie waren überall, diese Hände, in den Taschen der Leute, um sie auszuräubern, auf ihren Handflächen, um ihnen angeblich die Zukunft vorauszusagen, sogar in ihren Seelen, um Wahnsinn und Entsetzen darin zu säen! Wirklich Hexen!

Stimmte also, was da erzählt wurde? Hatte sich eine Zigeunerin mit einem kübelschleudernden weißen Engel verbündet, um den armen Onkel umzubringen? Der Engel hatte das Blut vergossen, und die Zigeunerin hatte sich sogleich der Seele des Toten bemächtigt. Sie rauchte sogar noch in seinen Fingern! Hat sie etwa auch noch gelacht, die Ruchlose? War es das, was die Zigeunerinnen taten, wenn sie aus der Hand lasen, stahlen sie den Leuten dabei Leben, Blut und Schicksal? Diese Geschichte hat Lucie lange umgetrieben, bis ihr Vater, an den sie sich schließlich wandte, das Schauermärchen von seinen Wucherungen befreite.

Doch das war nicht alles. Wenn Tante Colombe ihre dramatische Geschichte zum besten gegeben und mit einem tiefen Seufzer beschlossen hatte, schöpfte sie Luft und stimmte sogleich, als fatale Fortsetzung der ersten, eine zweite Leier an. Die Einleitung blieb sich immer gleich: „Ach! Meine armen Beine, solche Gewichte! Großer Gott, wie die mir das Leben schwermachen! Ich kann fast gar nicht mehr gehen. Da, schauen Sie, gute Aloïse!“ Und Colombe raffte ihren Rock bis zu den Knien hoch, um ihre kranken Beine vorzuzeigen. Es waren unförmige, riesenhaft aufgedunsene Beine, die in grauen Wollstrümpfen steckten. Beine wie Kirchenpfeiler, dachte Lucie entsetzt. „Es ist mein Ödem!“ jammerte die Tante. Und dieses geheimnisvolle Wort „Ödem" entsetzte Lucie genauso wie das todbringende W des Würgengels, die Kübel aus dem Wolkenschiff und der Rauch der verruchten Zigeunerin. Tante Colombes Beine glichen riesigen Eichenkloben. Ob das so weiterginge? Würde das Hexenödem die Tante nach und nach in einen Eichenstamm verwandeln?

„Meine armen Beine!" seufzte Colombe voller Selbstmitleid und ließ den Rocksaum sinken. Dann wurde ihre Stimme noch betrübter: „Ihretwegen bin ich an den Stuhl gefesselt, der kleinste Schritt wird zur Qual! Diese Lumpenbeine, statt daß sie mich tragen, muß ich sie herumschleppen. Solche Klötze! Nicht mal zum Friedhof kann ich mehr gehen und das Grab meines armen Albert aufsuchen . . ." Hier erreichte das zweite Lamento seinen Höhepunkt, die Friedhofsklage. „Ein Glück, daß Lolotte für mich hingehen kann, sie kümmert sich so rührend um das Grab meines lieben Albert." Lolotte war Tante Colombes Hausangestellte. Sie war immer schon bei ihr und Onkel Albert selig angestellt gewesen. Bei „Monsieur Albert", wie sie stets ehrerbietig sagte. Man behauptete sogar, Lolotte habe Monsieur Albert mit ganz besonderer Hingabe gedient; sie habe ihm nie etwas verweigert, ihrem verehrten Monsieur, nicht einmal ihr Bett. Zur Entlastung des armen Albert muß gesagt werden, daß ihm das Bett seiner Frau zumeist verwehrt war. Colombe, ihrem Gatten ansonsten zärtlich zugeneigt, verabscheute nämlich „die Lappalie", wie sie selbst in ihrer prüden Ausdrucksweise gestand. So war ihr jeder Anlaß recht gewesen, um sich eine enthaltsame, das heißt ruhige, ungestörte Nacht zu verschaffen. Für alle kirchlichen Festtage hatte Colombe die Keuschheit zum Gebot gemacht, ebenso für die ganze Advents- und die Fastenzeit, schließlich für den Monat Mai, denn, so predigte sie, „am Tag der Unbefleckten Empfängnis treibt man doch keine Unzucht, genausowenig zwischen Aschermittwoch und Ostern oder im Monat der heiligen

Jungfrau Maria!“ Lolotte hingegen sträubte sich nicht gegen das Werk des Fleisches. Es hieß sogar, sie habe diese „Nebensache“ gern erledigt. Lucie verstand kaum etwas bei der zweideutigen Ausdrucksweise, derer sich die Erwachsenen bei ihrer Unterhaltung immer wieder bedienten, doch sie hörte alles mit, und notfalls machte sie sich selbst einen Reim auf das, was ihr unverständlich war. Onkel Albert hatte jedenfalls unter den keuschen Anwandlungen seiner Frau nie zu leiden gehabt, hatte er doch eine sehr ergebene Mätresse im Haus. Colombe war das Arrangement sehr wohl bekannt gewesen, doch statt sich darüber zu grämen, hatte sie es von der guten Seite genommen. Lolotte war für sie wie eine Schwester, und wenn der Spaß machte, was ihr selbst nur Widerwillen und Abscheu einflößte, wenn obendrein Albert zufriedengestellt und dadurch der Haussegen im Lot war, dann stand ja alles zum besten. Hauptsache, der Schein wurde gewahrt. Doch mit Blindheit geschlagen waren die Leute nicht, die Liebesbeziehung zwischen Albert Lormoy und Lolotte war ein offenes Geheimnis. In Dörfern und Kleinstädten weiß man eben über alles Bescheid, und die Schadenfreude ist immer groß, wenn es beim Nachbarn nicht ganz mit rechten Dingen zugeht. Auf dem Lande entwickelt man eine spezielle Gabe der Beobachtung aus den Augenwinkeln, und das Gehör ist so fein wie bei Fledermäusen. So hatte Lolotte denn auch den Spitznamen „Lolotte-ohne-Gebot“.

Tante Colombe weiht dem Grab ihres geliebten Albert einen regelrechten Kult. Hätte sie das Geld, so würde sie eine Kapelle errichten. Den Grabstein hat sie bereits einmal austauschen lassen, weil er „schlecht gealtert ist“. Sie ließ ihn durch eine riesige Marmorplatte ersetzen, in die sie in großen vergoldeten Lettern Namen, Geburts- und Todesjahr ihres verstorbenen Gatten eingravieren ließ: Albert Lormoy, 1881–1956. Darunter steht, mit noch unvollständigen Lebensdaten, ihr eigener Name:

Colombe Lormoy, geb. Pasquier, 1899 – 19. . , die beiden letzten Ziffern bleiben nachzutragen. Wenn sie besonders leidend und trübsinnig ist, meint Colombe resigniert: „Ich sollte dem Steinmetz sagen, daß er die Sechs schon mal einmeißelt. So krank, wie ich bin, werde ich das Jahrzehnt nicht überleben." Mit ihrer ruhigen Stimme tröstet Aloïse sie dann: „Das hast du schon Ende der fünfziger Jahre gesagt, Tante Colombe, und siehst du, du bist immer noch da! Warte, bis deine Zeit gekommen ist, sie kommt noch früh genug." Colombe ist damit nicht zu besänftigen. „Ach, eine Fünf hätte man leicht zu einer Sechs machen können." – „Ja, aber eine Sechs zu einer Sieben, oder eine Sieben zu einer Acht, das würde schon mehr Schaden verursachen auf deiner schönen Marmorplatte! . . ." – „In eine Acht! Red kein Unglück herbei, ich bitte dich! Das hätte gerade noch gefehlt, daß ich mich noch bis in die Achtziger schleppe! Warum nicht gleich bis in die Neunziger? Nein, mir reicht's, aber gründlich!" – „Das Leben geht gleichwohl weiter", beharrt Aloïse. „Für mich muß es auch weitergehen, ich habe auch meinen geliebten Victor verloren! . . ." – „Das ist etwas anderes", antwortete Colombe, „du bist damals jung gewesen, und du bist es jetzt noch. Außerdem hast du wieder geheiratet, und dein Hyacinthe lebt noch." – „Ach, Hyacinthe . . .", sagt Aloïse zögernd und zuckt ein wenig die Schultern. „Ja, schon recht", lenkt die Tante ein, „es war eine Vernunftheirat, ich weiß, aber du hast noch die Kinder." – „Ja, das ist wahr, ich habe meinen Ferdinand." – „Und Lucie!" ergänzt Colombe mit einem Seitenblick zu der Kleinen hinüber, die in einer Ecke des Salons ins Spiel vertieft ist. „Natürlich, du hast recht, auch Lucie", korrigiert sich Aloïse mit Verzögerung.

Lucie, die bei diesen Besuchen bei der Tante sich selbst überlassen ist, hört alles mit, was die Frauen reden. Oft gesellt sich Lolotte-ohne-Gebot zu den beiden Klatschweibern. Bisweilen reden sie leiser, doch Lucie entgeht kein Wort, so vertieft sie auch malen, spielen oder sich mit den drei Katzen des Hauses beschäftigen mag. Die Stimmen der drei Frauen vermengen sich mit dem Schnurren der Katzen, ihre Worte verschwimmen im lichtdurchfluteten Raum, doch ab und zu kommt eines von ihnen angeflogen, manchmal schaukelt es als leichte Feder durch die Luft, manchmal sirrt es als Insekt daher und setzt sich auf Lucies Hals oder Schläfe. Das bizarre Insekt sticht, ohne daß der haarfeine, doch tief eindringende Stachel zu spüren wäre.

Die geheimnisvollsten Wörter glaubt Lucie manchmal als verzerrter Widerschein in den Kulleraugen der Katzen aufleuchten zu sehen. Die Augen Fanfans, des dicken Katers, sind gelborange und kreisrund. Ihr Blick ist sanft, vielleicht ein wenig leer. Die Wörter plustern sich darin auf und werden kupferfarben. Lucie liebt es, den Wörtern Farben zu geben; Lormoy, der Name der Tante und des unbekannten Onkels, der golden und gleich doppelt auf dem schwarzem Marmorgrab prangt, schimmert orange wie die Augen des sanftmütigen Fanfan, was übrigens unterschiedslos auch für die Wörter Glück und Unglück gilt. Finette, die Siamkatze, leiht das Türkisblau ihrer undurchsichtigen Prachtaugen den Wörtern Grabplatte, Leuchtbuchstabe, Langeweile, Witwenstand, Engel und Ödem. Die sehr hellen, fast lindgrünen Augen der Angorakatze Grison färben die Wörter Zigeunerin, Granate, Krieg und Gemahl.

Alle diese in ihrem Salon so oft gehörten Wörter umschwirren Tante Colombe, auch wenn sie schweigt; sie legen sich um ihren fleischigen Hals wie lange Ketten, von deren Perlen allerdings nur das Schillern der Katzenaugenfarben wahrzunehmen ist.

Auch jetzt, beim Osteressen, hat Lucie das Gesumm des wunderlichen Wörterschwarms in den Ohren, wenn sie die ihr gegenübersitzende Tante ansieht. Sie mag Colombe gern, sie mag auch Lolotte. Wenn sie mit ihrer Mutter die beiden Frauen besucht, bekommt sie von ihnen jedesmal ein Stück Kuchen oder Gebäck. Lolotte ist eine ausgezeichnete Kuchenbäckerin, und sie ist immer heiterer Laune; von morgens bis abends trippelt sie durchs Haus und umsorgt ihre alte Herrin, die auf ihren monströsen Beinen zur Unbeweglichkeit verdammt ist. Auch heute morgen hat sie Colombe geholfen, sich anzuziehen und für den größten Anlaß der Jahreszeit herauszuputzen. Sie hat ihren festen Platz am Sonntagstisch, überhaupt gehört sie längst zur Familie. Sie nippt häufig an ihrem Weinglas, lacht dazwischen strahlend und bekommt zusehends Farbe im Gesicht. Lucie betrachtet sie mit Bewunderung; mit jedem Glas wird Lolotte einer prächtigen rosenroten Puppe ähnlicher, ihre Augen blitzen, und über alles und jedes muß sie lachen. Ihr Gelächter und Geschnatter kontrastiert zur Jeremiade, die Tante Colombe nach jeder Gabel da capo anstimmt, während Onkel Pfeffer das Crescendo des Stimmengewirrs mit seinem lustigen „Hopp, hopp!“ rhythmisch untermalt.

*

Jetzt wandert die Käseplatte um den Tisch. Das Essen dauert schon fast zwei Stunden. Lucie langweilt sich zu Tode, sie ist satt und möchte wie Onkel Pfeffer mit ihrem Jo-Jo spielen und vor allem vom Tisch aufstehen dürfen. Allmählich wird sie zornig; der Bruder hat sich beim Salat davonmachen können, ohne daß ein Wort des Tadels gefallen wäre, ihr hingegen wurde befohlen, bis zum Kaffee am Tisch sitzen zu bleiben. Außerdem ist sie wütend, neben ihrer Patin Lucienne sitzen zu müssen, einem wahren Ekel von Weib, das sie fürchtet, als wäre es der Teufel selbst.

Und ausgerechnet dieser alten Schachtel mit den Allüren einer reichen Dame aus dem vorigen Jahrhundert muß sie ihren Vornamen verdanken! Lucie, die wenig auf diese Ehre hält, tröstet sich damit, daß sie wenigstens nur zur Hälfte Lucienne heißt. „Wenn man die zweite Hälfte ihres Namens ein wenig breit ausspricht“, sagt sie sich, „klingt es wie Hyäne. Das paßt zu ihr!“

Lucienne ist Hyacinthes ältere Schwester. Doch Ähnlichkeiten zwischen den beiden beschränken sich aufs Äußere. Im Gegensatz zu Hyacinthe hat Lucienne nicht den geringsten Hang zu Träumerei und Trübsinn, und Fernweh ist ihr fremd. Ein tiefer Argwohn versetzt sie in ständige Abwehrbereitschaft. Überall wittert sie Heuchelei und Lüge, bei jedem vermutet sie Doppelzüngigkeit, oft auch Dummheit. Sie hat nie etwas anderes getan, als ständig auf der Hut zu sein. Und sie wird es bis an ihr Ende tun, wird sich immer vor den anderen aufpflanzen wie ein Schweizergardist mit seiner Hellebarde: Halt, stehenbleiben! scheint sie pausenlos zu drohen und insgeheim dabei zu denken: Lumpenpack, mir kommt ihr nicht bei!

Ihr feindseliges Mißtrauen macht auch vor ihrem eigenen Sohn Bastien nicht halt, einem kraft- und willenlosen Junggesellen in den Vierzigern. Sie verübelt ihm insbesondere, das kleine Familienunternehmen, das unter ihrem Mann einst so blühte, bankrottgewirtschaftet zu haben. Außer einer bitter-nostalgischen Erinnerung bleiben ihr von den fetten Jahren einige sehr schöne Juwelen. Bei Aloïse, die zuversichtlich hofft, etwas von diesen Kostbarkeiten zu erben, lösen die Brillanten Bewunderung und Neid aus. Bei Lucie wecken sie keinerlei Begehrlichkeit, dazu sind sie viel zu sehr Bestandteil der widerwärtigen Person Luciennes. Eigentlich sind ihr die Diamanten sogar unheimlich: Sie fürchtet nämlich ein wenig, die alte Bohnenstange mit dem helmartig aufgesteckten, pechschwarzen Haarknoten – Lucienne hat, wie Hyacinthe, kein einziges graues Haar – könnte eine Hexe sein, sonst würden aus diesen Brillanten, die sie an den Ohren, auf der Brust und auf den knochigen Fingern trägt, nicht diese feinen bläulichen Blitze zucken; ihr ist, als züngelten da kleine unsichtbare Vipern. Am unheimlichsten aber ist ihr die diamantenbesetzte Hutnadel: Wenn ihre Patin diesen funkelnden Gegenstand mit der sehr langen Spitze in ihren Hut einsticht, sieht Lucie gebannt zu und stellt sich vor, die Nadel müßte tief in den Schädel eindringen. Und jedesmal wundert sie sich, daß über die Schläfen der alten Dame kein Blut rinnt.

Wenn schon eine alte Frau, dann hätte Lucie lieber eine andere ihrer Großtanten zur Patin gehabt, die gute dicke Colombe zum Beispiel, notfalls auch die etwas einfältige Lolotte mit den rosenroten Wangen. Von ihnen bekommt sie, wie von Onkel Pfeffer, immer wieder etwas Hübsches geschenkt, lustiges Spielzeug etwa, während sie von der gestrengen Lucienne nie etwas erhält. Ihre Patin hat eben Prinzipien, sie ist der Meinung, daß man die Kinder nicht verwöhnen soll, indem man sie mit Naschwerk, Spielzeug oder sonstigem Tand überhäuft, und sie weigert sich, bei der Geldverschwendung mitzumachen, die damit verbunden ist. Da tut sie schon Nützlicheres; sie hat auf den Namen ihrer Patentochter ein Sparbuch eröffnet, und zum Geburtstag, zum Namenstag und zu Weihnachten zahlt sie einen bestimmten Geldbetrag auf dieses geheimnisvolle, für Lucie vollkommen uninteressante Sparbuch ein.

*

Endlich wird unter großem Hallo der Nachtisch hereingetragen. Eine prächtige schwimmende Insel, von Caramelcreme überzogen, dazu Gebäck mit Schokoladen-, Pistazien-, Pralinen- und Himbeerfüllung, nebst einer Fruchtschale.

Als Lucie eben ihr Dessert erhält, raunt in ihrer Nähe einer der Tischgenossen seiner Nachbarin zu: „Wußten Sie das nicht? Er ist opiumsüchtig!. . .“ Am anderen Tischende erzählt jemand: „Anne hat an jenem Tag eine wunderhübsche Opossumjacke getragen ..." Ein Dritter, der wieder in ein anderes Gespräch verwickelt ist, lacht auf und sagt: „Ja, stellen Sie sich vor, dieser gute Dédé spielt Oboe im städtischen Orchester ..." Lucie hat auf einmal das Gefühl, als lägen auf ihrem Nachtischteller drei Wörter – Opium, Opossum und Oboe. Drei hübsche Wörter, deren Bedeutung ihr entgeht und die alle mit O beginnen. Lucie liebt die Wörter, sie liebt auch die Buchstaben des Alphabets; aber sie hat ihre Vorlieben, für manche Buchstaben schwärmt sie geradezu, andere wieder mag sie weniger oder gar nicht. Das O ist ihr Lieblingsvokal, danach kommen das U und das I. Die beiden letzteren hat sie in ihrem Namen, was sie sehr freut. Das O gefällt ihr seiner Form und seines Klanges wegen. In das O kann man ein Gesicht malen, man kann eine Blume oder eine Sonne daraus machen, man kann es in einen Ballon, einen Apfel, eine Orange, ein Schubkarrenrad oder ein Medaillon verwandeln. Es gibt tausend Dinge, die man aus dem O zaubern kann.

Lucie betrachtet ihren Teller. Die kleine schneeige Insel mit dem Caramelüberzug, die da in einem elfenbeinweißen See schwimmt, ist plötzlich der Buchstabe O. Sie wagt nicht, mit dem Löffel hineinzufahren. Sie ist überzeugt, daß in diesem kleinen Berg die drei eben gehörten Wörter eingeschlossen sind. Opium, Opossum und Oboe schlummern unter dem feinen Caramelhauch, schlafen dort wie frisch geschlüpfte Vögelchen wohlgeborgen im ringsum geschlossenen Nest. So, wie manchmal die Augen der Katzen bestimmte Wörter färben und aufleuchten lassen, können auch Wörter in Dinge hineinschlüpfen, in ein Stück Stoff, in einen Blütenkelch oder in ein Lockenhaar. Für Lucie sind die Wörter noch leicht wie übers Gras huschende Irrlichter, und vielgestaltig wie Elfen und Wassergeister; wie diese sind sie ganz und gar wirklich und doch nicht greifbar, und sie sind von mächtigem Zauber.

Nun verbergen sich also drei hübsche, ein wenig hexenhafte Wörter in dieser schwimmenden Insel auf dem Dessertteller, sie duften nach Vanille und kandiertem Zucker. Lucie beugt sich tief über ihren Teller, sie zieht den Duft ein und versenkt sich in das bernsteinartige Schimmern des Caramelüberzugs. Sie vergißt völlig ihre Umgebung und hört nichts mehr von dem, was gesprochen wird. Die Stimmen verbinden sich mit dem Geklapper der Bestecke zu einem gleichförmigem Rauschen.

Es ist das Rauschen des elfenbeinfarbenen Meeres, das die geheimnisvolle Insel umgibt. Der Teller wird tief und weitet sich ins Unendliche. Still und heimlich bricht Lucie zu ihrer Caramelinsel auf, Gehör und Geruch ganz auf die dort schlummernden Opium, Opossum und Oboe eingestellt. Sie sticht in See und gerät in die fahlen Wasser eines Traums, der sich zur Geschichte ausspinnt. Es braucht so wenig, die Wörter leben zu lassen, vor allem die unbekannten, gleich brechen sie zu großen, nie endenden Abenteuern auf. Im nächsten Augenblick werden die Wörter die Caramelschicht durchstoßen, Gestalt und Bewegung annehmen.

„Lucie, setz dich gefälligst richtig hin! Halt den Rücken gerade und iß deinen Nachtisch, wir sind alle schon fertig. Was trödelst du so herum?“ Es ist die Stimme ihrer Mutter, die Stimme, die über den geregelten Lauf der Dinge wacht. Lucie fährt zusammen; Opium, Opossum und Oboe versinken schlagartig in der zähflüssigen Masse auf dem Teller, der wieder zum gewöhnlichen Stück Festtagsgeschirr geworden ist. Aus ihrem Traum herausgerissen, schlingt sie hastig ihren Nachtisch hinunter. Sie ist ein wenig enttäuscht; sonderlich lecker findet sie diese schwimmende Insel nicht, die eben noch so auf dem Teller geprangt hat. Onkel Pfeffer hat recht gehabt, wenn er sie nachwürzte.

Das schöne weiße Tischtuch ist von Krümeln übersät und von Wein- und Soßenflecken verunstaltet. Die Gläser funkeln nicht mehr, die Servietten liegen zerknüllt zwischen schmutzigen Tellern herum. Bei Lucie ist die Langeweile wieder eingekehrt. Doch jetzt duftet es aus der Küche nach Kaffee. Lucie freut sich, das Essen ist überstanden, die Erwachsenen werden jetzt in den Salon hinüberwechseln, dort Kaffee und Schnäpse schlürfen und rauchen.

Die Tafel wird aufgehoben. Lucie stibitzt ein paar Stückchen Schokoladengebäck und rennt davon, zu Lou-Fé. Sie holt das Jo-Jo aus der Tasche und läßt es am silbernen Faden auf und nieder sausen. Jetzt ist wieder Ostern.

Miniatur III

Es spielt jemand Flöte. Seine Melodie ist langsam, ein wenig unschlüssig, doch wunderhübsch. Die Abenddämmerung rötet den Himmel, die Vögel senken und verlangsamen den Flug, ihr Flügelschlag ist ausgreifend und voller Wohligkeit. Sie schaukeln auf der feuchten, rosafarbenen Luft, die nach gemähtem Gras, Harz und Ginster riecht. Süßlich und betäubend duftet es auch vom Moor herüber. Und der Duft der Obstgärten kommt hinzu, wo sich die Äste der Bäume sanft unter der Last der Früchte neigen. Auch die Gärten duften, in denen die Blumen langsam die Kelche über ihren taufeuchten Herzen schließen. Bisweilen schlummern Bienen auf dem Grund dieser goldenen Labsal ein. Sie werden ihre Tracht nicht als Ernte einbringen. Leicht geworden, sinken sie auf die Seite und entschlummern, von Süße und Arbeit köstlich berauscht, auf ihrem Fruchtstempelbett in einen honigtraumschweren Schlaf. Der Tod umschließt mit seidigem Rascheln ihren zerbrechlichen Körper. Später, wenn man die Rosen pflückt und als Strauß auf den Tisch stellt, werden sie aufs Holz oder auf eine Decke herabfallen. Lautlos werden ihre leblosen Hüllen den Rosenblüten des Sommers entgleiten, wenn diese sich im Herbst entblättern. Als geronnene Tränen des Lichts werden sie mit mattem Glanz unter den Septembersträußen funkeln.

Der Sommer geht dem Ende zu. An einer Böschung brennen Dornen und Gestrüpp. In bläulichen Windungen kriecht der Rauch über den Wiesenboden. Sein

Geruch überdeckt alle anderen Düfte. Die Lämmchen sind groß geworden, doch von den Muttertieren und den anderen Schafen auf der Weide ist die Unruhe noch nicht gewichen. Sie schnuppern die Abendluft, der Wind trägt ihnen den Geruch des Moors und des schwelenden Feuers zu. Manchmal läßt eines von ihnen ein zögerndes Blöken vernehmen, und dann mutet es an wie ein Klagelaut, der von weither kommt, von den Grenzen der Angst – und vom Beginn des Erbarmens. Ein schwaches Blöken als Antwort auf die Flöte.

Es spielt jemand Flöte. Abend für Abend erhebt sich die gleiche Melodie und reiht ihre etwas schütteren Töne aneinander. Mit dem Geruch der Teiche und des Heckenbrandes trägt der Wind die Töne durch die Straßen des Dorfs, durch die Gärten. Es ist ein Kind, das da spielt, seine Finger sind noch ungeschickt, sein Atem zitterig. Doch es spielt lange, seine Ausdauer ist gewaltig.

Das Feuer an der Böschung ist am Verlöschen. Der Rauch vermischt sich mit dem Nebel, der dicht über dem Gras schwebt. Die Herden auf der Weide scheinen Nebel zu fressen. Die Kinder kommen von einem Fahrradausflug übers Land zurück. Ihre Wangen sind gerötet, und ihre Augen glänzen. Unterwegs haben sie Picknick gemacht; Honigkuchenbrot mit Butter, Nußkuchen und marmeladegefüllte Krapfen. In den Gepäcktaschen ihrer Fahrräder bringen sie die Schätze heim, die sie im Wald und an den Teichen gesammelt haben. Es sind ihre letzten Ferientage, bald wird der Schulalltag wieder beginnen. Doch sie denken nur an den Augenblick, bis dahin bleiben ihnen ja noch ein paar schöne Tage, Tage großer Erlebnisse in Wald und Moor. Sie fahren zickzack über die Straße, lachen sich zu und verabreden sich für den nächsten Tag.

Jäh verstummt ihr Lachen und Rufen, als sie den dünnen und dennoch sehr eindringlichen Klang der Flöte vernehmen. Halblaut verabschieden sie sich voneinander und streben ernst und der Melodie lauschend ihren Häusern zu.

Der Himmel ist nun violett. Alle Formen vereinfachen sich zu grauen und schwarzen Umrissen. Die Fenster sind erhellt. Aber die Läden mag man noch nicht schließen. Es ist ein friedlicher Abend, die Erde duftet, riesig und hell entsteigt der Mond dem Horizont über den Wäldern. Die Nacht wird klar sein. Hundegebell antwortet auf Hundegebell, doch es klingt nicht böse. Es hört sich an wie Zurufe von Hof zu Hof, als bahne sich da ein unverständliches Gespräch an. Um den Mond herum färben sich die Wolken malvenrot. Und noch immer pflückt, Note für Note, die Flöte ihre langsame Melodie ab. Wie die Schafe auf der Weide, wie die Hunde in den Höfen, so schickt die Flöte ihre Töne nach einem Zwiegespräch aus.

Legende

Die kleine Flötenspielerin legt ihr Instrument hin. Ihre Mutter ruft sie zum Essen. Ihre Mutter mit den dunkelbraunen Schatten unter den Augen. Diese Schatten sind erst seit kurzem da; sie lassen den Blick der Frau noch erloschener, noch verstörter wirken; sie müssen tief aus dem Bauch kommen, denn sie scheinen ihren ganzen Körper zu verdunkeln. Ihre Schritte klingen matt, ihre Gesten sind schwerfällig, ihre Stimme ist belegt. Still folgt das Kind der Mutter ins Eßzimmer.

Niemand in der Familie Limbourg ißt mit Appetit, seit das Unglück geschehen ist. Es wird kaum noch gesprochen, so als würden die Wörter, vor allem die einfachen Wörter des täglichen Gebrauchs, in der Familie niemandem mehr etwas bedeuten. Man mag auch nicht weinen, verfluchen, nach Rache schreien. Es wäre umsonst, man kennt ja den Mörder nicht. Die jüngste Tochter der Familie Limbourg ist seit Anfang des Sommers tot. Es geschah kurz vor dem Ende des Schuljahres. Anne-Lise war neun Jahre alt. Nach zweitägiger Suche hatte man ihren leblosen Körper in einem Graben gefunden. Male am Hals wiesen auf Erdrosselung hin, der Körper trug die Spuren der Schändung. Pauline ist die Ältere, sie ist elf. Doch jetzt ist sie gar nichts mehr, sie ist wieder das einzige Kind.

In der Familie nannte man Anne-Lise das Eichhörnchen – sie hatte vieles mit diesem Tier gemein: das Rostrot des Haars, die Anmut, die Behendigkeit. Und sie verfügte über einen unersättlichen Appetit. Bei Tisch taucht der Vater aus seiner Dumpfheit nur auf, um wieder einmal hervorzustoßen: „Ich bringe ihn um, den Schweinehund, ich bringe ihn um!“ Aber wie und wo er den Mörder des Mädchens finden soll, das weiß er nicht. Die Mutter sagt nichts; sie hört es kaum, wenn neben ihr gesprochen wird. Ihre Gedanken und Sinne sind woanders, sie horcht auf Laute, die es nicht mehr gibt: das Lachen ihres Kindes, seinen hüpfenden, tänzelnden Schritt, seine helle Stimme. Ihr Blick ist abwesend und erschreckend stumpf. Mühsam durchdringt er den Nebelschleier, der sich auf die Lider gesenkt hat. „Iß, Kind, du mußt essen . . .“, murmelt sie manchmal zu Pauline und versucht eine Streichelbewegung. Doch die Hand sinkt zurück, die versuchte Liebkosung rutscht ihr aus der Hand wie die Perlen einer zerrissenen Kette. Sie entgleitet ihr, die Zärtlichkeit, sie verliert sich in der Nacht wie das Schluchzen um die Kleine, die tot im Gebüsch gefunden wurde, um die Kleine, die drüben auf dem Friedhof liegt, im Familiengrab der Limbourgs.

Pauline spürt die Liebkosung, spürt, wie sie sich entzieht und weinend aufmacht, die Wange ihrer kleinen Schwester, ihr rotes Kraushaar zu suchen. Sie ist nicht eifersüchtig auf ihre Schwester, sie ist es nie gewesen. Pauline ist schüchtern, viel zu groß für ihr Alter und nicht recht zu Hause in ihrem schlaksigen Körper. Anne-Lise hatte noch die Rundlichkeit des Kindes besessen, und vor allem war sie viel wagemutiger gewesen als ihre ältere Schwester. Pauline hatte Anne-Lise wegen ihres lebhaften, kecken Wesens bewundert und sich oft hinter ihr verborgen.

Auch Pauline hat keine Wörter mehr, um ihren Schmerz auszudrücken, um zu Anne-Lise zu reden. Es bleibt ihr nur die Flöte. Den ganzen Sommer lang hat sie Flöte gespielt. Sie spielt wie der Rattenfänger von Hameln, sie spielt endlos, doch nicht um Ratten und Kinder anzulocken und dem Verderben auszuliefern. Ihr Spiel bezweckt das Gegenteil: Es soll ihre kleine Schwester dem

Zauber entreißen, es soll den finsteren Bann des Todes lösen, es soll die schwere Grabplatte wegheben, die sie in der kalten Erde bei den Ahnen der Familie gefangenhält. Doch sie vermag nur den eigenen Schmerz, das Entsetzen zu betäuben. Was sie verzaubert, das sind ihre Tränen. Sie verwandelt sie in zaghafte Töne, in eine bebende Melodie. Sie spielt ganz dicht über dem Traum, sie bläst die Töne auf ihren Kummer hin, so wie man auf eine Brandwunde bläst, um den Schmerz zu lindern.

Die Leute im Dorf hören ergriffen zu, wenn Pauline Limbourg im Dämmerlicht des Hauses zu spielen beginnt. Und sie hören die wehmütige Weise noch, nachdem sie verstummt ist. Es ist, als hätte sich diese Weise durch das viele Wiederholen von der Flöte und von Paulines Lippen gelöst und schwebte nun allein durch die Gassen. Es ist, als hätte sich diese Weise durch ihre Wehmut heimlich im Ohr der Leute festgesetzt und pochte nun wie mit Tränenklang in ihren Schläfen. Man sagt: „Hören Sie? Das ist die kleine Limbourg. Sie kann gar nicht mehr aufhören zu spielen." Man sagt „die kleine Limbourg", ohne Vornamen. Weil jeder denkt: Natürlich ist es Pauline, die spielt, aber weint da nicht auch Anne-Lise? Allen Eltern wird es bange ums Herz, wenn von der „kleinen Limbourg" gesprochen wird – ist die Tote oder die Lebendige gemeint? Die Mütter sind vorsichtig geworden, sie bekommen es mit der Angst zu tun. Man tappt ja völlig im dunkeln; treibt sich der Mörder noch in der Gegend herum? Seit der Gewalttat darf kein Kind mehr alleine auf Streifzüge gehen. Die Landschaft scheint so friedlich, doch an ihren Wegen lauert ein Mörder. Die Kinder verlassen das Dorf nur noch in Gruppen.

*

Lucie ist von der Angst nicht angesteckt. Sie ist ohnehin nie allein unterwegs; Lou-Fé und sie sind so unzertrennlich wie je. Tagsüber unternehmen sie mit ein paar anderen lange Fahrradausflüge, abends sind sie häufig im Observatoriumsspeicher in der Rue des Oiseleurs zusammen. Madame Ancelot begleitet dann die Kleine nach Hause, oder Aloïse kommt ihre Tochter abholen.

Lucie hat Anne-Lise gut gekannt, sie saßen zusammen im Religionsunterricht. Jetzt wird Anne-Lises Platz verwaist sein, sowohl in der sonntäglichen Religionsstunde als auch in der Schule. Lucie hat nicht so recht begriffen, was eigentlich passiert ist. Die Wörter „Verbrechen" und „Vergewaltigung", die sie mehrmals gehört hat, haben ähnlich auf sie gewirkt wie das Vokabular ihrer Tante Colombe – Ödem, W des Weißen Engel, Gitane, Krieg und Witwenstand. In den seltsamen Wörter lauern Gefahren. Diese Wörter sind furchterregend wie böse Märchengestalten, wie der Zauberer, die Hexe, der Wolf oder jener menschenfressende Riese, der Oger. Zwar hat sie versucht, von ihrer Mutter Aufschluß über Anne-Lises Tod zu erhalten, doch Aloïse ist den Fragen ausgewichen und hat sich in vagen Andeutungen ergangen. Schließlich hat Lucie das Geheimnis um Anne-Lises Tod ihrer Phantasiewelt einverleibt, in der Märchen und Fabeln sich kunterbunt mit dem Leben Jesu und der Heiligen mischen. Der menschenfressende Oger hat Anne-Lise getötet. Doch das kleine Mädchen ist nicht tot; nicht mausetot wie die Igel, Katzen, Spitzmäuse oder Vögel, die manchmal überfahren am Straßenrand oder verwesend in den Feldern liegen. Anne-Lise ist „zum himmlischen Vater heimgegangen", sie ist jetzt ein Engelchen. Sie sitzt am Tisch des Herrn. Das hat Pater Joachim in der Kirche gesagt, bei der Beerdigung, an der alle Kinder teilgenommen haben. Er hat die Seligpreisungen zitiert: „Selig sind, die reinen Herzens sind; denn sie werden Gott schauen."

In Lucies Phantasie sitzt Anne-Lise in ihrem grünweiß gestreiften Schülerkittel, den sie am Tag des Verbrechens trug, an einem riesigen Tisch, der viel größer ist als die Tische bei Hochzeiten oder Erstkommunionen.

Auf diesen himmlischen Tisch ist ein herrliches, aus Regenbogenstrahlen gewebtes Tischtuch gebreitet, und es werden himmlische Speisen aufgetragen: Sternenmilch und von Sonnenhonig triefende Lichtkuchen. Der hübsche kleine Rotschopf thront da oben zwischen musizierenden Engeln und lachenden Cherubinen. Anne-Lise ist auf ewig ein Gotteskind. Ihr Leib ist verklärt; sie hat einen Körper aus reinem Licht, anmutiger und leichter als eine Wolke im Morgenrot. Aber sie trägt noch ihren Schulkittel, der natürlich makellos sauber ist.

In der Kirche, am Eingang zum Schiff, steht eine Statue aus bemaltem Holz, der heilige Antonius von Padua. Auf dem abgewinkelten Arm trägt er das Jesuskind. Er wendet dem Kind, das ihn überragt, sein Gesicht zu und blickt zu ihm auf. Sein Blick ist erstaunt, aufmerksam und zugleich vor Innigkeit wie entgeistert. Der Heilige hat lange, knochige Füße, die nackt in groben Sandalen stecken. Die Zehen des rechten Fußes, mit dem er das Gleichgewicht hält, sind abgewetzt, sie glänzen wie Marmor. Die flüchtig-zärtlichen Berührungen der frommen Verehrer haben das Holz poliert. Die Falten in der Kutte des Heiligen sind tief, der Schatten scheint sich darin zu verdichten wie auf dem Grund der Ackerfurchen. Statt eines Gürtels trägt der Heilige einen Strick um die Lenden.

Die Haut des heiligen Antonius ist weiß, leicht ins Elfenbein spielend. Braungemalte Wimpern zieren seine Lider. Der heilige Antonius hat die großen Augen altmodischer Puppen. Doch sein Blick ist keineswegs der einer Puppe. Übrigens ist es unmöglich, diesem Blick zu begegnen; er ist zum göttlichen Kind erhoben, er hängt an ihm, er verliert sich in ihm. Das Jesuskind ist ganz klein, doch von königlicher Würde. Es trägt ein helles, sehr schlichtes Kleid. Seine Füße sind nackt. Es sieht nicht auf den Heiligen hinunter, es sieht über ihn hinweg. Sein Blick umfängt die ganze Kirche, durchdringt die

Kirchenmauern, gleitet über die Dächer des Dorfs, fliegt über Straßen und Wege hin, schwebt über den Teichen, den Wäldern, den Feldern, bedeckt die ganze Erde. Dieser Blick allein ist schon ein Himmel.

Das Jesuskind hält eine goldene Kugel. Diese Kugel ist massiv, und doch scheint sie wie schwerelos in der winzigen Hand zu liegen. Diese große Kugel hat Lucie immer wieder beschäftigt, sie weiß nicht, ob sie einen Stern darstellt oder eine Frucht. Was immer sie auch sei, jedenfalls ist sie ein sehr hübscher Ball.

Am Fuß der Statue gibt es einen Opferstock. Jeden Sonntag bittet Lucie ihre Mutter um eine Münze, die sie dem heiligen Antonius opfern will. Sie mag den Laut, wenn das Geldstück in den Opferstock fällt. Ein trockenes „Klick". Sie denkt, das Münzenhäufchen im Kasten müßte golden werden wie die Kugel in der Hand des Jesuskindes. Golden und funkelnd wie die Dukaten, von denen die Schatztruhen der Seeräuber überquellen. Doch seit Anne-Lises Tod steckt sie nicht nur Münzen in den Schlitz des Opferstocks. Sie stopft auch Bilder, Bonbons und Schokoladenstückchen hinein. Für Anne-Lise. Lucie hat nämlich die Statue des heiligen Antonius mit dem Jesuskind als milden Beschützer der gestorbenen Kinder auserwählt. In ihren Gebeten bittet sie den Heiligen, gut für ihre Schulkameradin Anne-Lise zu sorgen und ihr zu erzählen, was es Neues gibt auf der Erde der Lebenden; und das Kind mit der goldenen Kugel bittet sie, es möge mit der Kleinen spielen. Doch was spielen eigentlich Kinder, die gestorben sind?

Obwohl Pater Joachim ihnen in seiner schönen Predigt versichert hat, das Mädchen sitze nun am Tisch des Herrn, wird Lucie manchmal von Zweifeln geplagt. Anne-Lises Leichnam wurde doch auch auf dem Dorffriedhof begraben. Die Kleine liegt dort in der kalten und dunklen Erde zwischen ihren Urgroßeltern im Familiengrab. Und immer wieder denkt sich Lucie, Anne-Lise müsse doch frieren, sie müsse doch Angst haben im

Dunkeln, und vor allem müsse ihr, die so gerne herumgetollt ist, furchtbar langweilig sein zwischen all diesen alten Leuten, die lange vor ihrer Geburt gestorben sind.

In Lucies Phantasie überschneiden sich beide Bilder. Es gibt die himmlische Anne-Lise, die zwischen Cherubinen am Tisch des Herrn sitzt, und es gibt die begrabene Anne-Lise, die in der finsteren Erde zwischen den verstorbenen Vorfahren der Familie Limbourg liegt. Lucie vergoldet nach Kräften das lichtvolle Bild mit den Engeln und malt es in den bunten Farben aus, die es von den frommen Büchern und den Heiligenlegenden kennt. Doch manchmal drängt sich das düstere Grabbild dazwischen und erschreckt sie. Anne-Lise verdoppelt sich in Lucies Gedanken; der hübsche verklärte Leib, der hoch oben über den Wolken schwebt, vermag nicht immer den anderen Leib vergessen zu machen – den kleinen Leichnam, der, den Tierkadavern am Wegrand gleich, in der Erde verwest. Selbst die naivsten Heiligenbilder, selbst die erbaulichsten Märtyrerdarstellungen werden beängstigend, wenn man sie näher betrachtet. Da ist zum Beispiel die heilige Lucia, ihre Namenspatronin. Eine zweifache Legende krönt wie ein doppelter Heiligenschein diese Jungfrau und Märtyrerin von Syrakus. Nach der einen Legende hat man ihr die Zähne ausgerissen und die Brüste abgeschnitten, dann wurde sie zum Tod auf dem Scheiterhaufen verurteilt, doch weil die Flammen sie nicht verzehren wollten, ist sie enthauptet worden. Nach der anderen Legende hat sie sich selbst die Augen herausgerissen und sie ihrem Verlobten geschickt, den sie nicht habe heiraten wollen, weil sie sich ganz Gott geweiht hatte. Doch die Jungfrau Maria schenkte dem in Liebe zu ihrem göttlichen Sohn entbrannten Mädchen neue, noch schönere Augen. Die Maler haben diese zweite Legende gewählt, und die Bilder zeigen die heilige Lucia, wie sie auf einem kleinen Tablett die geopferten Augen darbietet, als wären es

Früchte oder Blumen, während sie mit den zweiten, von der Gottesmutter empfangenen Augen den geläuterten Blick auf die Ewigkeit richtet.

Ein und derselbe Mensch mit zwei Augenpaaren, das ist wie Anne-Lise mit ihrem zweifachen Leib. Augen des Wunders und Augen des Leids, verklärter Leib und verwesender, irdischer Leib. Augen des Entzückens und Augen des Entsetzens, engelgleicher Leib und gepeinigter Leib. Lucie fragt sich, welches Band wohl die beiden Augenpaare und die beiden Leiber einen mag; sie ahnt, daß der Weg vom einen zum anderen durch das Grauen führt. Sie möchte auch gern wissen, ob die Heilige mit den herausgerissenen Augen, die so rund und hübsch auf dem Tablett liegen, immer noch sieht, und wenn ja, was sie damit sieht. Zeigt der Blick dieser Augen dasselbe wie der Blick der neuen, himmlischen Augen?

Weil sie von den Erwachsenen keine befriedigende Antwort erhält, fragt sie Lou-Fé. Doch das sternenverliebte kleine Känguruh weiß nicht viel mehr als sie selbst. „Jedenfalls“, meint er, „bestehen wir alle aus Staub von toten Sternen, wir werden wieder zu Staub, und am Schluß sind wir wieder Sterne. Die Sterne sind unsere Ahnen. Und was die Augen angeht, weißt du . . . wenn schon das Teleskop unseren Blick bis in die hintersten Himmel trägt, kann Gott auch den Blick seiner Märtyrer bis ans Ende der Welt reichen lassen, bis ans Ende aller Welten sogar.“

*

Heute haben sie zusammen einen langen Fahrradausflug übers Land gemacht. Lucie ist einer Unzahl von Riesen begegnet. Es sind die eisernen Masten der Hochspannungsleitungen, die sie so nennt. In ihren gewaltigen Silhouetten, die sich in schnurgerader Linie gegen den Himmel abheben, sieht sie eine Kolonne von Riesenkriegern; sie halten Lanzen und Spieße, geschmeidig wie Lianen und todbringender als Blitze. Zwar können sich die Krieger nicht bewegen, und ihre Rüstungen sind nur seltsame Gerippe – doch es sind Krieger von wahrhaft furchterregender Gebärde. Krieger, die nie wanken, nie ihre gereckten Arme sinken lassen, nie in die Knie gehen und ihre Waffen niederlegen. Diese Krieger sind immerzu kampfbereit. Lucie nennt sie die Riesen mit den gereckten Armen oder die Hochspannungskrieger, und voller Hingabe ersinnt sie Geschichten von heldenhaften und schrecklichen Kämpfen mit furchtbarem Kampfeslärm. Menschen stellen für sie keine angemessenen Gegner dar, nicht einmal Elefanten oder Giraffen. Nur Dinosaurier oder Diplodoken wären würdig, mit ihnen zu kämpfen, vielleicht auch noch Wale. Oder bestimmte Baumriesen aus fernen Ländern, wie der Baobab oder die Sequoie. Und weil die Krieger einen Feldherren brauchen, hat sie sich einen König für sie ausgedacht; die Hochspannungsriesen sind Gefolgsleute des Eiffelturms.

Als sie heute mit dem Fahrrad durch den schönen Sommernachmittag sauste, rosa Heideland und Teiche voller Seerosen links und rechts der Straße, malte sie sich aus, wie alle diese blitzbewehrten Stahlriesen feierlich in Paris einzögen, um dem breitbeinigen Oberherrn mit der langen Spitze auf dem Helm zu huldigen. Auf dem Rückweg beschrieb sie diesen Einzug dem neben ihr radelnden Freund. Um ihre Schilderung auszuschmücken, ließ sie sich von der Parade zum Nationalfeiertag auf den Champs-Elysées inspirieren, die sie sechs Wochen zuvor im Fernsehen verfolgt hatte. Lou-Fé verriet ihr dafür grandiose Dinge. Er wußte zu berichten, daß sämtliche Hochspannungsleitungen des Landes, aneinandergereiht, zweimal die Erde umspannen würden und daß die Leitungen mittlerer oder niedriger Spannung gar mehrere Male die Erde mit dem Mond verbinden könnten. Dann erzählte er ihr von der Elektrizität, dieser unsichtbaren und gleichwohl so mächtigen Kraft, die ohne Unterlaß fließe, und zwar mit ungeheurer Geschwindigkeit, nämlich mit Lichtgeschwindigkeit. „Dann ist sie etwas Ähnliches wie der Heilige Geist?“ fragte Lucie erstaunt. Doch Lou-Fé nannte jemand anderen, einen gewissen Herrn Faraday, für den er voller Bewunderung war. Wie gewöhnlich hat Lucie nur Wortfetzen von all dem schönen und hochseriösen Wissenschaftskauderwelsch ihres Freundes verstanden; ihr gefielen besonders „die gute Fee Elektrizität“, als die man im vorigen Jahrhundert die damals nutzbar gemachte Energie gepriesen hatte, und der Ausdruck „magnetisches Feld“. Sie verstand „magnetischer Held“, weil das wunderbar zu ihren wackeren Hochspannungskriegern paßte. Und die Elektrizitätsfee mußte dann wohl nicht nur eine gute, sondern auch sehr mächtige und sehr große Fee sein, wenn sie die Kraft des Blitzes mit der Geschwindigkeit des Lichts und die Menschenfreundlichkeit mit der Allgegenwart des Heiligen Geistes paarte.

Doch als sie jetzt unter abendrotem Himmel das Dorf erreichen, hören sie eine Melodie, die nicht von stählernen Helden und Blitzeskräften kündet. Diese Melodie ist wie ein langer, immer wieder von vorn begonnener Satz, ein trauriger und schöner Gesang, der zitternd seine ermatteten und tränenerstickten Töne aneinanderreiht. Das kann nicht die Fee Elektrizität sein, die so klagt, das klingt eher wie das Weinen der Tränenfee, die einst in der verlassenen Scheune hauste, bis der Blitz sie erlöste. Lucie ist überzeugt: die kleine Limbourg – die tote und die lebende – ist zur Fee geworden. Oder vielmehr zur armen kleinen Elfe, der man das Herz gebrochen und den Leib geraubt hat. Wie sollte Lucie nicht an die Märchen glauben, an ihre erstaunliche Wirklichkeit, wo doch die Lebenden in den Wirrungen ihres Erdendaseins ihnen Fleisch, Gesicht und Stimme verleihen? Die Welt ist ein Märchen, und das Leben ein großes Bilderbuch; die Bilder darin sind voller Farben, Töne und Gerüche, es sind bewegte Bilder, die tanzen oder töten.

*

Abends, bevor sie zu Bett geht, schleicht Lucie in ihr neues Zimmer, das sie bald beziehen wird. Es riecht darin nach frischer Farbe. Die Möbel werden nächstens geliefert – das Bett, der Schrank, der Tisch und der Diwan. Lucie durchquert im Dämmerlicht das leere Zimmer, sie geht ans offene Fenster und lehnt sich hinaus. Sie betrachtet die Aussicht, die vom Gemüsegarten bis zu den Wäldern reicht. Der von den Teichen aufsteigende Dunst läßt den Horizont nur schemenhaft erkennen. Lucie saugt die Abendluft ein; aus Gemüsegarten, Obstgarten und Wiese strömen Düfte auf sie zu und umfangen sie wohlig. Die Zeit scheint innezuhalten, es ist, als verweilte sie im Wohlgeruch, der der Erde entströmt. Es ist der Augenblick, der als Bindestrich zwischen Tag und Nacht steht, oder vielmehr sich mit der Leichtigkeit eines Kommas dazwischenschiebt. Für die Dauer dieses kurzen Augenblicks erholt die Zeit sich vom ewigen Auf und Ab. Die Welt gleicht der goldenen Kugel in der Hand des Jesuskindes, das der heilige Antonius auf dem Arm trägt; sie ist ganz und gar rund, ruht vollkommen in sich. Die Welt ist der Bewegung entzogen, es gibt keine Erddrehung, keine Geschichte. Die Welt ist in diesem Augenblick weniger ein Märchen denn ein Traum; der Traum ist vom Märchen angeregt – und gleichwohl ist es der Traum, der das Märchen hervorbringt.

Lucie stützt den Kopf in die Hände, sie hebt die Augen nicht zu den Sternen. Ihr schweifender Blick hält sich an die Erde. Sie schöpft ihre Kraft aus dem kräftigen Geruch der Erde und des Grases, aus dem Geruch der Blumen, der Bäume, der Teiche. Sie findet ihre Freude in der nahen Welt des Sichtbaren, in dieser heimatlichen Welt, die ihr vertraute Wege darbietet und sie täglich neue Abenteuer erleben läßt. Die Wege des Himmels, die Lou-Fé so faszinieren, ängstigen sie ein wenig; sie sind zu weit entfernt, zu unbekannt. Als sie einmal Lou-Fé fragte, ob die Sterne auch einen Geruch hätten, antwortete er nur: „Du spinnst wohl, Lucie!“ Seither hegt sie einen unbestimmten Groll gegen diese geruchlosen Körper.

Sie lauscht dem heiseren Stakkato Melchiors, des gütigen Schutzgeistes, der die Nacht, die Erinnerung und den Frieden auf Erden behütet. Sie nimmt Melchiors Gesang in ihre Kindheit, in ihre eigene zukünftige Erinnerung auf. Sie nimmt eine unscheinbare, tiefe Erdenstimme entgegen, die über Generationen hinweg singt und die Lebenden unbemerkt an ihre Erde, ihre Eltern und ihre längst gestorbenen Vorfahren bindet. Die kleine Lucie ahnt nicht, daß diese Stimme einmal verstummen wird, daß einmal ein Winter kommt, an dessen Ende Melchior nicht mehr erwachen und die Frühlingsnacht stumm und leer bleiben wird. Sie ahnt nicht, wie es sie schmerzen wird. Sie weiß auch nicht, daß diese Stimme, die so viele Abende ihrer Kindheit begleitet hat, später manchmal unversehens auf dem Grunde ihrer Erinnerung aufleben und irgendwann jeder Krötenlaut sie wehmütig machen wird. Sie weiß nicht, daß, um ihr stilles Werk zu vollbringen, die Erinnerung alles mitnimmt, was sie am Wege findet, und seien die Dinge noch so gering und unscheinbar. Wie der monotone Gesang einer alten Kröte.

*

Lucie lehnt sich in den Abend hinaus, atmet glücklich die Luft ein und lauscht. In der Ferne rascheln Blätter, plätschert ein Bach, schreit eine Eule, schlägt ein Fensterladen, spielt dünn und zart eine Flöte. Alle diese Laute vermengen und verweben sich zu einem einzigen Hintergrundgeräusch. Nur Melchiors Gesang, der lautstark den Rhythmus angibt, hebt sich deutlich ab. „Bald werde ich beim Glockenschlag dieser großen Uhr einschlafen“, denkt Lucie, „das wird lustig sein.“ Doch bald wird auch die Schule wieder anfangen. Sie wird den Weg durch den Septembermorgen allein gehen. Lou-Fé wird im Internat sein. Lucies einziger Trost ist dieses Zimmer. Der Diwan muß nahe am Fenster stehen, denkt sie, von da aus sieht man schön den Himmel.

Licht

Weh denen, die Böses gut und Gutes böse nennen, die aus Finsternis Licht und aus Licht Finsternis machen, die aus sauer süß und aus süß sauer machen!

Jesaia 5, 20

Rötel I

Der Himmel ist ein wenig aufgerissen, drüben über den Mooren. Das Blau der Nacht ist beschädigt; ein kleiner Makel nur in der glatten Unendlichkeit. Ein Schein, so zart noch, daß die kleinste Meise ihn mit einem etwas heftigeren Flügelschlag wohl zu verscheuchen vermöchte, umhaucht die Ränder des Risses. Unmerklich erstarkt der Schein und läßt den Riß zum Streifen werden.

Das Blau der Nacht beginnt zu erzittern, am Horizont verblaßt es. Wie ein strohfarbener Sprühregen verbreitet der Schein sich in der Morgenbrise, er durchdringt den Dunstschleier und versprengt ihn in immer lichtere Nebel. Der Schein wird zum Licht, das unaufhaltsam sich in den gesamten Raum des Himmels ergießt. Das Licht selbst wird zum Raum. Und die Erde erhebt sich; sie richtet ihre Formen auf, sie entzündet ihre Farben, stimmt ihre Töne, belebt ihre Gerüche. Die Erde öffnet sich dem Tag, der feuchten und strahlenden Helligkeit des neuen Heute.

Es ist die Stunde, in der, duftig und silberhell, die Schönheit der Welt durch die taufunkelnden Wege geht und im violetten Schatten der Hecken und Büsche die Vögel aufweckt, die leise zwitschernd das Federkleid schütteln. Es ist die Stunde, in der drinnen in den kühlen Zimmern die Schönheit der Welt den Schläfern über Lider und Lippen fährt und kleine Körnchen des Begehrens in ihre Herzen streut. Es ist die Stunde, in der der Schlaf leichter wird, die Träume sich entwirren und die Traumbilder kenntlicher werden.

Im Gemüsegarten, hinten bei der alten Mauer, an der die Tomatenstangen aufragen, liegt ein Mann ausgestreckt. Er liegt auf dem Rücken, ein wenig schief im schmalen Gartenweg, der um die Beete führt. Sein Nacken ruht auf der aufgeweichten, tauglänzenden Erde des Tomatenbeets. Seine Füße ragen in die Endivien hinein. Er ist groß. Und weil er, befremdlich an diesem Ort und zu dieser Stunde, so hingestreckt liegt, erscheint er riesig. Golden irisiert das Licht in seinem blonden Haar, die Morgenluft fährt in seine Locken und bewegt sie leise. Von ihren Stauden herab werfen die Tomaten ihre leichten, orangerot spielenden Schatten auf sein Gesicht.

Der Mann hat die Augen geöffnet. Seine Wimpern bewegen sich nicht. Er betrachtet den Himmel, der weit, flachsblond und lila sich wölbt. Er schläft nicht, er träumt nicht. Das Bild, das in ihm wogt, verträgt sich nicht mit der am Himmel vibrierenden, feinen Helligkeit, in der sein Blick sich verliert – und vor Entsetzen weitet: der Himmel dreht sich im Gegensinn zur Erde unter ihm. Das Bild, das auf ihm lastet, ist dunkler noch als die bläulichen Schatten, die im Dickicht der Hecken und Sträucher verharren.

Ein Bild, durchtränkt von Alkohol. Ein Bild, durchtränkt von Blut; von schlammdickem Blut. Der Hingestreckte wartet, daß das Bild sich verflüchtige, daß sein Blut sich aufhelle und beruhige, daß Himmel und Erde ihre Bewegung wieder aneinander angleichen. Er wartet, wie Tiere warten, er denkt nicht und fragt nicht. Seit langem, seit jeher lebt er seinem Körper unterworfen, seinem Körper voller Ausschweifung, im Rausch des Vergessens und finsterer Lüste.

Legende

Sein Körper – Kraft und Schönheit. Ferdinand Morrogues gilt als der schönste Mann im ganzen Umkreis. Er ist groß, kräftig, er geht erhobenen Hauptes, als sauge er ständig irgendwelche geheimen Düfte ein oder halte Ausschau nach einem unbestimmten Etwas. „Mein Sohn hat Rasse", verkündet seine Mutter allen, die es hören wollen. Er hat lange Hände, schmale, gelenkige Finger. Seine Gesichtszüge sind von vollendetem Ebenmaß, und das Blau seiner Augen hat den etwas kalten Glanz des Mondes, wenn er zu Beginn der Nacht durch die Wolken scheint und der Himmel ins Ultramarin umschlägt. Sein blondes Haar spielt ins Goldbraune, und es lockt sich. Jedes Licht läßt das Blond in anderen Tönen schimmern: Bernstein, Kupfer, Honig oder Safran. „Mein Sohn verbindet das Mondblau mit der Sonnenhelle", deklamiert seine Mutter, wenn sie emphatisch wird.

Das schimmernde Blond seines Lockenhaars zieht die bewundernden und begehrlichen Blicke der Frauen an. Alle nennen ihn den „schönen Ferdinand". Als er noch ein Kind war, nannte ihn seine Mutter ihren kleinen Sonnenkönig oder Kornblumenmond, je nachdem, ob sie über sein Haar oder über seine Augen in Entzücken geriet. Doch die Liste der Ehrentitel und Kosenamen, mit denen Aloïse ihren Sohn im Laufe der Jahre bedachte, ist endlos.

*

Sein Körper – ein lebendes Grab. So wie der Bau eines prunkvollen Mausoleums unter der strengen Aufsicht der Stifter vor sich geht, damit es das Gedächtnis eines verehrten Hingeschiedenen ihren strenggläubigen Anschauungen gemäß ehre, so ist Ferdinand unter dem wachsamen Auge seiner Mutter herangewachsen. Ferdinands vom Witwenblick der Mutter behütete Kindheit glich dem Bau eines Denkmals. Er wuchs allein heran unter diesem leuchtenden Auge, das von ihm vollkommene Ähnlichkeit mit dem im Krieg gefallenen Gemahl erbettelte und zugleich forderte.

Und der kleine Ferdinand, an Fügsamkeit alle Hoffnungen übertreffend, ist das Bild seines Vaters geworden. Seine dankbare Mutter hat dieses Bild sakralisiert und zur Ikone erhoben. Und wagte gelegentlich jemand, der Victor Morrogues, den Vater, gut gekannt hatte, geringfügige Unterschiede zwischen ihm und dem Kind auszumachen, so wurde Aloïse heftig und ließ nicht locker, bis der andere ihre Verblendung teilte. Doch seit langem ist niemand mehr so unklug gewesen, der Witwe Morrogues in diesem Punkt zu widersprechen. Und mit den Jahren wurde die Erinnerung an Gesicht und Aussehen des Verstorbenen ohnedies unscharf, so daß sich die Leute leichter überzeugen ließen.

Ferdinand selbst hat keinerlei Erinnerung an seinen Vater. Als dieser starb, war er noch keine vier Jahre alt. Was ihm aber stets in Erinnerung, im hintersten, dunkelsten Winkel seines Gedächtnisses lebendig blieb, ist die befremdliche Umarmung seiner Mutter an jenem Morgen, als sie die Nachricht erhalten hatte und ihn aufwecken kam. Sie hatte ganz plötzlich in seinem Zimmer gestanden, im Nachtgewand und mit aufgelöstem Haar, sie hatte sich an seinem Bett auf die Knie geworfen und ihn mit einer Kraft, die ihn damals aufs höchste erstaunte und entsetzte, weinend an sich gedrückt und schließlich aus dem Bett, aus dem Schlaf gerissen. Aus der Kindheit gerissen mit einem Ruck.

Titanenarme. Mit ihren unbekannten Armen hat sie ihn umschlungen; und diese Umarmung hatte einen Geruch. Einen zur Übelkeit reizenden Geruch, in dem sich die Wärme des mütterlichen Körpers, die der rasende Schmerz zur Hitze steigerte, mit der nassen Kälte der Tränen vermischte, die ihr Gesicht und Brust überschwemmten und den Kragen des feinen pfirsichfarbenen Wolljäckchens benetzten, das sie über dem Nachthemd trug.

Dann richtete sich seine Mutter plötzlich auf und warf wild die Arme in die Höhe, wodurch sie ihn hoch über sich hinausstemmte, hoch über ihr nach hinten geneigtes, blasses und tränenverschmiertes Gesicht. Er wußte nicht, ob er noch schlief und einen Alptraum hatte oder ob er wirklich wach war. Entgeistert blickte er in das flache, entstellte Gesicht, das bleich zu ihm heraufschien. Er verstand nichts, ein zu großes Entsetzen hatte ihn gepackt. Man hatte ihn jählings dem sanften Schlaf entrissen, der zarten Haut der Kindheit, dem unbekümmerten und ungestörten Dasein. Mit dem Griff eines Titanen, der einem Pferd oder Menschen mit einem einzigen Ruck die Haut vom Leibe reißt, sie umstülpt, als wäre sie ein Handschuh.

Als sie ihn endlich auf den Boden gesetzt hatte, ruderten seine Hände hilflos in der Luft, nicht um einen Halt zu suchen, sondern weil er seinen eigenen Körper wiederfinden wollte, seine leichte und warme Kinderhaut, die Süße des Unbehelligtseins, die Wollust des Schlafes. Doch in ihrem Schmerz hatte die Mutter ihm all dies geraubt, alles zunichte gemacht – im Namen eines in der Ferne gefallenen Vaters. Und seit diesem Tag war sie voller Ungeduld: Ferdinand konnte nicht schnell genug seinem Kinderkörper entwachsen, nicht schnell genug selbst ein Mann werden. Ein Mann wie sein Vater, ebenso schön und einzigartig wie er. Und sie hatte nur den einen Wunsch, daß der Sohn *ihn* wieder auferstehen lasse: ihren „im besten Mannesalter dahingerafften Gemahl“, wie sie sich stets ausdrückte, oft hinzufügend: „dahingerafft auf dem Höhepunkt unserer großen Liebe“.

*

Sein Körper – ein schöner Schein. Ferdinand ist außerhalb seiner selbst aufgewachsen, neben seiner ersten, abrupt beendeten Kindheit. Er ist in einer zweiten Kindheit großgeworden, die nicht die seine war, die ihm von außen aufgezwungen wurde. Von einem Außen, das weit entrückt war, das jenseits der Legendenhorizonts lag, hinter dem der ruhmreiche Vater ruhte. Ganz unmerklich hat er dessen Bild übergestreift, dessen Körper, Haut und Farben angenommen. Er wurde zum lebenden Mausoleum des Gemahls seiner Mutter. Und das alles geschah ganz von selbst und ohne daß ihm jemals seine Verwandlung bewußt geworden wäre. Er glich ganz einfach seinem Vater. Das hatte die Natur so gemacht. „Bei Menschen, die Rasse haben, wirkt die Natur manchmal Wunder", sagte Aloïse. „Sie sehen es bei meinem Sohn: dem Vater wie aus dem Gesicht geschnitten – dieselbe Eleganz, dieselbe Schönheit, dasselbe seltene Blond, dasselbe seidenweiche Haar mit den Engelslocken! Und die Augen sind dieselben, die Hände, das Lächeln! ... Die Geschichte hat meinen geliebten Gatten im besten Mannesalter dahingerafft, doch die Natur läßt ein solches Zerstörungswerk nicht zu, sie läßt die dem Vater geraubte Schönheit beim Sohn wiedererstehen."

Wenn die Witwe Victor Morrogues die geerbte Herrlichkeit ihres Sohnes mit den Engelslocken und den mondblauen Augen pries, hörten die Leute ernst und höflich zu; doch als Ferdinand erwachsen war, dachten sie sich gleichwohl, daß dieser junge Mann sich nicht sonderlich hervortäte, was Willenskraft, Mut oder auch Intelligenz betraf. Nicht daß er dumm gewesen wäre; aber er war eigen, man kam nicht an ihn heran. Er sprach sehr wenig und vertraute sich niemandem an, man wußte nie, was er dachte, und deshalb auch nicht so recht, was man von ihm halten sollte. Er war von der Schule gegangen, ohne deshalb eine Lehre zu beginnen. Er war zu wankelmütig und labil, um irgendeine Ausbildung durchzustehen oder bei einer Arbeit zu bleiben. Obwohl seine Mutter alles tat, um ihm eine Stellung zu verschaffen, war er fast immer arbeitslos. Sie aber hatte stets Verständnis; und wenn alles nicht half, entschuldigte sie Ferdinands Unfähigkeit, sich ein Ziel zu setzen oder bei einer Anstellung zu bleiben, mit seiner Künstlernatur. „Da ist nichts zu machen", seufzte sie mit geheimnisvoller Miene, „mein Sohn ist eben ein Künstler, er hat eine zu feinfühlige Seele, um sich den Zwängen dieser Welt unterzuordnen." Riskierte man die Frage, worin denn eigentlich die künstlerische Begabung Ferdinands bestehe, wo er doch in der Schule gescheitert war, kein Gedicht schrieb, weder sang noch musizierte, auch nicht malte oder bildhauerte, so wich sie hochnäsig aus: „Er ist ein Träumer. Ein hochbegabter Träumer! Unter der kraftstrotzenden Schale verbirgt sich ein hochsensibler Kern. In ihm steckt etwas Himmlisches . . ." Nur war für niemanden ersichtlich, worin dieses Himmlische bestehen sollte, und wenn auch die Frauen es immer noch nicht lassen konnten, ihn den „schönen Ferdinand" zu nennen, so sprachen die Männer respektlos vom „großen Ferdinichts".

Da er gleichwohl zu essen und ein Dach über dem Kopf brauchte, wohnte er immer noch bei seiner Mutter und deren zweitem Mann. Er werkelte ab und zu im Garten oder im Haus und führte, wenn gerade Bedarf war, Gelegenheitsarbeiten im Dorf aus.

Die Männer waren etwas eifersüchtig auf seine Schönheit, sie sahen die Augen ihrer Frauen bisweilen bewundernd glänzen oder gar begehrlich aufblitzen. Indem aber dieser Schönling von Format ein noch größerer Taugenichts war und überdies einen immer ausgeprägteren Hang zum Alkohol zeigte, fürchteten sie seine Konkurrenz nicht allzusehr. Es bestand keine Gefahr, daß ihnen die Frauen wegen dieses Nichtsnutzes davonliefen, mochte er noch so verführerisch sein.

Obwohl verführerisch anzusehen, war Ferdinand mitnichten ein Verführer. Nicht einmal von einem Verhältnis wußte man, in seinem Liebesleben herrschte dieselbe gähnende Leere wie in seinem Arbeitsleben. Man mutmaßte lediglich, daß er bei seinen Gängen in größere Städte der Umgebung sicherlich Prostituierte aufsuchte. „Gar nicht so dumm, der schöne Ferdinichts!" witzelten die Männer unter sich, „hat nicht wie unsereiner eine Frau am Hals, und wenn er's braucht, holt er sich's bei den Huren." – „Jammerschade ist es", meinten hingegen die Frauen, „ein so schöner Mann, und geht zu den Straßenmädchen!" Ferdinands Mutter übersah geflissentlich auch diese Eskapaden ihres Sohnes, so wie sie Bemerkungen, die darauf anspielten, einfach überhörte. Bei Tante Colombe war die Frage schon unvermeidlich: „Wie steht's, Aloïse, hat dein Ferdinand immer noch keine Freundin? In seinem Alter wird's allmählich Zeit, an hübschen Mädchen mangelt es doch gewiß nicht in der Gegend! Die Tochter von Mélanie Brézoux zum Beispiel, oder die kleine Maheux von der Rue Sainte-Solange, oder die Jüngste von Bessons, Evelyne, auch die Sophie Chevrier . . . alles reizende, anständige Mädchen im Heiratsalter. Eine gute Partie wären sie allemal, aber wenn Ferdinand sich weiter Zeit läßt, verpaßt er sämtliche Gelegenheiten und endet noch als alter Knabe." – „Ja, sicher, es sind anständige Mädchen", entgegnete Aloïse gereizt, „aber meinem Ferdinand steht der Sinn nach Höherem . . . ich meine, er will nicht heiraten, um eine Partie zu machen. Er sucht die Seelenverwandtschaft . . . Und das ist etwas ganz anderes! Für seine Künstlernatur braucht es ein sehr feinfühliges, zartes, aufmerksames Mädchen . . ." Die alte Lucienne sprach kaltschnäuzig direkt den wunden Punkt an: „Nun, meine Liebe, wann heiratet er denn, der Sohn? Am Sankt-Nimmerleins-Tag oder danach? Der junge Herr scheint mir etwas übertriebene Ansprüche zu haben. Ein schöner Mann ist er, das läßt sich nicht bestreiten, aber in punkto Tüchtigkeit, das müssen Sie zugeben, ist er eine absolute Null. Er ist nichtsnutziger als Bastien, und das will etwas heißen! Wenn sonst nichts hilft, dann müssen Sie ihn eben zwingen, an seine Zukunft zu denken, er ist kein Kind mehr!

Oder will er sich von Ihnen und Hyacinthe ewig aushalten lassen? Aber Sie sind eben beide zu schwach, mein Bruder aus Weichheit, Sie aus übertriebener Mutterliebe. Daraus wird nichts Gutes. Sehen Sie mich an, ich mache mir nichts vor, was meinen Trottel von Sohn betrifft. Bastien ist eine Niete, und das sage ich ihm ins Gesicht. Er weiß übrigens, daß er zu meinen Lebzeiten von mir nichts bekommt, wenigstens solange er sich nicht aufrafft und etwas aus sich macht. Geld hat er weiß Gott schon genug verloren." – „Sie sind zu hart zu Ihrem Sohn, und zu Ferdinand ungerecht", entgegnete Aloïse gekränkt. „Mit einem Waschlappen darf man nicht nachsichtig sein, da hilft nur eines: Stärke! Nun ja, Sie sind auch zu beklagen, wir haben beide kein Glück gehabt mit unseren Söhnen!" – „Ich beklage mich nicht, ich mag meinen Sohn, wie er ist", gab Aloïse nur zurück. Doch innerlich litt sie unter Ferdinands Verhalten; sie fühlte sich nicht nur in ihrem Stolz gekränkt, sie machte sich vor allem Sorgen. Sie fürchtete um die Gesundheit ihres Sohnes, wenn er dermaßen dem Alkohol und dem Laster zusprach. Was konnten diese Dirnen nicht alles an schlimmen Krankheiten übertragen! Und seit einiger Zeit nagte an Aloïse ein weiterer Kummer: Ihr Sohn sollte doch ein Mädchen von Stand kennenlernen, heiraten und seinerseits einen Sohn zeugen! Der Gedanke, daß der Name Morrogues erbenlos bleiben und irgendwann erlöschen, in Vergessenheit geraten könnte, war ihr unerträglich. Es gab für sie nichts Schlimmeres als das Vergessenwerden.

*

Sein Körper – Zerrissenheit und Finsternis. Ferdinand ist als Fremder im Schatten seines Körpers herangewachsen, fremd sich selbst und den anderen gegenüber. Sein eigenes Schicksal hat ihn nie interessiert, seine Zukunft ist ihm immer gleichgültig gewesen. Schon sehr früh hat sich eine lähmende Trägheit auf ihn und seinen Geist gelegt. Diese Trägheit verschleierte das Grauen und die Angst, die an einem Morgen seiner frühen Kindheit sein Herz erfüllt hatten, sie deckte sie zu, brachte sie zum Schweigen. Doch manchmal geschah es, daß die Angst auf dem Grund seiner Seele dumpf zu brüllen begann, daß sie sich regte wie ein im Schlamm hausendes großes Tier. Es war, als erwachte in ihm der Leib seines Vaters, dessen Doppel er war. Diesem Leib war ja die Grabesruhe versagt, er galt als vermißt. Man hatte Leutnant Morrogues zwar fallen sehen, doch die berstende Erde hatte ihn sogleich verschlungen und unter sich begraben; man hatte nie den genauen Ort finden können, wo sie ihn bedeckt hatte. Über seinen Tod bestand nicht der geringste Zweifel, doch einen Leichnam gab es nicht. Er war irgendwo im Schlamm verwest, zusammen mit den Körpern anderer junger Männer, die wie er zerfetzt worden waren – bei Vouziers, in kalter Ardennenerde, an einem schönen Maitag des Jahres 1940.

Doch was war das für ein Schlamm, der manchmal in Ferdinand zu brodeln begann? Dieser weißglühende Schlamm, der in seinem Unterleib, in seinen Lenden und in seinem Herzen stoßweise in Wallung geriet. War es der Schlamm, in dem sein Vater verwest war, oder war es der Bodensatz seiner jäh ertränkten, besudelten und tränenverschmierten Kindheit? Feststand, daß die dunkle Unruhe, die ihn mehr oder weniger ständig umtrieb, zur erstickenden Angst wurde, wenn dieser Schlamm in Bewegung geriet. Und eine unheimliche Glut entflammte sein Fleisch, eine Glut mit schwarzen und purpurroten Flammen, wie ein glühender Lavastrom. Und sein Herz wand sich unter dieser Glut – wand sich vor Verlangen. Ein Verlangen, das sein Fluch war.

Dieses Feuer, dessen schwarze Flammen bis in sein Herz hinein loderten, hatte sich im Körper des Heranwachsenden entzündet. Ferdinand hatte sich gleichwohl nicht aus seiner Trägheit herausgerissen und keinen Versuch gemacht, den Herd des Feuers zu löschen. Er ließ sich peinigen, wenn die krankhafte Lust ihn schüttelte, und ertrug passiv die Qual, sie nicht befriedigen zu können. Diese Lust war, Ferdinand spürte es, so unbezwinglich wie unstillbar. Lange Zeit hielt er stand. Er versuchte das Verlangen, das seinen Leib so peinigte, zu überlisten, zunächst in der Heimlichkeit, dann bei Frauen, denen Scham nichts bedeutete und die keinerlei Gefühl verlangten. Doch so leicht war das Verlangen nicht zu betrügen. Es wußte genau, was es wollte, auch wenn Ferdinands Bewußtsein, das auf dem Grund seiner Trägheit dahindämmerte, überhaupt nichts begriff und schon scheiterte, wenn es Tiefe und Ausmaß dieses Hungers ermessen wollte. Eines Tages schließlich obsiegte die Leidenschaft. Ferdinand bemächtigte sich des Lustgegenstandes, von dem er so lange geträumt hatte.

Doch einmal befriedigt, forderte die Leidenschaft nur immer mehr – sie schwang sich zur Herrin über ihn auf. Ferdinand hatte es gewagt, von der allerverbotensten, unberührbarsten Frucht zu kosten, und dieses Kosten war Rausch gewesen, unerhörte, unermeßliche Wollust. Eine Wollust, in der sich Sinnengenuß und Scham, Unschuld und Verbrechen, Ekstase und Schmerz so innig und so wonnevoll verbanden, daß jede andere Lust daneben schal erschien.

Ferdinand versuchte sich dem verhängnisvollen Sog zu entziehen, indem er in den Alkohol flüchtete. An Tagen, an denen die Versuchung übermächtig wurde, trank er bis zum Stumpfsinn und bis zur Bewußtlosigkeit. Doch der Trieb erwies sich jedesmal als unbesiegbarer Tyrann. Die Begierde war eine Hydra, die mit kaltem Grinsen stets ein neues Haupt erhob. Seinem triebbesessenen Leib ausgeliefert, erlag er der Versuchung und begab sich von neuem in den finsteren Abgrund. Voller Entsetzen, und voller Lust.

*

So hat er sich auch an diesem anbrechenden Morgen aufgemacht, getrieben vom unbezwingbaren Bedürfnis, taumelnd vor Trunkenheit, Müdigkeit und Hunger.

Hunger nach einem zartgliedrigen Kinderkörper.

Doch die Trunkenheit hat ihn zu Fall gebracht, er ist von der Mauer gestürzt, auf die er geklettert war, um die hübsche verbotene Frucht zu pflücken, die er immer wieder hier kosten kommt, seit Jahren schon. Er hat den Halt verloren und ist wie ein Stein auf die fette, taufeuchte Erde gefallen. Jetzt liegt er ausgestreckt, das Gesicht der aufgehenden Sonne zugewandt, er kann sich nicht erheben, er kann sich überhaupt nicht mehr rühren, er kann auch nicht um Hilfe rufen. Selbst die Augenlider gehorchen ihm nicht mehr. Er liegt da, mit aufgerissenen Augen und starrem Blick. Und sein Herz schlägt rasend, in seinem Körper tost das Blut und brandet gegen die Schläfen. Er hat das Gefühl, in seinem Innern zerfleischt, von innen her verschlungen zu werden. Das Zimmer, in das er wie ein Dieb einsteigen wollte, erhebt sich ungeheuer hoch über ihm. Dieses Zimmer – Ziel all seines Verlangens, Brennpunkt seines Wahns.

Rötel II

Das Licht reinigt sich von den letzten Spuren der Nacht, es stöbert die Reste der Dunkelheit auf, die sich in Gräben und Büschen verkrochen haben. Wie mit feinem gläsernem Klingeln rührt es an die dünnen Lider der Vögel, an die gefalteten Flügel der Insekten, an die Stirn des Getiers in Feld und Garten. Und Augen, Schnäbel, Flügel gehen auf, Kehlen weiten sich, der Hunger regt sich.

Kristallen funkeln die Spinnennetze, die, als winzige Monde in Zweige und Zäune gespannt, in der Morgenbrise zittern. Das Licht verhakt sich an den Dornen der Rosen und an den Pfeilspitzen der Torgitter, an den dunkelgrün gelackten, runden Blättchen der Buchshecken. Es schleicht auf die Häuser zu, treibt sich in den Gärten herum, klettert die Mauern hinauf. Es schillert auf dem grau und rosa gefärbten Kies der von Stockrosen gesäumten Wege, auf den mit Blumentöpfen und Blumenschalen bedeckten niedrigen Mäuerchen. Es glitzert auf den verzinkten Traufrohren, auf den rostroten Ziegeldächern, auf den gläsernen Dachluken. Es schimmert auf den Stufen der Außentreppen, auf den bronzenen Türklopfern und den Messingklinken der Haustüren. Doch drinnen verwehren ihm Schlüssel den Zutritt zu den Fluren, den Wohnzimmern und den durch die Körper der Schläfer warmen Schlafzimmern.

Es ist noch zu früh für die Menschen. Sie ruhen noch, sie haspeln die letzten Fäden des Traumgarns ab. Die unter freiem Himmel nächtigenden Tiere hingegen haben seinen Ruf vernommen, und alle ihre Sinne sind hellwach an der Schwelle des neuen Tages. Der Hunger meldet sich, er will gestillt sein. Wer überleben will, muß List und Täuschung anwenden; der eine, um zu jagen, der andere, um zu fliehen oder sich zu verstecken.

Das Licht windet sich vergeblich im Schlüsselloch. Es hat keine Kraft, es ist leicht und zart. Es ist geduldig; es gleitet die Straßen entlang, es wartet auf den Türschwellen, legt sich still auf die Fensterbretter vor die schweren Läden aus Holz. Doch schon schlüpft es auch durch die Spalten der Rolläden und gießt ein wenig Rosa in das braune Halbdunkel, das in den Schlafzimmern eingeschlossen ist. Es färbt dieses Halbdunkel mit der Farbe der zugezogenen Vorhänge. Es wirft ungewisse, zittrige Schimmer auf die Bretter des Fußbodens und die gebrochenen Falten der Laken, es streift Bettpfosten, Tischkanten und Kommodenecken. Es hellt kaum merklich das Wasser der Vasen und Karaffen auf den Nachttischen auf, es streichelt hier eine Schläfe, einen Hals oder eine nackte Schulter, wirft dort seidigen Glanz auf einen Spiegel, einen Fingernagel, eine Lippe, eine Haarsträhne. Doch es ist nicht genug, um den Schlaf zu durchdringen und die Augen der Menschen aufgehen zu lassen. Es reicht gerade, um die flüchtigen Bilder, die in ihren Träumen wogen, rosa zu überhauchen.

Ein Fenster indessen hat die Läden weit offenstehen, die Vorhänge sind nicht zugezogen. Es ist das Fenster im ersten Stock an der Ostseite jenes Hauses, das an der Biegung der friedlichen Rue de la Grange-aux-Larmes gelegen ist. Das Morgenlicht findet hier ungehindert Einlaß; wie eine Fontäne besprengt es die Wände und malt große flimmernde Flecke an Decke und Fußboden.

Im Bett, das in der rückwärtigen Ecke des Zimmers steht, liegt ein Kind. Es ist ein kleines Mädchen. Unter einer feinen rot und orange karierten Baumwolldecke liegt es zusammengekrümmt auf der Seite. Sein krauser Haarschopf ist zur Hälfte sichtbar; seine Finger verkrampfen sich ins Laken, dessen umgeschlagenes Ende mit scharlachroten Kirschengirlanden bestickt ist. Es ist ein schmächtiges Mädchen. Und in der zusammengekrümmten Haltung mitten im Bett wirkt die Kleine winzig. Ihr Haar ist so schwarz und so struppig, daß keinerlei Schimmer die Farbe tönt. Wie verkohltes Dornengestrüpp sticht das Schwarz aus dem weißen Kopfkissen heraus. Die Bettdecke wirft einen blutroten Schimmer auf ihre Wange. Ihre Augen sind geweitet und unverwandt aufs Fenster gerichtet. Diese Augen sind ebenso schwarz wie das Haar. Die Kleine schläft nicht, doch sie ist nicht aus einem Traum aufgeschreckt. Es sind keine Alptraumbilder, es ist die Angst, die sie so hellwach sein läßt. Eine Angst, die in ihrem Herzen hämmert und dröhnt.

Es ist die Angst, die alle ihre Sinne so aufs äußerste gespannt sein läßt. Es ist das Entsetzen und der Haß.

Ein Entsetzen von ekelerregendem Geruch, wie von Stroh, das im hintersten Winkel eines Stalls verfault. Vom Geruch des blonden Ogers, der kommen und sie packen wird. Ein Entsetzen vom Blau der Kornblume im Weizen. Ein Haß von der Schwere eines Männerkörpers, von der erdrückenden Masse eines Grabsteins.

Sie wartet, die Kleine, daß der Oger erscheint, dieser große Körper ihres Hasses. Sie wartet wie ein Beutetier, das nicht fliehen kann, in verhängnisvoller Starre. Schon lange, viel zu lange für ihr Alter, lebt sie erstarrt durch ein Geheimnis, das mit Abscheu und Scham, vor allem mit Grauen beladen ist. Mit der Elle des Kindes gemessen, ist die Zeit der Verlassenheit ohne Grenze und Maß.

Legende

Ihr Geheimnis – eine finstere Magie, die das vordem so fröhliche Kind auf einmal verwandelt hat. Es entstellt hat. Lucie Daubigné ist nicht mehr das sonnige Gemüt, der liebenswerte, hübsche Wildfang. Sie hat jegliche Anmut verloren. Statt des offenen, zutraulichen Blicks hat sie nun argwöhnisch lauernde Augen, statt des hellen, unbändigen Lachens ein böses, trockenes Kichern. Sie ist nicht mehr zierlich, sondern mager, und ihre graziöse, behende Art sich zu bewegen gleicht jetzt eher dem Schlängeln einer Blindschleiche oder dem Heranpirschen einer hungrigen Füchsin. Ihre Mutter sagt nicht mehr, „meine Tochter ist ein richtiger Frühlingswind, man kann sich einen Schnupfen holen, wenn man ihr zusieht, wie sie herumwirbelt und herumsaust!“ Enttäuscht sagt sie nur noch, „meine Tochter ist eine kleine Giftschlange, die nur immer weghuscht oder beißt, wenn man ihr zu nahe kommt. Ich weiß wirklich nicht mehr, wie ich ihr beikommen soll. Sie macht einem nur Sorgen, und von Anhänglichkeit keine Spur! Da sagt man immer, die Mädchen seien anschmiegsamer als die Buben und kämen häufiger zu ihren Müttern! Reiner Quatsch ist das! Wenn ich daran denke, was für ein Schmusekaterchen mein Ferdinand damals war!“ Ihr Vater nennt sie nicht mehr „mein kleiner Fratz, mein hübscher Käfer“; er ruft sie nur noch Lucie, und seine Stimme ist dabei ein wenig traurig, fast schüchtern. Er versagt sich allerdings jeden Kommentar.

Sie selbst hat verlangt, daß man sie nur noch bei ihrem richtigen Vornamen nennt. Sie befand, die Zeit der Kosenamen sei vorbei. Sie hat alle diese Verniedlichungen zum alten Gerümpel geworfen. Und Louis-Félix gleich mit. Von ihrem einstigen Spielgefährten und Mitträumer hat sie sich losgesagt, sie hat ihn verstoßen, ihren Zwillingsbruder mit den dicken Brillengläsern. Sie hat auch mit allen ihren Freundinnen gebrochen, und die Zuneigung der Erwachsenen weist sie zurück. Gerade zu ihnen geht sie auf Distanz. Sie will allein sein. Sie hat es auch erreicht, es herrscht völlige Leere um sie. Sie ist Lucie und sonst nichts, jede Vertraulichkeit wird strikt unterbunden.

Und keiner soll sich unterstehen, die streng abgeschirmte Ödnis zu betreten, die sie um sich geschaffen hat. Jeder Schritt auf sie zu, um sie wieder zutraulicher zu machen, ist eine schwere Verfehlung, die Zorn und Abscheu in ihr aufwallen läßt. „Weg da!" schreit sie jeden mit der ganzen Wut ihrer kindlichen Verzweiflung an. Doch der, dem dieser haßerfüllte Schrei eigentlich gilt, der ihn allein verschuldet hat, er schert sich keinen Deut um das Verbot und setzt sich fortwährend darüber hinweg.

Das Geheimnis zerfrißt sie von innen her. Lucie hat den Appetit verloren, alles Essen ist ihr zuwider. Beim Geruch von Saucengerichten dreht sich ihr der Magen um. Fleisch kann sie nicht mehr essen, ohne erbrechen zu müssen. Sie lebt nur noch von Früchten, Gemüse und Brot. Selbst vor Milchprodukten ekelt sie sich. Mit krankhafter Empfindlichkeit reagiert sie auf bestimmte Geschmäcke und Gerüche. Alles, was sie an den Körpergeruch ihres Peinigers erinnert, alles, was sich mit diesem Körper und seinen Ausscheidungen verbindet, ruft bei ihr augenblicklich heftigste Abscheu hervor. So jeder süßliche und zugleich saure Geruch; es ist der Hautgeruch der Blonden. Sie wittert ihn überall, diesen abstoßenden Geruch nach Männerhaut, Schweiß und Alkohol. Dieser Schweißgeruch des vom Verlangen erhitzten und von der Lust verschwitzten Mannes. Sie hat eine Abscheu gegen alle Körperflüssigkeiten – gegen den Schweiß, den Speichel, das Blut und vor allem gegen diesen sonderbaren weißlichen Ausfluß, der, lau und glibberig wie ein geronnener Milchrest in einer ausgetrunkenen Tasse, aus dem Unterleib des Mannes austritt.

„Wirklich, es gibt nichts Schlimmeres als ein Kind, das nicht essen will", jammert ihre Mutter beim Kaffeeklatsch. „Man ist weiß Gott bestraft damit! Tag für Tag muß man schreien, drohen, zu List und Strafe greifen, nur damit dieser Sturkopf von Lucie irgend etwas zu sich nimmt. Zu allem sagt das Fräulein nein, nichts paßt dem Fräulein mehr, am Tisch hat sie ein Geziere und Getue wie die zickigste Prinzessin. Würde man ihr nachgeben, so würde sie nur noch Grünzeug und hartes Brot essen, exakt wie eine Ziege. Dickköpfig und unfolgsam wie eine Ziege ist sie obendrein. Früher hätte man ihr gesagt: ‚Lucie, paß auf, dich holt noch der Wolf, wenn du nur Gras und Brotkanten frißt.' Aber sie setzt ihren Kopf durch." Was Aloïse bei ihrer wortreich geführten Klage nicht weiß, ist, daß der Wolf das Zicklein längst gefressen hat. Daß ihre Tochter nur deshalb einen solchen Widerwillen gegen alles Essen, gegen Fleisch insbesondere, entwickelt hat, weil ihr Körper schwer mißhandelt, weil ihr kindlicher Leib geschändet worden ist. Der Wolf hat das Zicklein längst gerissen und beginnt sein mörderisches Mahl immer wieder aufs neue. Und er beklagt sich auch noch: „Du bist mir wirklich zu mager, Lucie, das reinste Knochengestell, sonst nichts. Und flach wie ein Brett. Man holt sich ja blaue Flecken bei dir."

Er hat die Stirn, sich zu beschweren! Er, der ihr alle Lust am Essen geraubt, der sie um sich selbst betrogen hat. Soll er sich nur blaue Flecken holen, wenn er sich auf sie lümmeln kommt, soll er am ganzen Körper blaue Flecken haben, und möglichst auch einen auf der Stirn!

Ein blaues Schandmahl mitten auf der Stirn, wie der Aschefleck nach der Messe am Aschermittwoch, damit alle es sehen können und ihnen endlich ein Licht aufgeht.

Ja, sie ist wirklich mager. Wenn es ginge, wäre sie noch magerer. Sie möchte abmagern, bis man sie nicht mehr sehen und anfassen kann, damit dem Wolf die Lust auf sie vergeht, dem unersättlichen Oger der Appetit verdorben wird. Natürlich sind ihr die Bemerkungen unangenehm und lästig, die sie von allen Seiten zu hören bekommt. „Mein armes Kind", beklagt sich die Mutter alle naselang, „du bist so mager, daß man sich die Augen verdirbt, wenn man dich nur anschaut!" Oder: „Lucie, du gleichst bald nicht mehr der Ziege in der Geschichte vom Wolf und dem Zicklein, du siehst eher aus wie der Pflock, an dem sie angebunden war!" Ihr Vater fragt nur hie und da: „Meine kleine Lucie, du wirst mir doch nicht krank?" – „Ich bin völlig gesund", gibt sie jedesmal trotzig zurück und entzieht sich der Hand, die sie ein wenig streicheln will. Und erst die Tanten mit ihrem Gerede! „Ach, Lucie! Was für ein Jammer! Du bestehst ja nur noch aus Haut und Knochen! Das kann man nicht mit ansehen! Keine verwilderte Katze ist so ausgemergelt wie du. Und du warst so ein hübsches Pummelchen, als du klein warst. Ach, wie du dich verändert hast!"

Ja, sie hat sich verändert. Auch ihre Art zu sehen hat sich verändert. Ihre netten Großtanten sieht sie nun anders als bisher. Sie nimmt vor allem ihre wabbeligen Fleischmassen und ihr hohles Gegurre und Gejammer wahr: zwei alte Waschweiber, die sich mit Kuchen vollstopfen und derweil über ihre Wehwehchen klagen, vor allem die dicke Colombe mit ihrer ewigen Leier vom „Albert-der-das-W-vom-Weißen-Engel-auf-den-Kopf-gekriegt-hat-und-es-hat-gegossen-wie-aus-Kübeln ..." Hat nichts Besseres verdient, dieser blöde Albert! Und Colombe und Lolotte sollen sich den Bauch vollschlagen, soviel sie nur wollen, und ihren ranzigen Kummer in der Schlagsahne ersäufen, aber Lucie will fortan verschont bleiben von ihren Puddings und Stollen, von ihren Käsesahnetorten, die schlimmer wackeln als ihre Busen und Hintern! Soll sie nur weiter aufgehen und bald platzen, die Tante Colombe mit ihren Brückenpfeilerbeinen, und dieser Einfaltspinsel von Lolotte soll ihre fetten Kater nur weiter mästen, irgendwann werden auch die platzen! Nur sie, Lucie, nein, sie wird keinen Bissen anrühren. Natürlich muß auch Patin Lucienne ihren blöden Senf dazugeben. Bei ihrem giftigen Mundwerk kann sie ja nicht anders als in jeder kleinen Wunde herumstochern, die sie bei den anderen ausmacht. Wenn Aloïse sich darüber beklagt, daß ihre Tochter hartnäckig jedes gekochte Essen verschmäht, wird sie von der alten Lucienne spitz abgefertigt: „Ja, meine Liebe, da fehlt es an Erziehung! Kinder brauchen eine harte Hand, notfalls den Stock. Wenn Lucie sich aufführt und Sie zum Wahnsinn treibt mit ihren Zicken, dann verabreichen Sie ihr eben eine Tracht Prügel! Wenn sie nicht essen will, dann schicken Sie sie aufs Zimmer oder verbieten ihr ein Lieblingsspiel.“ – „Aber verstehen Sie doch, liebe Lucienne“, antwortet Aloïse zerknirscht, „das geht alles nicht. Ich hab’s ja versucht, aber umsonst. Lucie ist so verstockt, daß sie viel lieber allein ist als mit uns zusammen, und da tue ich ihr natürlich nicht den Gefallen, sie auf’s Zimmer zu schicken! Und ihr ein Lieblingsspiel verbieten, das ist leichter gesagt als getan – sie mag überhaupt nichts und niemanden!“ – „Dann stecken Sie sie in ein Heim. Da wird man ihr Manieren beibringen.“ – „Daran habe ich auch schon gedacht, aber ihr Vater ist dagegen.“ – „Kurzum“, schloß Lucienne, „mit Ihrem nichtsnutzigen Sohn und der kapriziösen Tochter können Sie ja nicht froh werden. Nun ja, ein nettes Patenkind haben Sie mir da gegeben! Eine störrische Gans, für die sich jeder Fuchs bedanken würde, weil er sich nicht die Zähne ausbeißen will. Sie sind einfach zu schwach, Hyacinthe und Sie, sie sind nicht wirklich streng zu Ihren Kindern. So nett mein lieber Bruder sein mag, er ist und bleibt ein Weichling." Aloïse fährt wütend auf, doch nicht weil dieses böse Weib die Tochter als Gans und den Mann als Weichling bezeichnet hat – im Grunde haben beide es verdient –, sondern weil sie nebenbei auch Ferdinand beleidigte. Später läßt sie ihre Wut an Lucie aus: „Was ich deinetwegen alles ertragen muß! Da bemühe ich mich, es Lucienne recht zu machen – und wohlgemerkt in deinem Interesse –, doch du rotzfreches Ding weißt nichts Besseres, als mich lächerlich zu machen!" – „Ich habe doch nichts getan und nichts gesagt!" verteidigt sich Lucie. „Natürlich hast du etwas getan! Erstens hast du eine Leidens- und Duldermiene aufgesetzt, als kämst du zum Zahnarzt! Und zweitens beschämst du mich mit deinem mageren Knochengestell. Mein Gott, man sieht ja schon durch dich hindurch! Außerdem antwortest du nicht, wenn man mit dir spricht. Und deine frechen Blicke – glaubst du eigentlich, diese alte Ratte von Lucienne würde es nicht merken?" – „Warum gehen wir sie dann besuchen, wenn sie eine alte Ratte ist?" – „Was, warum? Sie ist immerhin die Schwester deines Vaters, und deine Patin obendrein! Und vergiß bitte nicht, daß ich einen Teil ihrer Juwelen bekommen soll, und warum? Weil du ihr Patenkind bist und etliche dieser Diamanten einmal dir gehören werden. Eine Kleinigkeit ist das nicht!" Doch Lucie murmelt mit verstohlenem Grinsen vor sich hin: „Ihre Diamanten kann sich die alte Ratte in den Hintern stecken und im Sarg wieder ausscheißen. Das wird lustig für die Würmer!" – „Was brummelst du da wieder in deinen Bart? Wie oft soll ich dir noch sagen, daß es unhöflich und geradezu unanständig ist, in Gegenwart anderer zu nörgeln, ohne daß man es versteht. So etwas geht im Theater, aber nicht in Gesellschaft!"

Es gibt indessen auch Menschen, die das abgemagerte, menschenscheue und kratzborstige Kind mit besorgtem Blick anschauen, statt an ihm herumzumäkeln. Einige verstehen den finsteren und schon verstörten Blick der Kleinen als beunruhigendes Zeichen; sie spüren, daß dieses Kind unglücklich sein und leiden muß, wenn es sich dermaßen den Menschen entzieht. Und einzelne haben versucht, mit Aloïse zu reden. Doch sie ist ausgewichen, hat sich dem Gespräch entzogen. Um keinen Preis will sie sich auf das heimtückische Gelände des Zweifels begeben; ein ebenso blinder wie unerbittlicher Instinkt warnt sie: Ja nicht zu tief nachgraben, weder in der sumpfigen Seele des Sohnes noch in der wunden Seele der Tochter! Sie ahnt nämlich sehr wohl, daß es in der Seele ihres schönen Ferdinand einen Sumpf und in der ihrer widerspenstigen Lucie Tränen geben muß. Doch ist sie ganz und gar unfähig, diese dumpfe Ahnung ins Bewußtsein zu heben. Noch weniger kann sie mit irgend jemand darüber reden. Solche Nachforschungen in den dunklen und undurchsichtigen Schichten ihrer Kinder könnten die festen Fundamente unterminieren, auf denen sie ihr Leben aufgebaut hat, und am Ende lädierten sie womöglich ihr dreifaches Prestige als ehrbare postume Tochter eines Helden des ersten Weltkrieges, als würdige und nur aus Vernunftgründen wieder verheiratete Offizierswitwe und schließlich als tapfere Mutter, die sich für ihre Kinder aufopfert. „Wenn meiner Tochter etwas passiert wäre, so wüßte ich es!“ antwortet Aloïse jedesmal kurz angebunden und von sich überzeugt. „Ich habe ein wachsames Auge auf sie, sie ist ein verwöhntes, aber wohlbehütetes Kind. Wenn es ihr nicht gut geht, so hat sie es sich selbst zuzuschreiben, sie bildet sich alles nur ein.“

Aloïse wird in ihrer Kunst des Ausweichens dadurch bestätigt, daß sie bei Lucie auf taube Ohren stößt, wenn sie dennoch einmal fragt: „Mein Schatz, sag mir doch, was ist los mit dir? Schikaniert dich jemand in der Schule oder auf dem Schulweg? Stimmt irgend etwas nicht? Du mußt mir alles sagen, weißt du – ich bin deine Mutter!“ Und auf dieses Argument der Argumente hin erwartet sie, daß ihr die Tochter alles gesteht. „Es ist gar nichts los, Mama, ganz bestimmt nicht", antwortet die Kleine.

„Ich bin deine Mutter" – als ob ihr damit geholfen wäre! Gerade weil sie ihre Mutter ist, kann Lucie ihr nichts sagen, obwohl ihr das Geständnis an manchen Tagen auf der Zunge brennt. Ihre Mutter ist eben auch die Mutter des anderen. Ihre Mutter ist die Mutter des Wolfs und die des Zickleins zugleich. Die des Wolf ist sie noch weit mehr.

Ihre Mutter mit der helltönenden Stimme und dem stolzen Blick, der nur weich wird, nur zärtlich aufleuchtet, wenn er dem Sohn ihrer großen, zeitlos gewordenen Liebe gilt. Dem Sohn, der diese Liebe selbst ist.

Ihre Mutter ist fast eine Wölfin. Eine Verräterin, die es nicht weiß.

*

Ihr Geheimnis: ihrem Körper wurde Schlimmstes angetan. Ein Akt der Besudelung, des Verrats und der Brutalität wurde gegen ihren kindlichen Leib verübt. Er ist zu ihrem Trauma geworden. Wenn man Lucie ihre extreme Magerkeit vorhält und sie dazu bewegen will, ein wenig zuzunehmen, antwortet sie gereizt: „Ja, ich weiß, meine Magerkeit." Und es klingt schmerzlich wie „Bitterkeit".

Sie ist bitter von dem vielen Schweiß, von diesen Ausflüssen, die sie auf ihrer Haut ertragen mußte; sie ist bitter von den ständigen Besudelungen mit diesem Eiter aus dem Unterleib des Mannes. Eines Mannes, der einmal ihr großer Bruder war, blond und bildschön; der einmal ihr Held war, ihr Kinderstolz, ihr Hausgott. In ihrem Körper und ihrem Herzen ist sie verbittert, daß er sie so verraten, so erniedrigt hat. Ihr Held ist zum gemeinen Traumdieb herabgesunken, zu einem nach Alkohol und Schweiß stinkenden Grobian, ihr Hausgott hat sich als böser Zauberer entpuppt, der nachts in ihr Zimmer eindringt, um sich keuchend und stöhnend auf ihr zu wälzen. Der große Bruder ist ein Oger, der sich am zarten Fleisch kleiner Mädchen sättigt.

So ekelt sie sich nun vor dem eigenen Körper. Zu ihrer Magersucht gesellt sich ein Waschzwang. Doch sie wäscht sich nicht, sie scheuert sich. Morgens und abends seift sie sich ein und reibt sich fast wund dabei. Noch aus der letzten Pore ihrer Haut sollen der Geruch des Ogers verscheucht und die Flüssigkeit vertrieben werden, die er auf sie verspritzt hat. Und da ihre Mutter unablässig betont, sie sei jetzt groß und im Alter, in dem man vernünftig sein und kindische Ängste ablegen müsse – wenn sie wieder einmal darum bittet, ins alte Zimmer zurückkehren zu dürfen, da sie sich ängstige im neuen –, so erklärt Lucie nun ihrerseits, sie sei auch alt genug, sich allein zu waschen und anzuziehen. Ihre Mutter lacht über diese plötzliche Anwandlung von Schamhaftigkeit. „Sie mal einer an, das Fräulein ist dünn wie ein Besenstiel, besteht nur noch aus Haut und Knochen und spielt bereits die Verschämte, als hätte es üppigste Formen zu verbergen! Schon gut, mein armes Mäuschen, verbirg dich, wenn es dir Spaß macht, aber ich bitte dich flehentlich, rubbele dich nicht nur ab wie ein antikes Kupfergeschirr, sondern benütz auch mal Kamm und Bürste und paß auf deine Kleider besser auf! Eine Lumpensammlerin kommt nicht so struppig und schlampig daher wie du. Wenn ich daran denke, was für ein Kokettchen du einmal warst! Jetzt bist du die reinste Vogelscheuche, vor der nicht nur Spatzen, sondern auch Krähen Reißaus nehmen!“ Alle diese Vorwürfe und Sticheleien, mit denen die Mutter bei ihrer Tochter wieder eine Spur Gepflegtheit erreichen möchte, haben bei ihr nur das Gegenteil bewirkt. Könnte sie es, so würde Lucie sich mit Desinfektionsmittel waschen, mit Stahlwolle abreiben, mit Schwefelsäure und Äther behandeln, nur um die Ogernase des Bruder abzuschrecken.

An Teichen und Bächen hat sie beobachtet, wie sich bestimmte Kröten verhielten, wenn sie von einem Raubtier angegriffen wurden. Sie warfen sich auf den Rücken und stellten sich tot, wodurch sie ihren dicken Bauch mit den aggressiven Farben präsentieren; dazu sonderten sie aus Hautdrüsen einen ätzenden, stechend riechenden Schaum ab, wodurch der Feind augenblicklich jede Lust auf sie verlor. Wie oft hatte Lucie, wenn sie nachts von der Angst aus dem Schlaf gerissen wurde und mit klopfendem Herzen auf das kleinste Geräusch unter dem Fenster horchte, sich erträumt, sie hätte den Kröten ihr Geheimnis entwendet, und wenn dann der Bruder hereingeschlichen käme und ihr das Laken wegrisse, fände er im Bett nur noch einen steifen Körper mit riesig aufgeblähtem Bauch, gelbgrün schimmernd und mit braunen, scharf riechenden Blasen bedeckt. Sie träumte die Märchen und Fabeln verkehrtherum; nie hing sie, wenn sie im Gras oder an einem Tümpel eine Kröte entdeckte, diesen rührenden Geschichten nach, in denen schöne Prinzen erst von bösen Hexen in häßliche Kröten verzaubert und dann vom Kuß einer Prinzessin in noch viel schönere junge Männer zurückverwandelt wurden. Im Gegenteil, Lucie wünschte sich in die glitschige, garstige Haut der Kröten hinein, um den Bruder damit abzuschrecken. Oger fressen keine Kröten.

Oger fressen Kröten zwar nicht, aber sie bringen sie zum Schweigen. Zumindest ist Melchior seit Ferdinands nächtlichen Besuchen verstummt. Nach dem Herbst und dem langen Winter, in dem sich der Bruder als Kinderfleischräuber entpuppt hat, ist der gute Geist des Gartens weggeblieben. Die alte, so vertraute Kröte ist vom Schlaf in der Erde nicht wieder aufgewacht. Lucie hat ihr Schweigen bemerkt, es klaffte wie eine Lücke in den Frühlingsnächten. Doch überrascht hat es sie nicht. Der Oger, dieser böse Zauberer, verkehrte ja alles in sein Gegenteil; Vertrautes ließ er fremd und beängstigend werden.

Schließlich wollte Lucie häßlich sein. Nachdem die eigene Mutter sie dem Oger ausgeliefert hatte, nachdem sie sich niemandem anvertrauen konnte, nachdem sie über keine Waffe verfügte, mit der sie sich hätte wehren können, sah sie nur noch den einen Ausweg: so mager und so dürr zu werden wie ein abgestorbener Ast, und so häßlich, daß jede Lust auf sie abgetötet würde. „Ein erbärmliches Klappergestell ist meine Tochter geworden", jammert Aloïse. „Und wie süß war sie, als sie klein war! Sie ist zwar nie eine solche Schönheit wie ihr Bruder gewesen, aber doch reizend auf ihre Art. Sie hat schöne schwarze Augen und feine Züge. Sie war einmal eine hübsche Brünette, jetzt ist sie ein häßlicher schwarzer Zwerg! Und abgemagert bis aufs Skelett, man kann bei ihr sämtliche Rippen zählen! Und wachsen will sie auch nicht mehr – nur ihre Augen werden größer und größer, sie lassen bald nichts mehr übrig von ihrem Gesicht! Und wie bös sie dreinschaut! Sie kann nicht mehr lachen, nur noch grinsen, und das schöne Haar, das sie einmal hatte, macht sie mit Fleiß zuschanden. Ich kann meine Scheren noch so verstecken, sie findet immer irgendwo eine, mit der sie sich sinnlos zerschnippelt. Einen Rock oder ein Kleid anzuziehen, weigert sie sich. Wenn ich sie dazu zwinge, hat sie garantiert im Nu eine Dreiangel darin. Von den Flecken wollen wir gar nicht erst reden! Sie verdreckt sich von oben bis unten. Nur drunter, unter ihren Lumpen, da hat sie eine Haut, blanker als das Kupferblech beim Graveur! Meine Tochter ist mir ein völliges Rätsel; wo alle anderen Mädchen ihres Alters sich nicht schön und anziehend genug sein können, tut sie alles, um immer noch häßlicher zu werden. Wenn sie so weitermacht und sich nichts ändert, wird sie mir dermaleinst keinen Schwiegersohn nach Hause bringen, sondern eines dieser graugrünen Monster aus den Horrorfilmen!"

Das Monster ist bereits da, und es kommt nicht vom Film. Es gehört zur Familie. Und ist ein sehr schöner Mann.

*

Ihr Geheimnis – ein unsichtbares Siegel sorgt unerbittlich dafür, daß es gewahrt bleibt. Ein Siegel aus Scham und Todesfurcht. Lucie schweigt. Der Oger hat ihr die Stimme geraubt, er hat ihr die Worte verriegelt, sie kann ihre Pein nicht gestehen.

Denn er herrscht über sie mit den Mitteln des Schmerzes und der Angst. Unablässig demonstriert er seine Macht über sie. Er tut ihr weh, verdreht ihr das Handgelenk und zieht sie an den Haaren, um sie sich gefügig zu machen; er schüchtert sie ein, indem er ihr mit dem Tode droht, sollte sie jemals schreien. Manchmal sackt er über ihr zusammen und schläft schlagartig ein, wenn sein Trieb befriedigt ist. Sie erstickt schier unter der trägen Masse des vom Alkohol- und Sinnengenuß ermatteten Körpers. Sie meint dann, das Gewicht der Grabplatte zu spüren, unter der die kleine Anne-Lise Limbourg liegt.

Bisweilen versucht er, nachdem er sie mißbraucht hat, sie zu besänftigen, ihr Vertrauen zu gewinnen und sie für sich einzunehmen. Er säuselt dann, er meine es doch gut mit ihr. „Meine kleine Lucie, es ist doch schön mit mir, nicht wahr? Du magst es doch, wenn ich dich streichle, es ist doch angenehm, ja? Weißt du, wir tun nichts Böses. Es ist sehr schön, sich so zu lieben, wie wir es tun, wirklich! Aber die andern sind böse, sie sind eifersüchtig, darum darf man ihnen nichts verraten. Nichts, gar nie! Du schwörst mir doch, daß du nie jemandem etwas erzählst? Es ist unser Geheimnis, unser großes Geheimnis, das ganz zwischen uns bleibt. Du darfst es nie verraten.“ Er überschüttet sie geradezu mit Lügen, die er ihr leise ins Ohr flüstert. Meistens aber droht er ihr, und damit hat er sie in seiner Gewalt. „Wenn du ein einziges Wort sagst, drehe ich dir den Hals um, hörst du? Untersteh dich ja nicht, mich zu verpetzen, sonst zerdrücke ich dich wie eine Laus. Entweder du hältst den Mund, oder ich befördere dich, zack! in einer hübschen kleinen Holzkiste auf kürzestem Weg auf den Friedhof. Und daß du mir nicht das Fenster verriegelst! Ich will kommen können, wann ich will, und dann sollen die Fensterläden offen sein. Wenn du dich je einsperrst, bekommst du was zu hören von mir am nächsten Tag, glaub mir! Du hast mir aufs Wort zu gehorchen."

Jeden Abend geht sie mit der Angst im Bauch und der Wut im Herzen zu Bett. Jede Nacht schreckt sie mehrmals aus dem Schlaf auf, beim geringsten Geräusch dreht sie sich zum Fenster. Dort kommt er herein. Er klettert auf die Mauer des Gemüsegartens und schwingt sich von da aus mit Leichtigkeit zu ihrem Fenster hoch. Er kann vollkommen gefahrlos bei ihr eindringen. Die Schlafzimmer der Eltern befinden sich am anderen Ende des Hauses. Und das Zimmer darunter ist das seine. Niemand sieht ihn, niemand hört ihn. Die Kleine ist sein Besitz.

Lucie ist zum Schweigen verurteilt, ja sie muß sich sogar zur Komplizin ihres Peinigers machen. Sie weiß nämlich, daß er seine Drohungen nicht leichthin ausspricht. Anne-Lise Limbourg mit ihrem hübschen roten Lockenschopf und ihrem Lachen, das über den ganzen Schulhof schallte – diesem so jäh und für immer verstummten Lachen –, sie wurde von ihm umgebracht, Lucie ist sich dessen nunmehr gewiß. Und das andere Mädchen, von dem sie vor einem Jahr in der Zeitung gelesen hat, auch das hat er umgebracht. Er hat es zum Selbstmord getrieben. Irène Vassalle. Ihr Foto war in allen Zeitungen abgedruckt. Ein blondes Mädchen mit sanftem Blick. Zwei dicke Zöpfe umrahmten ihr Gesicht. Lucie hat ihr Bild aus einer der Zeitungen ausgeschnitten, sie verwahrt es in ihrem Schatzkästchen, zusammen mit dem Foto von Anne-Lise. In den Zeitungen hatte es geheißen, das Kind habe sich eines Abends im Speicher des Elternhauses erhängt, ohne daß irgendwelche Vorzeichen auf die Verzweiflungstat hingedeutet hätten. Doch die Gründe für den Selbstmord waren offensichtlich.

Vielleicht hat er auch noch andere getötet. Und eines Tages wird sie an der Reihe sein. Eines Tages wird er den Griff nicht mehr lockern, wenn er, wie er es manchmal tut, ihr die Finger um den Hals legt, um sie einzuschüchtern und zur Verschwiegenheit zu zwingen. Diese Hände, diese bösartigen, langen und harten Finger – Lucie spürt ihre Umklammerung immerzu an ihrer Kehle. Und die Tränen gefrieren ihr, der Schrei erstickt, die Worte zerfallen ihr in der beklemmten Kehle.

*

Jetzt liegt sie schon eine ganze Weile wach. Ein Geräusch hat sie aus ihrem flachen Schlaf gerissen. Ein Geräusch, bei dem ihr schon schwindelt, wenn sie es von ferne hört: Auf leisen Sohlen schleicht er sich auf den Gartenwegen heran und tastet sich vor bis zur Mauer, die er gleich erklimmen wird. Er hat getrunken, sein Gang auf Zehenspitzen ist torkelnd. Er hat getrunken, sein Atem wird nach Alkohol stinken, er wird grob sein, in seinen Augen wird es trübe flackern. Er wird den Ogerblick haben – in seinen Augen wird sie den Hunger, die Perversität, die Mordlust des Ogers lesen. Er wird seinen verschmierten Blick haben, als würden nicht Tränen seine Augen befeuchten, sondern Schweiß. Er wird seinen glasigen Blick haben, im jauchigen Blau seiner Netzhaut wird die Pupille starr sein. Er hat getrunken, er wird ihr Worte unflätiger und verlogener Zärtlichkeit zuflüstern, dann wird er grinsen und schlimmste Drohungen hervorstoßen. Er hat getrunken, er wird sich auf sie legen, er wird sich auf ihr wälzen und ihr gewaltsam die Glieder spreizen, als wäre sie ein Insekt oder ein Frosch auf dem Seziertisch. Er hat getrunken, er wird in schweren Schlaf sinken, sobald sein Hunger gestillt ist, und sein schlaffer Leib wird auf ihr lasten, er wird sie erdrücken und zerquetschen. Er hat getrunken – er kommt, um von neuem sein Werk der Besudelung und des Grauens zu verüben.

Sie wartet, den Körper im Bett zusammengekrampft, die Finger in den Saum des Lakens verkrallt; ihr Herz schlägt so wild, daß sie davon ganz benommen ist. Sie möchte aufstehen, fliehen, zu den Zimmern laufen, in denen ihre Eltern schlafen. Doch sie rührt sich nicht. Wie stets hält die Angst sie im Bett fest und raubt ihr Atem und Stimme. Ihre Muskeln sind so angespannt, daß Arme und Beine ihr nicht mehr gehorchen. Ihre Muskeln sind aus Stahl, ihre Knochen aus Glas. Bei der geringsten Bewegung würde alles zerbrechen und zersplittern in ihr. Und ihr Herz schlägt so rasend und heftig, daß es schmerzt.

Sie möchte wenigstens die Augen schließen können, damit wieder Nacht wird im Zimmer und sie nichts mehr sieht, doch selbst das gelingt ihr nicht. Weit aufgerissen bleiben ihre Augen auf das Fenster geheftet, durch das der Oger im nächsten Augenblick eindringen wird.

Sie weint nicht, sie hat gar kein Bedürfnis zu weinen. Es ist so lange her, daß sie nicht mehr weiß, wie Weinen geht. Der Oger hat ihr alles geraubt – selbst die Tränen. Als er das erste Mal in ihrem Zimmer stand, erschrak sie so heillos, daß sie in heftiges Schluchzen ausbrach. Denn auf dem kurzen Weg vom Fenster zum Bett hatte er sich die Kleider vom Leib gerissen, hatte Hemd, Hose und Unterhose auf den Boden geworfen und war splitternackt auf sie zugekommen. Sie hatte noch nie einen Männerkörper, die Nacktheit eines Mannes gesehen. Sein Geschlecht. Sie war verwirrt und entsetzt. Sie verstand die Welt nicht mehr. Der Mann, der da mitten in der Nacht in ihrem Zimmer auftauchte, hatte wohl das Gesicht ihres Bruders, doch der Körper war ihr fremd, er war schön und abscheulich zugleich. Welchem Tier er nur dieses merkwürdige Glied gestohlen hatte, das da unten am Bauch abstand? Es sah einerseits komisch aus, wie ein amputierter Stumpf, andererseits schien es unendlich beängstigender als die anderen Glieder, mit denen der Körper sich bewegt. Es war ein Glied, das sie nicht besaß und dessen Funktion ihr verborgen blieb, dessen Gewalttätigkeit sie aber instinktiv erfaßte. Und der Bruder, dieser vertraute und zugleich schockierend fremde Mann, hatte sich über sie gebeugt, ihr mit einem Ruck das Bettzeug weggerissen, sie aus dem Bett gezerrt, zum Diwan geschleppt und sich dort über sie geworfen. Und als sie zu schreien anfing, hatte er sie an der Kehle gepackt und gesagt: „Hör auf zu schreien, oder ich erwürge dich, verstanden? Und weine nicht. Ich kann Tränen nicht ausstehen. Nicht ausstehen, hörst du?" Und er hatte ihr das tränenüberströmte Gesicht mit einem Zipfel ihres Nachthemdes abgetrocknet, das er ihr grob bis zu den Schultern hochgeschoben hatte.

Seit jenem Tag hatte sie nie mehr geweint. Selbst wenn sie bestraft wurde oder sich verletzte, weinte sie nicht. Der Oger hatte die Tränenquelle in ihr schlagartig versiegen lassen. Den Menschen ihrer Umgebung war diese Veränderung nicht entgangen; Lucie, die früher ebenso schnell losgeweint hatte, wie sie in Lachen ausgebrochen war, weinte nie mehr, so wie sie auch nie mehr lachte. Aloïse sprach einmal ihrer Patin Lucienne gegenüber davon; und die alte Ratte wußte auch gleich eine Erklärung: „Trockenes Auge, trockenes Herz! Ein Kind, das nie weint, hat keine Gefühle! Das verheißt nichts Gutes." Bisweilen versuchte die Mutter es mit unsinnigen Drohungen: „Wenn du deinen Augen keine Tränen mehr gönnst, Lucie, dann zerfallen sie eines Tages zu Staub. Ja, glaub mir, sie zerbröseln wie trockene Erde!" Oder: „Paß auf, Lucie, geh nicht zu nahe an Kerzen heran, deine Augen sind so trocken, daß sie Feuer fangen könnten! Dann hättest du nur noch zwei Aschehäufchen unter den Lidern!" Doch das Feuer war in Lucies Herz. Dort brannten die Scham und der verheimlichte Schmerz.

*

Nun ist es wirklich lange her, daß sie das Geräusch vernahm, diese schleichenden, unregelmäßigen Schritte. Es war noch dunkel, als sie sie erkannte. Dann aber hatte es ein anderes, dumpfes Geräusch gegeben. Der Aufschlag eines zu Boden gehenden Körpers. Das mürbe Erdreich des Gemüsegarten hatte das Geräusch gedämpft. Danach war nichts mehr zu hören gewesen. Inzwischen ist der Tag angebrochen. Und je heller es wird, desto mehr lockert das Entsetzen seinen Griff um Lucies Herz. Nach und nach entkrampfen sich ihre Muskeln. Sie beginnt sich im Bett zu regen, die Arme und Beine zu bewegen. Sie wagt einen Blick unter dem Laken hervor, dann steckt sie den Kopf heraus. Sie richtet sich sogar auf, sitzt im Bett und horcht. Alles still. Dann sind es wohl doch nicht die Schritte des Ogers gewesen, vielleicht ist ein Tier im Garten herumgestreunt. Ihre Angst war umsonst. Sie atmet auf, freut sich schon. Doch um ganz sicher zu sein, beschließt sie nachzusehen. Sie schlüpft aus dem Bett, huscht auf Zehenspitzen zum Fenster, öffnet es einen Spalt breit und steckt vorsichtig den Kopf hinaus.

Sofort packt das Entsetzen sie wieder; sie macht einen Satz rückwärts, ihre Hände zittern von neuem, und das Herz pocht ihr zum Zerspringen. Er ist da. Sie hat ihn gesehen, dort unten bei den Tomatenstauden an der Mauer lag er. Einen Augenblick lang bleibt sie mit geweiteten Augen und wie angewurzelt zwei Schritte vom Fenster entfernt stehen. Sekunden vergehen, Minuten. Sie sind so lang, so voll schrecklicher Spannung, voll zitternder Wut auch, daß sie wie Stunden erscheinen. Und draußen noch immer nichts, kein Laut. Ganz langsam verliert die Panik ihre Gewalt über Lucie, sie kann wieder ihren Verstand und ihre Glieder gebrauchen. Wenn der Oger sich nicht bewegt, wenn er regungslos am Boden liegt, dann hat er wohl nicht mehr die Kraft gehabt, sich zu ihrem Zimmer hochzuhieven; dann hat er wohl soviel getrunken, daß er das Gleichgewicht verloren hat. Ja, so wird es sein: Der Oger schläft dort mit den Füßen in den Endivien seinen Rausch aus. Die Gefahr ist vorüber, zumindest für heute. Es tagt schon zu sehr, als daß der Oger es noch wagen würde, zu ihr hochzuklettern.

Doch plötzlich schießt Lucie ein anderer Gedanke durch den Kopf. Ein Gedanke, fast zu schön, um wahr zu sein:

Und wenn der Oger tot wäre?

Tot, der Bruder! Tot, der Wolf! Tot, der Räuber ihrer Tränen, ihres Lachens, ihrer Kindheit! Tot, endlich tot, der blonde Ogerschönling! Lucie stürzt zum Fenster, reißt es weit auf und beugt sich hinaus, von banger Hoffnung ganz erregt. Und sie schießt auf den reglosen Körper einen Blick hinab, der auf einmal durchringend ist wie der eines Habichts.

Doch nein, er ist nicht tot, der Hund! An einigen kaum merklichen Anzeichen sieht sie, daß er noch lebt. Doch einerlei, sie ist jetzt gleichwohl die Stärkere. Zum ersten Mal. Oger sind verwundbar, wenn sie am Boden liegen; ertappt man sie schlafend im Grase, fern ihrer Höhle, dann verlieren sie ihre Zauberkräfte. Hat nicht auch der kleine Däumling einem schlafenden Riesen die Stiefel abgenommen? Siebenmeilenstiefel! Stiefel, die einen bis ans Ende der Welt tragen, mit denen man allem Schmerz, aller Angst entkommen kann. Stiefel, die man verkehrtherum anziehen kann, damit sie einen wieder zurückbringen ins Land der Kindheit, wo Lou-Fé mit dem sanften Blick und den verträumten Känguruhsprüngen wartet. Wenn sie wieder im Garten ihrer Kindheit ist, wird sie auch Anne-Lise Limbourg und Irène Vassalle einladen.

Nein, die Schuhe ihres Bruders würde sie niemals anziehen. Zuviel Kot, Blut und getrocknete Tränen kleben an ihren Sohlen. Seine Schuhe wird sie ihm nicht stehlen – die sollen nur bleiben, wo sie sind, im Endivienbeet!

Seine Schuhe nicht, doch seine Schritte! *Die* wird sie ihm stehlen. Seine Schleichschritte, die so unendlich oft vor Tagesanbruch hier nahten, seine Ogerschritte, seine Einbrecherschritte, die durchs Fenster kletterten, seine Wüstlingsschritte, die den Boden ihres Zimmer betraten. Die ihre Laken zerwühlten, ihren Körper, ihr Herz zertrampelten. Seine Mörderschritte, die abends auf Feldwegen kleinen Mädchen nachsetzten, um ihnen den Würgegriff seiner Hände um die Kehle zu legen.

Jene Schritte, die seit der Septembernacht vor bald drei Jahren unaufhörlich dröhnen in ihr – in ihrem Herzen, ihrer Angst und ihrem Haß. Die ihre Tage und Nächte mit soviel Entsetzen erfüllten und diese Grabesstille geschaffen haben in ihr. Die wird sie für immer zum Verstummen bringen.

Er liegt am Boden, der schöne Oger mit den gold- und safrangelben Locken, er liegt am Boden, mit dem Gesicht zum Himmel, die Augen der aufgehenden Sonne ausgesetzt. Bleibe er nur schön liegen! Bleibe er in seiner ganzen Länge im Salatbeet liegen und atme die Alkoholdünste seines bösen Blutes aus, dieses schwarzen, vom Wahn verdorbenen Blutes, das unter seiner hellen Haut fließt.

Zum ersten Mal wird sie sich ihm nähern. Sie, die Kleine, die nicht mehr weinen und nicht mehr singen, nicht mehr lachen und nicht mehr schreien kann. Doch den Oger um seine Räuber- und Mörderschritte bringen – das wird sie können!

Und plötzlich wie emporgetragen vom Haß gegen den Bruder, macht Lucie sich auf, ihr Werk der Rache und der Gerechtigkeit zu vollbringen.

Rötel III

Das Licht scheint in seinem Strömen und Fließen auf einmal innezuhalten; es erstarrt wie gefrierendes Wasser. Ist es versteinert worden, weil es zu einer Tageszeit, an der es auf der Schwelle bleiben sollte, in ein Zimmer eindrang? Doch es hat nicht die Dichte von Steinen; es ist durchscheinend und rosig wie der Fingernagel eines Kindes. Der Himmel ist zu Glas erstarrt. Er ist so hoch, so schwindelerregend weit oben, daß noch kein Vogel sich in ihn aufzuschwingen wagt, nicht einmal die Lerche. Der Himmel ist nackt. Und er ist leer; nicht er ist der Lichtspender.

Das Licht kommt nicht mehr vom Horizont her, wo es sich eben noch ankündigte. Sein Lauf wurde umgelenkt, seine Quelle verlagert. Es entsteigt auch nicht mehr der Erde, den Bächen, den Steinen, dem Laub der Bäume, den Blütenkelchen der Rosen und der Gladiolen. Es bezieht seinen starren Glanz von zwei riesigen schwarzen Augenflecken, um die ein feuerroter Ring läuft, der selbst wieder von breiten goldenen Schatten gefaßt ist.

Kein Schmetterling, kein Vogel, selbst nicht der majestätischste Pfau hat je so phantastische Augenflecke zur Schau getragen. Denn sie sind furchtbar anzusehen, diese beiden Augenflecke von der Farbe glühender Lava; und sie blenden und sengen wie Lava. Es sind Feueraugenflecke. Und ihre Unbeweglichkeit könnte auch eine Täuschung, ein Effekt rasender Rotation sein.

Es hat jegliche Geduld verloren, das Licht, jegliches Maß. Es sucht keine Ritzen mehr, um hindurchzuschlüp-

fen, es legt sich nicht mehr geduldig auf die Schwellen und wartet, bis sich die Schlüssel in den Schlössern drehen und Türen und Fenster endlich aufgehen. Es weiß, wo es sein will. Es weiß, wen es schlagen soll. Und es schlägt zu, trunken von Haß und glücklich darüber, daß es Entsetzen verbreitet.

Der Mann liegt immer noch an der alten Mauer, zu Füßen der Tomatenstauden, deren Früchte leuchtend rot über seinem Gesicht schweben. Einige Tomaten sind noch klein und orange, andere schon schwer und von sattem Rot, sie ziehen mit ihrem Gewicht die Zweige herunter. Ihre Rundung ist vollkommen und ihr Genuß wird erfrischend, köstlich sein. Doch der hingestreckte Mann erkennt die Früchte nicht mehr; er erkennt nichts mehr. Gleichwohl sieht er, seine Augen sind weit aufgerissen. Er sieht so sehr, daß es ihm den Verstand rauben will. Denn was er sieht, ist so sonderbar und vor allem so bebend von Gewalt, daß sich die Umrisse der Dinge um ihn herum unter dem Ansturm einer ungeheuren Kraft aufzulösen scheinen. Jedes einzelne Ding droht im nächsten Augenblick zu explodieren.

Er sieht nicht mehr im Licht der irdischen Helligkeit, er sieht im Licht der glühenden Augenflecke, aus deren schwarzer Mitte ihn der Blick einer Verrückten durchbohrt.

Die Umrisse sind zerplatzt und die Farben fließen ineinander; sie entfalten sich in breiten Wellen, schwarz, feuerrot und gold, sie greifen um sich wie Flammen – Flammen aus dem Bauch der Erde. Und sie schreien. Die Farben schreien und kreischen, sie winden und verrenken sich. Sie schreien bis in die runden Früchte hinein, die über ihm hängen, sie brodeln unter der Haut der Tomaten. Sie pochen wie fieberheißes Blut in diesen Kugeln aus saftigem Fleisch, die an der Spitze der hölzernen Stangen unmerklich schaukeln. Doch die Tomatenstangen haben sich gereckt, sie sind so spitz geworden, daß man sie für lange Kriegerlanzen halten könnte. Siegerlanzen mit den aufgespießten Herzen auf dem Schlachtfeld erstochener Feinde. Lanzen heidnischer Priester, auf denen, eben den Körpern entrissen, die Herzen der Schlachtopfer dem Götterhimmel dargeboten werden. Hübsche Kinderherzen, triefend von noch klarem, hellrotem Blut, die finstere Götter in ihrem Groll beschwichtigen oder sie ein wenig aufheitern sollen, wenn ihnen ihr ewiges Leben zu eintönig wird.

Doch der Hingestreckte sieht dies von unten, er genießt nicht die Vogelperspektive der Götter von ihren Wolken herab. Er ist gefallen, der Erdboden hält ihn gefangen, und diese Erkenntnis erfüllt ihn mit Grauen. Sein eigenes Herz ist in Aufruhr, es schlägt zum Zerspringen und in rasendem Takt, und es brennt, als wäre es mit glühenden Stacheln gespickt. Sein Herz ist ein einziger brennender Dornbusch, und das Blut zischt in den Adern. Mit unendlicher Langsamkeit winkelt der Liegende jetzt einen Arm an, führt die Hand zur Brust. Er ertastet das dumpfe Pochen seines Herzens, er horcht mit den Fingerspitzen die Geräusche seines Körpers ab. Doch sein Herz schlägt nicht mehr, es windet sich, zerreißt, und das Rauschen seines Blutes schwillt zu einem Brüllen an, das von Mißtönen durchfahren und von gellenden Schreien zerrissen wird. Er hat Angst. Ein unbekanntes Entsetzen packt ihn – ein Entsetzen ohne Umkehr. Er hat Angst zu sterben. Indes stirbt er wirklich. Er stirbt, wie die Verdammten in jenen naiv-grausamen Bildern sterben, die einst den Blick der armen Leute mit Vorstellungen von der Hölle bannen sollten, um sie vom Bösen und von verderblicher Versuchung abzuhalten. Die Verdammten sterben ihre Ewigkeit lang, ohne auch nur einen Augenblick nicht lebendig zu sein und die Qualen der Todesangst nicht ausstehen zu müssen.

Er möchte den Blick abwenden, die Augen schließen, nicht mehr im Licht der lavafarbenen Augenflecke diese blutigen Herzen sehen, doch er kann es nicht. Er ist wie von einem Zauber gebannt. Die Augenflecke halten ihren stechenden Hexenblick auf ihn gerichtet. Und selbst wenn es ihm gelänge, die Augen zu schließen, es wäre umsonst. Er würde auch dann noch sehen; zu tief ist das Gesehene in sein Fleisch eingedrungen, als daß es sich verflüchtigen könnte. Es hat sich ihm unter die Haut gegraben.

Es ist zu spät. Der Mann am Boden ist besiegt, er ist verloren. Er fühlt sich von allen Kräften verlassen, seines Willens beraubt, aller Gedanken entleert, um den eigenen Blick gebracht, sich selbst entrissen. Sein Blick wird vom Bild der blutroten Herzen verschluckt – und mehr noch von diesem Gesicht mit den grellbunten, feurigen Augenflecken, das, über ihn gebeugt, dieses apokalyptische Licht verbreitet. Er kann nicht mehr aufhören zu sehen, denn er ist nicht außerhalb des Bildes, er ist aufgesaugt von diesem Bild, das ihn beherrscht, er ist mit Leib und Seele darin gefangen. Diese Augenflecke sind ebensosehr Mäuler wie Augen. Sie sind aufgesperrte Rachen.

Das Gesicht beugt sich über ihn, schwebt über ihm. Zwei magere Knie rahmen es ein. Die Kleine hockt auf der Mauerzinne. Sie trägt eine ockerfarbene kurze Hose und ein grellrot und braun gestreiftes Polohemd. Ihre Beine und Füße sind nackt, ihre knochigen Knie zeigen Schürfungen. Ihre Haut ist matt und sonnengebräunt. Ihr dichtes, kurzes Haar ist so zerzaust, daß es wie schwarzes Dornengestrüpp von ihrem kleinen Gesicht absteht.

Sie bewegt sich nicht. Auf den Fersen kauert sie auf der Mauerzinne, ebenso unbeweglich wie der Hingestreckte am Fuß der Mauer. Ihr Gleichgewicht ist so prekär, daß es scheint, als würde sie gleich fallen – als müsse sie fallen. Doch sie fällt nicht, sie ist mit den alten Steinen verwachsen, als wäre sie eine in die Mauer gemeißelte Schimäre. Und sollte sie sich doch lösen, dann würde sie nicht fallen. Nein, sie würde mit jähem Schwung und pfeifendem Geräusch abheben, um in steilem Flug auf ihre Beute hinabzustoßen.

Die Kleine hat einen guten Stand. Sie hält sich wacker als vorspringende steinerne Schimäre: ein mittelalterlicher Wasserspeier mit lavaglühenden Augen, struppiger Mähne, spindeldürren Knien und grinsendem Mund. Denn sie schneidet Grimassen, verzieht das Gesicht zur Fratze. Und die Fratze hat Farben und Töne. Sie hat sich die Lippen dunkelrot überschmiert und die Zähne geschwärzt. Sie zieht die Mundwinkel auseinander, stülpt die Lippen zurück wie eine Hündin, die in der Erregung die Lefzen hochzieht, sie klappert und knirscht mit den Zähnen, sie fiept, faucht, gluckert, zirpt. Dann wieder streckt sie, rosa und schauerlich inmitten der schwarzen Zähne, die Zunge heraus. Sie rollt sie zusammen und wieder auf, spitzt sie, rollt und verdreht sie von neuem. Sie rollt und verdreht auch die Augen, reißt sie weit auf, schließt sie wieder halb – um dann von neuem ihren stechenden Blick in das Gesicht des Liegenden zu bohren.

Und jetzt tut sie dies: Auf Fersen und Hintern auf der Mauer hockend, als wäre sie festgewachsen, greift sie langsam in ihre Hosentaschen und zieht etwas heraus. Zwei Fotos und zwei Nadeln. Lange Hutnadeln, die eine mit Glaskopf, die andere mit Perlmuttkopf. In jedes der beiden Fotos sticht sie oben eine Nadel ein, dann lehnt sie sich vorsichtig zu den Tomaten hinaus, die an der Stangenspitze wachsen, und steckt die Fotos an sie an. Die Nadeln lassen die glatte Haut der reifen Tomaten aufplatzen; aus den verletzten Früchten tritt ein wenig Saft aus. Der Saft bildet auf der Fruchthaut Perlen, die langsam abwärts gleiten und dann als funkelnde Tröpfchen dem Liegenden ins Gesicht fallen. Jeden Fall eines blutroten Tropfens begleitet die Kleine mit einem leisen Pfiff.

Sie spricht nicht, er ebenfalls nicht. Kein einziges Wort haben sie gewechselt, seit sie auf der Mauer sitzt. Und es wird auch weiterhin kein Wort gesprochen. Nur Töne, Geräusche, Gekrächze sind zu hören, sonst nichts. Dazwischen eine noch unheimlichere Stille. Die Wörter haben ausgedient. Der Blick herrscht allein – ein im Spiegel gewechselter Irrsinnsblick. Der Himmel, die ganze Welt, das Licht dieses strahlenden Sommermorgens, alles ist wie weggeblasen unter dem Ansturm dieses gewaltigen, starren Blicks, der versengt und zu Glas erstarren läßt, was er trifft, und der jeden verzehrt, der ihn sieht.

Legende

Ihr Blick – lange hat er geschwelt unter der Glut von Scham und Angst. Er hat geschwelt unter ihren Lidern, die sie zwei Jahre hindurch immerfort gesenkt hielt. Unter diesen Lidern, die keine kühlenden Tränen mehr kannten. Man sagte, sie habe einen ausweichenden, gar hinterhältigen Blick. „Typisch Mädchen“, erregte sich ihre Mutter, „jetzt schon Allüren, und aus den Augenwinkeln schielen wie eine Katze, die sich schlafend stellt, um einen zu belauern und besser kratzen oder abhauen zu können, sobald man ihr zu nahe kommt!“ – „Ach was“, sagte Tante Colombe, „sie ist vielleicht nur schüchtern. Und das wird besser mit dem Alter.“ – „Oder es wird schlimmer“, entgegnete Aloïse. „Sie war ja bisher keineswegs schüchtern, eher vorwitzig. Es ist ganz plötzlich und grundlos in sie gefahren. Sie spielt sich auf, aber sie täuscht sich, wenn sie meint, sie könne sich interessant machen mit ihrem Getue. Sie regt mich bloß auf. Sich genieren und sich zieren, das reimt sich, und Fratz und Dreckspatz auch, hörst du, Lucie?“

Ja, Lucie hörte. Lucie hat sich das Gejammer und Geschimpfe ihrer Mutter immer angehört. Früher hatte es sie allerdings ungerührt gelassen; wenn ihre Mutter klagte und seufzte, so war das an ihr abgeglitten und hatte nicht weh getan. Außerdem war immer auch Spaß im Tadel gewesen, und alles war in eine Wolke von Zärtlichkeit gehüllt. Jetzt aber waren es Vorwürfe in bitterem Ton. Ebenso hatte Lucie früher nur mit halbem Ohr, meist amüsiert, doch manchmal aufhorchend, der Unterhaltung ihrer Mutter mit der weiblichen Verwandtschaft zugehört. Die Wörter hatten eine magische Aura besessen, die Sätze, die von den Erwachsenen gesprochen oder geraunt wurden, waren oft voller Geheimnisse gewesen, und so mancher Ausdruck war ihr sibyllinisch vorgekommen. Überdies hatte sie ihre eigene Welt und ihre eigene Sprache besessen. Und als sanftes Gegengewicht hatte es die heitere Schweigsamkeit des Vaters gegeben, die imponierende Wortkargheit ihres Bruders, das Geschnatter ihrer Freundinnen und vor allem die großen lyrischen Ergüsse von Lou-Fé, die wie Wunderspiralen bis zu den Sternen und den fernen Planeten aufstiegen. Es hatte ein Gleichgewicht geherrscht, eine Harmonie. Jedem war sein Platz und seine Sprache zugeordnet gewesen.

Doch all das gab es nun nicht mehr. Die Dinge waren in Unordnung geraten, das Gleichgewicht war gestört und die Harmonie verflogen. Die Vorhaltungen der Mutter peitschten ihr ungedämpft ans Ohr. Sie gellten in der Stille der Einsamkeit, die sich um sie gelegt hatte. Das Geschwätz der Tanten dröhnte fast schmerzhaft, wie Hohn, in ihren Ohren. Das Schweigen ihres Vaters wurde zum quälenden Verstummen, und die Unnahbarkeit des Bruders verriet nur schändliche Heuchelei.

Lucie hörte alles, doch nie konnte sie antworten, nie etwas erklären. Sie konnte sich nicht wehren, nicht einmal durch den Blick. Sie hatte verlernt, die Leute anzublicken, ihnen in die Augen zu sehen. Eines Morgens war sie aufgestanden und hatte ihren offenen, zutraulichen, fröhlich-frechen Blick verloren. Denn in der Nacht hatte der Bruder ihr die Kindheit, die heitere Unbeschwertheit geraubt. Er hatte sie mit einem Geheimnis beladen, das zu schwer und zu finster für sie war.

Ein Gewicht, zu groß, als daß sie es hätte tragen können, lastete auf ihr, drückte ihr sogar die Augen nieder. Es war das brutale Gewicht eines Männerkörpers, der sich auf ihr gewälzt hatte, es war das entsetzliche Gewicht der Drohungen, die ihr die Kehle zuschnürten.

Es war eine Erdrosselung mit Aufschub. Sie wandte die Augen ab, weil sie fürchtete, die anderen könnten in ihnen das Geheimnis lesen, das in ihrem Körper geschrieben stand. Sie fürchtete, man könnte ganz hinten auf dem Grund ihrer Pupillen die Gestalt des nackten Ogers entdecken mit seinen langen, ausschreitenden Beinen, seinen großen, sie umklammernden Armen, seinen starken, sich zum Erdrosselungswerkzeug formenden Händen – und jenem steifen, stumpfen Glied, das aus der Mitte der Körpers herausragte. Es war ihr, als wären ihre Pupillen zwei Gänge, an deren Ende unvermittelt die Bilder erscheinen konnten, die von ihrem Körper Besitz ergriffen hatten.

Und ganz plötzlich empfand sie für die Erwachsenen nur noch Mißtrauen und Widerwillen. Weil sie jetzt wußte, wie ihre Körper wirklich aussahen und was sie nachts in ihren verschlossenen Zimmern trieben. Sie verstand ihre Anspielungen, ihr hämisches Grinsen und säuerliches Gekicher, wenn „die Sache“ vorkam in ihren Gesprächen über das Privatleben anderer Leute – nie ihres eigenen. Es ekelte sie vor ihrer Heuchelei, ihrer Gemeinheit. Sie waren ängstlich darauf bedacht, vor den Kindern nicht „darüber“ zu reden, wenigstens nicht offen, aber sie waren unfähig, zu verhindern, daß „das“ ins Leben der Kinder einbrach. Sie waren zu blind, um die Verräter in ihren Reihen zu erkennen.

Längst gehören die Erwachsenen für Lucie einer anderen Art Lebewesen an, einer fremden, mit erdrükkenden Körpermassen ausgestatteten Spezies, der nicht zu trauen ist. Sie hält sie sich vom Leibe – es gibt Oger unter ihnen.

*

Ihr Blick – er ist gereift in der Glut von Verzweiflung und Einsamkeit. Nach und nach hat sie sich von den gleichaltrigen Kindern abgesondert, sogar von ihren Schulfreundinnen, sogar von Lou-Fé. Denn die ahnten ja nichts, und sie hätten auch nichts verstanden. Sie hatten ihren unschuldigen, zutraulichen Blick behalten und verkehrten in aller Arglosigkeit mit der Erwachsenenwelt. Sie waren ja nicht in die Hände des Ogers geraten. Ihre Nächte blieben friedlich, ihre Betten rein, ihre Morgen glücklich. Sie lebten nicht mit der Angst im Bauch, mit der Scham und dem Mißtrauen im Herzen. Sie waren mit keinerlei Last beladen, lebten nicht unter einer Drohung. Die Mädchen, die dem Oger begegnet waren, hatte man tot aufgefunden, das eine in einem Graben, das andere in einem Speicher. Besudelt, mit gebrochenem Genick. Man hatte sie zu Grabe getragen. Wenigstens hatten sie nur einmal die Mißhandlung durch den Oger zu erleiden. Bei ihr hingegen nahm es kein Ende, es verging keine Woche, ohne daß er in ihr Zimmer drang. Und das schon fast drei Jahre lang.

Es war kurz nach Lou-Fés Eintritt ins Internat gewesen, als Ferdinand das erste Mal in ihrem Zimmer aufgetaucht war. In ihrem neuen Zimmer, das man extra für sie eingerichtet hatte, weil sie „ja jetzt ein großes Mädchen war". Damals hatte sich Lucie noch gefreut, sie war voller Stolz hier eingezogen, und die Einrichtung war nach ihrem Geschmack: Möbel in heller Eiche, ein Weidenkorb mit Deckel für das Spielzeug und ein hübscher Diwan, um Lou-Fé einladen zu können.

Sie haßte dieses Zimmer und vor allem den Diwan. Seit der Septembernacht, als der Bruder in ihr Zimmer eingedrungen war, hatte es sich zum Gefängnis gewandelt. Der Oger hatte die Ruhe und das Glück des Ortes zerstört, er hatte den Diwan zu einer Stätte der Pein gemacht – hierher nämlich hatte er sie gezerrt, nachdem er sie aus dem Schlaf gerissen, auf diesen Diwan warf er sie, um über sie herzufallen: um keine Spuren auf dem bestickten Laken der Kleinen zu hinterlassen. Lucie hatte gleich darum gebeten, wieder in ihr altes Zimmer ziehen zu dürfen, doch ihre Mutter war zornig geworden und hatte ihr vorgeworfen, sie wisse nicht, was sie wolle. Lucie hatte dann darum gefleht, man möge wenigstens den abscheulichen Diwan entfernen, doch auch davon wollte Aloïse nichts wissen. Und Lucie war gefangen in ihrem schönen Zimmer mit den Sonnenaufgängen, dazu verdammt, wehrlos die Besuche des Ogers zu erdulden.

Dann, nachdem dieses Zimmer zur Fallgrube wurde, in der sie dem Wolf zum Fraße vorgeworfen war, hatte sie allen den Zutritt verboten. Sie empfand eine solche Abscheu vor diesem Raum und diesen Möbeln, daß sie es nicht ertragen hätte, sich mit ihren Freundinnen darin aufzuhalten, geschweige denn, Lou-Fé auf dem besudelten Diwan übernachten zu lassen. Der Oger hätte sich ja auch an diesen Kindern vergreifen können! Ihr Zimmer war verwunschen, es war ein Ort schwarzer Magie, wo alles in sein Gegenteil verkehrt und die Kindheit verunstaltet wurde.

Lucie hatte sich nach und nach von den anderen Kindern abgesondert, bis sie zur Einzelgängerin wurde. Sie beteiligte sich nicht mehr am Spiel der anderen Mädchen, deren Träume und Wünsche ihr fremd wurden. Alle diese Mädchen wuchsen normal heran; leichtfüßig durchschritten sie die Zeit, einige taten es sogar im Eilschritt. Sie streckten sich, entwickelten weibliche Formen, hübsche Brüste rundeten sich unter den Blusen. Sie wurden kokett, waren darauf bedacht zu gefallen, und manchmal seufzten sie mit bittersüßer Miene unter den ersten Anwandlungen der Sinnlichkeit, die sich in ihnen undeutlich zu regen begann. Sie traten ohne Umstände, mit erhobenem Kopf und unschuldsvoller Miene in das Alter der kleinen Liebschaften ein. Lucie dagegen freute sich, daß sie nicht anziehend war, sie konnte sich nicht häßlich genug sein, und sie verachtete diese Möchtegernweibchen, die sich vor den Jungen aufplusterten, ihr jedoch mit ihren dummen Romanzen nur Widerwillen einflößten.

Mit Lou-Fé hatte sie brutal gebrochen. Erst hatte sie ihm alles erzählen wollen. Doch sie hatte für das Geständnis nicht die richtigen Worte finden können, und noch weniger den Mut dazu. Sie hatte mehrmals einen Anlauf genommen, „Lou-Fé, weißt du ...", hatte sie plötzlich angefangen, wenn einmal eine Pause entstanden war. Doch sogleich hatte sich ihr wieder die Kehle zugeschnürt, ihr Herz hatte wild gepocht, das Blut war ihr in den Kopf geschossen, und sie hatte hilflos auf ihre Schuhspitzen hinuntergesehen. Die Drohungen, die der Mörderbruder ausgestoßen hatte, hallten zu laut in ihren Ohren und verscheuchten die kläglichen Worte, die sie für das Geständnis zusammengesucht hatte. „Was denn?" fragte der neben ihr unablässig hüpfende Lou-Fé, „was soll ich wissen?" Und da sie mit der Antwort zögerte und starr, mit gesenktem Blick dastand, wurde er allmählich ungeduldig. „Was ist denn, was willst du mich fragen? Du bist schon komisch, du fängst an zu reden, und dann schweigst du wieder! Rück heraus damit, ich höre!" Aber er hörte ihr nicht zu, wie sie es gebraucht hätte. Er hörte zerstreut zu – und war dabei weit weg, unendlich weit von ihrem quälenden Geheimnis. „Hör auf zu hopsen, du regst mich auf!" maulte sie schließlich mangels Besserem. Doch er überhörte es und steigerte sich in große, spitzfindige Vorträge hinein, gespickt mit gelehrten Wörtern, die er dadurch zu bändigen suchte, daß er sie unter ausgiebigem Hüpfen und Gestikulieren aussprach. Er palaverte über die Andromeda und den Orion, über die Korona und den Sonnenwind, er geriet ins Schwärmen über die Lichtarme der Milchstraßenspiralen, über die Meteoriten und die schwarzen Löcher am Himmel. Doch für Lucie hatten diese Wörter ihren Zauber verloren, Lou-Fés galaktische Fabeln brachten sie nicht mehr zum Träumen. Wenige Monate zuvor hatte sie noch ihre schwarzen Augen weit aufgerissen vor Staunen, sie hatte all das, was er beschrieb, „gesehen", ihre Einbildungskraft war Lou-Fés

Sternenleidenschaft gewachsen gewesen. Doch seit der Begegnung mit dem Oger sah sie nichts mehr, und das poetische Kauderwelsch ihres Schulkameraden brachte sie zur Verzweiflung. Aus ihm sprudelten und purzelten die Wörter, während sie für ihr Geheimnis kein einziges fand. Er verwendete seltene und gewählte Ausdrücke; sie scheiterte an der einfachsten Formulierung. Was redete er überhaupt die ganze Zeit von entferntesten Regionen des Weltalls und begeisterte sich für Leichen von Sternen, die seit Jahrmilliarden tot waren, während sie im Hier und Jetzt litt und immerzu an die Leichen der erst vor kurzem ermordeten Mädchen denken mußte?

Ihr Bruder hatte ihr brutal den Blick nach unten gebogen, ihn am Boden festgenagelt, in den Schlamm gebohrt. Ihre Phantasie kroch seitdem auf der Erde, ja wühlte unter der Erde, alle Begeisterung und alle Einfälle waren fort, nur Angst und Wut waren übriggeblieben. Je mehr Lou-Fé in Feuer geriet, wenn er über die Gestirne sprach, desto verlassener, einsamer fühlte sie sich. Er schwebte fröhlich auf Wolken dahin, sie hingegen wurde von schwarzen, klebrigen Wurzeln am Boden festgehalten. Die vielen Lichtjahre, von denen er sprach, stellten sich in Wirklichkeit als Entfernung zwischen ihm und ihr ein.

Nachdem sie allzuoft und vergeblich an den Worten herumgekaut hatte, mit denen sie ihre Qual eingestehen wollte, verlor sie allmählich die Lust am Zusammensein mit Lou-Fé. Sie wurde ungeduldig und reizbar, schließlich gab sie sich schnippisch und bösartig. „Blablabla ... du gehst mir auf die Nerven mit deinen Geschichten! Deine Planeten interessieren mich einen Dreck! Kurzsichtig sein wie ein Maulwurf und mit Sternen angeben, die kein Mensch sehen kann, das paßt zusammen! Ein Depp bist du! Und du brauchst nicht zu glauben, wenn du umherhüpfst wie ein übergeschnapptes Känguruh, dann bist du schon eine Rakete. Du bist höchstens ein nasser Knallfrosch, fliegen wirst du nie, und außerdem schwafelst du wie die dicke Tante Colombe, du Trottel!" Sie waren auf einem kleinen Weg über die Felder spaziert, als sie ihm plötzlich ins Wort fiel und ihm ihre Wut auf diese Weise an den Kopf warf. Lou-Fé war fassungslos stehengeblieben, er hatte seine runden, auf einmal glanzlos gewordenen Augen gerollt und gestammelt: „... Aber Lucie, was ist in dich gefahren? ..." – „Ich habe dein Gelaber satt, du ödest mich an. Und hör endlich auf, deine kurzsichtigen Glotzer zu rollen, du glotzst ja wie eine Kuh! Und sprichst auch wie eine Kuh, die pißt. Ja, genau, Sternenpisse!" – „Aber Lucie, du bist wirklich gemein ...", hatte Lou-Fé gehaucht. Und sie hatte in eisigem Ton zurückgegeben: „Und du bist doof, was viel schlimmer ist." Tränen schossen ihm in die Augen, und mit hängenden Armen stand er wie festgenagelt da. Lucie hatte dem in die Sterne verliebten kleinen Känguruh die Sprungfeder gebrochen. Und gleichzeitig hatte sie die letzte Bindung zur Freude der Kindheit zerrissen. Vor Lou-Fés Tränen verlor sie dann den Kopf, sie spürte, daß sie eine riesige Dummheit, eine unverzeihliche Gemeinheit begangen hatte. Sie hatte ihren Freund gedemütigt, sie hatte ihn verletzt, verraten. Sie hätte um Vergebung bitten, zu ihm zurückgehen sollen – und endlich alles gestehen. Doch sie konnte es nicht. Eine riesige Leere machte sich in ihr breit. Sie mußte Lou-Fé verstoßen. Gerade und vor allem Lou-Fé, weil er arglos und treu war – viel zu naiv, um ihr Geheimnis jemals zu entdecken und zu verstehen, und viel zu treu, um sie dieser Einsamkeit zu überlassen, die sich ihrer bemächtigt hatte und unter der sie ebenso litt, wie sie ein unwiderstehliches Bedürfnis nach ihr empfand. Sie wußte nicht mehr, was sie wollte. Schließlich wollte sie diesen Schmerz, der ohnehin von ihr Besitz ergriffen hatte. Mit Leib und Seele.

Lou-Fés Freundschaft konnte mit dem Wahnsinn, der in ihr wuchs, nicht mehr mithalten. Der Oger war soviel mächtiger als der kleine liebenswerte Sternenträumer.

Der schöne blonde Oger mit dem schwarzen Herzen entsprach den geheimnisvollen schwarzen Löchern, von denen Lou-Fé erzählt hatte und die jeden Astralnebel, der in ihre Nähe kam, ansaugten und verschluckten. Der blonde Oger mit dem Blau der Kornblume in den Augen, giftiger noch die als Herbstzeitlose, hielt Lucie an einer unsichtbaren, doch kurzen Leine, die tiefer und tiefer ins Fleisch schnitt. Indem er sie mißbrauchte, ihr den Körper der Kindheit stahl, raubte er ihr schließlich auch den Verstand, löschte er ihr die Träume aus, verfinsterte er ihr Herz. Er hatte ihre Kinderseele in seinen Besitz gebracht.

Lucie ließ also den erniedrigten, gepeinigten Freund einfach stehen, sie rannte so schnell sie konnte davon und schrie ihm mit schriller Stimme nach: „Hi hi! Sternenpisse und Himmelsscheiße! Der Ancelot ist ein Idiot! Louis-Félix Himmelarsch! Hu hu, plemplem bist du! . . .“ Sie rannte so, daß sie in Atemnot geriet und pfiff wie eine Fledermaus in Todesangst. Sie rannte vor den Tränen des anhänglichen Lou-Fé davon, vor seinem verträumten Kinderblick mit all den Sternen und Nordlichtern darin; für sie waren die Sterne in unerreichbare Ferne gerückt, waren erloschen, tot. Und das fahle Licht am Himmel hatte für sie nur noch die eine Farbe: die des Haares und der Haut des Ogers.

Sie rannte die menschenleere Straße entlang, stracks in die Einsamkeit hinein. Stracks in den Wahnsinn, der endlich in ihrem Herzen ausgebrochen war.

*

Ihr Blick – sie hat ihn wieder aufgerichtet in der Glut neuer Bilder. Die Zeit der Scham war vorbei. Lou-Fés Tränen hatten Lucie mit einem Schlag allen Menschen entfremdet, und sie hatte alle Bande zerrissen. Die Scham war verschwunden – geblieben war das Entsetzen, ein Entsetzen, aus dem alle Angst vor der Entrüstung und dem Strafgericht der Erwachsenen, dieser Blinden, gewichen war. Ein Entsetzen, das auch das stille, vergebliche Betteln um Hilfe und Mitleid nicht mehr kannte. Niemand hatte ihre Hilferufe vernommen, niemand hatte ihr Geheimnis zu erraten verstanden. Jetzt war es plötzlich und unwiderruflich zu spät. Sie hatte feststellen müssen, daß sie auf einer einsamen Insel gestrandet war. Auf der Insel des Ogers. Vollkommen allein. Nicht einmal ein Freitag, der ihr Gesellschaft geleistet hätte.

Jetzt hob sich ihr Blick wieder, er wurde hart und herausfordernd. Sie eignete sich einen neuen Blick an, der das Dickicht, das sie umwucherte, durchdrang. Die Zeit, in der sie sich in der Betrachtung der Milchstraße und schöner Bilderbücher verlor, war verflossen – die Zeit neuer Bilder brach an. Es erwarteten sie irdische Ansichten, durchsetzt von Schlamm, Fleisch und Wurzeln. Und neue Bilderbücher waren aufzuschlagen, auszudenken. Mit Bildern, die nicht wie köstliche Früchte des Lichts am Himmel gewachsen, sondern aus dem Schoß der Erde gequollen waren. Bilder aus dem kargen Boden der Ogerinsel.

Da sie sich an den Spielen ihrer Altersgenossen nicht mehr beteiligt und allen Umgang meidet, wandert sie nun in ihrer freien Zeit durch Wiesen und Felder, folgt den Bachläufen, streift endlos durch Moore und Wälder. Im Heidekraut, im hohen Gras am Wasser oder unter Büschen liegt sie auf der Lauer wie ein Fischer oder Jäger. Doch sie richtet keine Waffe auf das Wild, sie will keine Tiere töten. Sie stellt ihnen nur nach, um sie zu beobachten – sie will vor allem zuschauen und miterleben, mit welch unnachahmlichem Geschick sie sich gegenseitig umbringen. Eine Ausnahme macht sie nur bei den Nacktschnecken. Diese bringt sie erbarmunglos um. Sie rammt ihnen ihr kleines Taschenmesser mitten in den Rücken und sieht zu, wie sie sich krümmen, Mengen von Schleim absondern und sich schließlich in sich zusammenziehen. Sie haßt diese ziegelroten, klebrigen Kriechtiere, die wie dicke Lippen aussehen. Wie obszöne Lippen, aufgeblasen von gemeiner, widerlicher Gier, unterwegs auf Kußraub. „Da hast du's!“ sagt sie jedesmal, wenn sie einer von ihnen das Messer in den Rücken bohrt, „hättest du dich angezogen wie die Weinbergschnecken und dir ein Haus auf den Rücken gesetzt, statt nackig herumzulaufen! Du Schlampe!“

Ihre Neigung gilt den Insekten, den Käfern, den Reptilien und den Vögeln. Alles, was kriecht und fliegt, alles, was große Sprünge macht. Bewohner der Luft, des Wassers und der Felsen. Tierchen mit wenig Fleisch und ohne Behaarung, Tierchen mit durchscheinenden Flügeln oder Deckflügeln, Tiere mit glatter Haut oder Gefieder. Und vor allem Tiere, die sich verwandeln, häuten und tarnen können.

Da sind die Eidechsen, diese lustigen grau oder grün schillernden Kommata aus irgendwelchen uralten Texten. Flink huschende Kommata, zerbrechlich wie Glas, doch schneller als das Feuer, und können sich in kleinste Felsspalten verkriechen. Sie schlüpfen einem durch die Finger. Wie sehr hätte sich Lucie gewünscht, gleich ihnen den widerlichen Pranken des Ogers zu entschlüpfen – er hätte dann vielleicht einen gläsernen Fuß oder einen Knöchel in der Hand behalten.

Da sind die Ringelnattern. Wenn ein Gewitter im Aufzug ist, folgt sie auf leisen Sohlen den Wildwechseln am Waldrand. Sie geht in der feuchten Hitze, umsummt von schwerfälligen dicken Fliegen, bis sie eines dieser Reptilien zwischen Wurzelwerk und dürrem Laub entdeckt. Sie betrachtet das langgestreckte Tier mit den gelben und grünen Schuppen, den winzigen starren und oft glasartigen Augen, sie liebt es, wenn es sich entrollt und mit langsamen, wellenförmigen Bewegungen davongleitet. Sie bewundert diese lautlos dahinschlängelnden Tiere mit ihrem unheimlichen und gleichwohl betörend graziösen Aussehen, die ihre Haut Jahr für Jahr ebenso leicht abstreifen wie wir einen Handschuh. Sie beneidet sie um diese herrliche Gabe: die Haut des alten Jahres einfach abwerfen und ein neues Schuppenkleid anziehen zu können. An einem Wegrand seine Haut liegenlassen und sich nicht mehr darum kümmern. Sich häuten – und wieder rein, weil unberührt sein.

Da sind die Frösche und die Kröten. Lucie hat eine Vorliebe für das ganze Volk der Amphibien, von den kleinen lindgrünen Laubfröschen über die Kammolche mit den orangebraunen, schwarz gesprenkelten Bäuchen und die rußfarbenen, schwefelgelb gescheckten Salamander bis hin zu den dicken bronzefarbenen Kröten. Die Salamander scheinen ihr geradewegs aus einem Feuer im Bauch der Erde entfleucht zu sein, sie sind Hexenflammen, die sich im Wasser mit eleganten Windungen bewegen, und sie sind die Freßgier selbst.

In den ersten Frühlingstagen, wenn es nach Humus, nassem Holz und stehendem Wasser riecht, kriechen die Kröten unter den alten Baumstümpfen hervor, wo sie den Winter über geschlafen haben, und streben in Sprüngen ihren Geburtsgewässern zu. Es sind die schönen blaugrünen Moorteiche mit ihrem Moirémuster aus Schlamm, ihrem Feston aus violettbraunen Schilfwedeln, Binsen, Schwertlilien und Vergißmeinnicht, mit ihren Girlanden aus Algen und Wasserlinsen, mit ihren Stickmustern aus Wasserhahnenfuß, Pfeilkraut und Seerosen. Es sind die tiefen Moorseen – tief wie ein Traum von wuchernden Blumen- und Schlingpflanzendschungeln, wo glotzende Augen auf dunkle Wasser starren, zahnbewehrte Mäuler und spitz vorschießende Zungen einer Beute auflauern, die sogleich erhascht, zerfleischt, verschlungen wird. Es sind die Gewässer uralter Träume, finster und grünlich, durchfurcht von Strichen und Blasen, in denen es golden, purpurn oder grellblau schillert, wo Kälte auf Wärme folgt wie in Fieberanfällen. Tote Gewässer, in denen es wimmelt von mannigfaltigem, gewalttätigem Leben. Gewässer, in denen dicht über der Oberfläche kugelige, prachtvolle Froschaugen wachen.

Zauberseen, die an Aprilabenden klagende Glockentöne in die Nebelschwaden entsenden. In den Mooren schallt es dann, als würden aus ihren Tiefen heraus versunkene Königreiche Sturm läuten. Städte, deren Fürsten und Herolde, Schmiede und Glöckner allesamt Krötengestalt haben. Die Liebesgesänge der Kröten sind gespenstisch und bizarr, sie schlagen zu den Qualen der Lust die Totenglocken an, sie begleiten all die anderen Brunftschreie mit dem penetranten Mißton ihrer Baßstimme und machen sie zur Farce. Sie decken damit die Lüge der Lust auf, die nur ein gemeiner, brutaler Trieb ist, und gleichen dem Kind im Märchen, das sich getraut hat zu rufen: „Der König ist nackt!" Sie erweisen die Lächerlichkeit der angeblich so schönen und erhabenen Liebesspiele.

So, wenn die Männchen des Grauen Kranichs stolz den noch unentschlossenen Weibchen nachstaksen, dabei hochmütig ihre langen Hälse mit den kleinen Köpfen recken und die Flügel eng anlegen, um dann, unter allerhand Verbeugungen und Drehungen und im Rhythmus kreischender Trompetenstöße, ihre rauschenden Tänze aufzuführen. Selbst dieses Zeremoniell findet keine Gnade vor Lucie; sie verpaßt zwar keine Vorstellung und verfolgt mit gebannter Neugier die höfischen Tänze der eleganten Stelzvögel, doch sie kämpft gegen die Bewunderung an, die in ihr aufkommen will angesichts solcher Grazie und Leidenschaft, und sie grinst hämisch übers ganze Gesicht, wenn eine am Wasser hockende Kröte mit ihrem rauhen Gequake dazwischenfährt.

Sie kennt sämtliche Freierspiele, sämtliche Balztänze der Tiere des Moors, der Felder und des Unterholzes. Doch wie groß auch immer der Luxus sei, den die Männchen zur Verführung der Weibchen aufbieten, alle Prachtenfaltung kann Lucie nicht die Häßlichkeit des

Paarungsakts vergessen lassen, der danach folgt. Das Liebesleben der Tiere auf der Ogerinsel hat für sie keine Geheimnisse mehr; sie weiß, wo und zu welcher Jahreszeit sie auf der Lauer liegen muß, um der Hochzeit einer jeden Art beizuwohnen, und sie kann über Stunden unbeweglich bleiben, um die Paare zu beobachten, seien es Insekten, Enten, Vögel, Hasen, Rehe oder Hirsche. Hinter ihrem Rufen, Schreien, Flöten und Röhren hört sie immer als persiflierenden Kontrapunkt den dunklen Glockenton der Kröten. Doch im Spätherbst, wenn die Kälte über Erde und Tiere kommt, ziehen sich die Kröten aus den Sümpfen und Gärten zurück, um irgendwo in einem geheimen Erdloch zu überwintern, und ihr Baß verstummt. Die Zeit der Brunft und der Paarung ist vorbei, das Spotten hat ein Ende.

Diese Tiere machen auch phantastische Metamorphosen durch. Aus winzigen schwarzen Körnchen in glitschigen Kügelchen, die in langen Schnüren aufgereiht an Wasserpflanzen hängen, werden glatte, spitz zulaufende Kaulquappen, die erst allmählich Gliedmaßen und Krötengestalt entwickeln. Doch irgendwann sitzen sie fertig da, mit dicken Bäuchen und erzfarbenen Warzen auf dem Rücken, mit hervorstehenden Goldaugen in den flachen Köpfen und mit Kehlen, die sich zu beträchtlichen und resonanzmächtigen Blasen weiten können. Diese Tiere sind wirklich die Herren der Sümpfe, die Herrscher der stillen Gewässer, die Sänger der Frühlingsabende.

Sie sind die Seele der Ogerinsel. Eine rauhstimmige Seele, bebend vor ätzender Spottlust.

Die Zeit mit Melchior ist so fern; die alte Kröte mit ihrem melancholisch angehauchten Singsang war lange Zeit die Seele eines sicheren, sanften Festlands gewesen. Ihr dicker Bauch war das Abbild der runden Erde, der runden, friedvollen Tage der Kindheit. Melchior und die Kindheit sind gleichzeitig gestorben. Nun sind die geblähten Kehlen und Bäuche der Kröten im Moor gespannt wie die Felle von Landsknechttrommeln.

Da sind die Insekten. Die rostroten, wie Teufel gehörnten Maikäfer mit ihrem schwerfälligen Flug, wenn die Nacht hereinbricht, und diese Vielfraße von Heuschrecken. Da sind die Marienkäfer, die weit eher an die Augen von Teufelchen gemahnen als an Schützlinge Gottes. Die großen Hirschkäfer mit dem rötlichschwarzen Panzer und den funkelnden Zangen wanken wie Ritter im Harnisch unter dem Gewicht ihrer Rüstung. Die Spinnen mit ihren mal fadendünnen, mal behaarten Beinen sind Meister in der Kunst des eiskalten Abwartens. Die nonchalante Gottesanbeterin weiß ein grausames Mittel, sich ihr kümmerliches Männchen vom Halse zu schaffen. Die Libellen, die mit wirbelnden Bewegungen ihrer Kristallflügel zwischen den Blumen umherschießen, haben ihre riesigen Augen mit Tausenden von kleinen Spiegeln besetzt, in denen ein unersättlicher Hunger glitzert. Und der wendige, blitzartig auf die Beute schießende Gelbrandkäfer spritzt seinem Opfer einen sauren Saft ein, um es bequem verzehren zu können, wenn sich sein Körper in eine schleimige Masse aufgelöst hat.

Und da sind die Schmetterlinge. Sie sind in der Luft, was die Kröten in den schlafenden Tümpeln sind – die Herren. Übrigens hat Lucie begonnen, Raupen und Kaulquappen aufzuziehen, um ihre Entwicklungen nahtlos verfolgen zu können. Sie besitzt ein Terrarium und ein Aquarium, beide stehen auf einem Regal in ihrem Zimmer, und sie kümmert sich mit Hingabe darum, zum größten Mißfallen ihrer Mutter. „Meine Tochter hat vielleicht Neigungen!“ wettert sie. „Sie hätschelt Larven und Raupen! Ein feiner Zeitvertreib! Mädchen in ihrem Alter lieben Katzen, kleine Hunde, Kanarienvögel oder Wellensittiche, aber nicht Embryos! Nicht einmal mein Ferdinand, der doch ein Junge war, hat sich mit so unappetitlichem Zeug abgegeben! Der Hang zu diesem Gewürm läßt nichts Gutes ahnen – was für einen perversen Mutterinstinkt meine komische Tochter da ausbrütet!"

Zum ersten Regalbrett sind zwei weitere hinzugekommen; auf dem unteren stehen in Reih und Glied Deckelgläser mit toten, in Formalin konservierten Kaulquappen und Fröschen, auf dem oberen sind, auf geneigte Brettchen gespießt, schöne Schmetterlinge mit entfalteten Flügeln ausgestellt. Voller Abscheu kommentiert Aloïse diese Marotte ihrer Tochter mit dem Verdikt: „Würmer reichen ihr nicht als Puppenersatz, jetzt muß mein romantisches Töchterchen auch noch Kadaver um sich haben!"

Was Aloïse nicht bemerkt hat, ist die von Lucie getroffene Auswahl: auf ihren Schaubrettchen finden sich nur Schmetterlinge mit Augenflecken oder grellen Farbzeichnungen auf den Flügeln. Einfarbige oder unauffällige Schmetterlinge finden keinen Eingang in ihr Museum. Sie liebt das Tagpfauenauge, den Schwalbenschwanz und den Admiral, aus deren schwarz, weiß und grellblau gemusterten Flügeln leuchtendes Rot und Gelb heraussticht, sie liebt die Widderchen mit ihren metallischen, goldgesäumten Grün- und Blautönen, sie liebt die Augenfalter mit ihrer Farbpalette aus dürrem Laub, Rost, verbrannter Erde, vertrocknetem Blut und Kupfer und den darin eingestreuten fahlgelben oder weißen Augenflecken. Doch sie mag auch die schwerfälligen Nachtfalter mit ihren Pelzflügeln, die Schwärmer mit den malvenroten, orange- oder elfenbeinfarbigen Streifen im braun bis schmutzigrosa gefärbten Kleid, die vielen Spanner, wie den Besenpfriemenspanner, die Ziegelwelle oder den Harlekin, in dessen Schwarzweißmuster zwei gelbe Straßen verlaufen. Ihre besondere Liebe gilt den Totenkopfschwärmern, weil ihre langen Körper gleich zwei unheimliche Wunderlichkeiten aufweisen: sie zeigen auf ihrem Thorax die Zeichnung eines schwarzen, gelbgeränderten Totenschädels, und sie geben manchmal zirpende Laute von sich, ein Zischen der Angst. Sie sind der Inbegriff der Augen der Nacht; Augen, die vom Tod künden und in ihrem Entsetzen die Tränen nicht fließen, sondern hören lassen. Augen, die einsam klagend in der Finsternis fliegen.

Augen! Das ist es, was Lucie bei den Kröten und den Schmetterlingen so fasziniert: am Ende ihrer Metamorphosen verwandeln sich beide Tierarten in Augen. Als große gold- und erzfarbene Kugeln, ins Gras geduckt oder knapp den Wasserspiegel überragend, als weit geöffnete Blumen, wie farbenprächtige Kaleidoskope durch die Luft tanzend, als düstere herbstfarbene Tränen, ziellos durch die Nacht irrend – als das erscheinen Frösche und Kröten, Tagfalter und Nachtfalter dem Kind, das selbst nur noch Auge ist. Aus dem gleichen Grund mag sie die Waldohreulen, Schleiereulen und Steinkäuze, denn ihre platten Gesichter sind nur riesige Augen, starr und scharfsichtig. Tagsüber halten sie die Lider gesenkt, verharren still und unbeweglich in einem verborgenen Mauerloch oder im dichten Geäst. Doch sie schlafen nicht; unter ihren Lidern schärfen sie den Blick, und in aller Heimlichkeit spinnen sie ihr eigenes Licht in den orangeroten Seidenkreisen, die ihre schwarzen Pupillen umgeben. Wenn es Nacht wird, öffnen sie die Augen, roter Mond und strahlende Sonne zugleich. Und als würde die ihrem Inneren entsteigende Helligkeit sie emporheben, plustern sie sich auf, breiten die Flügel aus und gleiten lautlos davon. Beflügelte Augen, bewehrt mit Schnäbeln und messerscharfen Krallen.

Sie gelten als Unglücksbringer, genau wie die Totenkopfschwärmer; die einen lassen ihr unheimliches Heulen, die andern ihr wimmerndes Klagen hören. Sie verkehren nur mit der Nacht, wie die bösen Geister und die Seelen von Toten, die keine Ruhe finden. Man behauptet sogar, sie hätten den bösen Blick, sie seien Verkünder von Unglücks- und Todesfällen.

Doch für Lucie sind sie Geheimnisbringer, sie haben den allwissenden Blick – den Blick, der die Geheimnisse durchdringt, banger Ungewißheit ein Ende setzt und zeigt, mit welchen Augen man die Welt und alle Lebewesen betrachten soll. Ein Blick, der die Lügen zerreißt und den Tod nicht fürchtet, der sich über Strafgerichte hinwegsetzt. Ein Blick, der vor Schärfe und unbeirrbarer Hartnäckigkeit zum Wahnsinn wird.

Es waren diese Tiere der Felder, der Moore und der Wälder, dieses Gewimmel von Tieren in den Windungen und Krümmungen der Ogerinsel, die Lucie ganz allmählich ihren Blick wieder aufrichten ließen. Und sie verliehen ihm die eisige, funkelnde, unheimliche Starrheit all der überdimensionierten Augenflecke und Pupillen. „Lucie, Lucie!" schreit ihre Mutter manchmal, „reiß deine Augen nicht so weit auf, sonst fallen sie dir noch aus dem Kopf! Und hör endlich auf, wie eine verblödete Eule die Leute anzustarren, es sieht lächerlich und unmöglich aus! Schau dich mal im Spiegel an, du kannst einem Angst machen, du bist dürr, als hätten dich die Kopfjäger geschrumpft, und rollst dabei Augen wie ein Zyklop!"

Lucie kümmert sich nicht mehr um Zurechtweisungen. Sie hat endlich das Sehen wiederentdeckt, jenseits von Scham und Grauen. Sie hat sich das Sehvermögen zurückerobert, und es hat ungeahnte Kraft, weil sie ihren Blick fern von den Menschen, Erwachsenen wie Kindern, wieder aufgerichtet hat; sie hat ihn bei verachteten, ja gehaßten Tieren und Tierchen zurückgewonnen. Diesem kriechenden, schwimmenden und flatternden Getier verdankt sie das Glück einer neuen Sicht. Und dem Gesirre, Gequake, Gepfeife und Geheule dieses gefräßigen Tierreichs verdankt sie, daß ihr neuer Blick unerhört hell und weit ist. Doch neben den schönen gold-, silber- und kupferfarbenen Feuern, die sie bei den Tieren entdeckt hat, hat sie noch ein anderes – ein stummes, erstarrtes, gefrorenes Feuer gefunden, in dessen Herd sie ihre Sicht zu Ende schmiedete.

*

Ihren Blick – sie hat ihn im Feuer der Toten gehärtet. Nicht nur in die Moore und ins Unterholz, auch in die Friedhöfe führen sie ihre einsamen Streifzüge. Auf die Idee, zwischen den Gräbern umherzustreichen, ist sie kurze Zeit nach dem Bruch mit Lou-Fé gekommen. Sie hatte schon früher daran gedacht, schon damals, als sie erraten hatte, daß der Mörder von Anne-Lise und Irène Vassalle niemand anders war als der blonde Oger, ihr Bruder. Doch als sie dies begriffen hatte, überkamen sie Angst und Scham, und sie getraute sich nicht, an die Gräber der beiden Mädchen zu gehen.

Sie schämte sich, denn sie allein wußte, wer der Mörder war, den die Polizei vergeblich suchte, und sie verhielt sich still. Zwischen ihr und diesem Mörder bestanden Blutsbande; sie waren beide von der gleichen Mutter geboren. Beide hatten sie sich wie Kaulquappen im selben trüben Wasser, im selben Mutterleib entwickelt. Und ein zusätzliches Band fesselte sie an ihren Bruder – das der Blutschande. Dieses Band war vieladrig, es ließ sich nicht kappen, da es windungsreicher als die Ackerwinde und stacheliger als die Distel war; es brannte wie ein Büschel Nesseln, und es war schwarz.

Denn all dieses Blut war schwarz – schwarz das Blut aus dem Mutterleib, schwarz das Blut der obszönen und grotesken Beilager, die den großen Mörderbruder und das noch nicht einmal pubertierende Mädchen verbanden, schwarz das Blut des Geheimnisses, der Scham und des Entsetzens, und schwarz das Blut der beiden besudelten und erdrosselten Mädchen.

War jedoch das Blut der Herkunft und der Schändung von einem undurchdringlichen und stumpfen Schwarz, so war das Blut der beiden entschwundenen Mädchen von einem transparenten, leuchtenden Schwarz, wie jenes, das draußen nachts an die Fensterscheiben rührt, wenn drinnen gedämpftes Licht herrscht; die Scheiben werden dann zu Spiegeln, und gleichzeitig kann man durch sie hindurchsehen und den Raum der Nacht erkennen.

Und dieses zweite Blut, das der toten Kinder, strahlte mit der Zeit immer kräftiger. Es nahm das seidig schimmernde Schwarz eines Augenflecks an. Und nach und nach verschoben sich die Blutsbande; Lucie fühlte sich immer weniger als Schwester des Ogers und immer mehr als Schwester von Anne-Lise und Irène. Das viele Alleinsein und die Todesangst machten sie zu ihrer Wahlschwester. Nachdem sie den einzigen ihr verbliebenen Freund, den treuen und lauteren Lou-Fé, verstoßen hatte, begann dieses dunkle Verwandtschaftsband in ihr Wurzeln zu schlagen und sich kräftig zu entwickeln. In ihrem entblößten, leeren Herzen war Raum für dieses Band entstanden, es konnte dort wachsen und sich in ihr emporranken, ganz anders als auf der Welt der Verzweiflung und des Grauens.

Anfangs hatte Lucie sich den beiden Mädchen gegenüber schuldig gefühlt; sie war die Schwester des Mörders, sie verschwieg, was sie wußte, sie war nicht mutig genug, ihren Bruder zu denunzieren und alles zu gestehen, sie erlitt Schlimmstes und schwieg feige dazu. Und weil sie allein und stumm die Last eines solchen Geheimnisses trug, bezichtigte sie sich sogar der Mittäterschaft. Durch ihre Feigheit wurde den beiden kleinen Opfern keine Gerechtigkeit zuteil.

Doch all dies ist jetzt vorbei; die Gefühle der Scham und der Mitschuld sind von ihr abgefallen wie eine abgestorbene Haut. Ganz plötzlich abgefallen an jenem Tag, als sie unter der bleichen Nachmittagssonne auf dem Feldweg davonrannte und mit der Stimme einer verrücktgewordenen Fledermaus ihre Beleidigungen gegen Lou-Fé ausstieß. Sie war gerannt, so schnell ihre Beine sie trugen, schneller als das Mitleid, das sie für den Freund mit den tränenfeuchten Augen empfand, schneller auch als die Gewissensbisse. Sie hatte ihn verleugnet, ihren Freund mit den großen, auf die Geheimnisse der Wolken und des reinen Lichts gerichteten Augen. Sie hatte die Pracht des Firmaments für die der Erde weggegeben – für die sumpfigen Niederungen, das Unterholz, das Moor; sie hatte das strahlende Gold der Sterne gegen das funkelnde Bronzebraun von Ringelnattern, Kröten, Insekten und Eulenaugen eingetauscht. Sie hatte die heitere Freundschaft mit Lou-Fé aufgegeben und die düstere, schreckliche Freundschaft mit den toten Mädchen gewählt. Sie war so hart auf die Erde gefallen, daß sie sich gar nicht mehr erheben wollte. Am liebsten wäre sie tief in ihr versunken und hätte unterirdisch gelebt.

Anne-Lise Limbourg liegt auf dem Dorffriedhof, in einer Grabreihe quer zu jener, in welcher der „arme Albert" ruht. Jedes Jahr an Allerheiligen mußte Lucie ihre Mutter hierher begleiten; die Arme mit Chrysanthementöpfen beladen, suchte sie mit ihr sämtliche Gräber der Familie Daubigné auf. Es gab noch andere Vorfahren, doch die hatte sie nie gekannt, sie alle waren so fern wie die Sternschnuppen am Rand des uninteressant gewordenen Firmaments. Namen ohne Gesichter, ohne Erinnerungen für sie, in polierten Marmor gemeißelt. Sie langweilte sich. Selbst das Grab des „armen Albert" machte sie nicht mehr träumen; in dem Gras, das die Grabplatte säumte, suchte sie nicht mehr nach den Fußspuren der Zigeunerin aus Tante Colombes so oft wiederholter Erzählung. Ein paar Insekten, die in der Nähe herumschwirrten, erregten eine Weile ihre Aufmerksamkeit, während die Mutter, von Lolotte sekundiert, mit ernstem Gesicht Gebete murmelte. Und Jahr für Jahr seufzte mit derselben überheblichen Leidensmiene die Mutter dann am Friedhofsausgang: „Ach, die Leute hier haben wenigstens in geweihter Erde eine Ruhestätte gefunden, und ihr Andenken wird gebührend in Ehren gehalten! Doch mein Victor, mein geliebter Victor! Welches Unrecht, welche Schmach! Ein Name auf einem Kriegerdenkmal ist alles, was von ihm bleibt! Kein eigener Grabstein, nicht einmal ein bescheidenes Loch in geweihter Erde, keine Spur von einem Kreuz über seiner sterblichen Hülle! . . ." Und ihre Augen wurden feucht, ohne zu weinen; Tränen, die nicht rollten, befeuchteten ihre Wimpern – schöne, edle Tränen wie bei den Heiligen und Märtyrern auf den Bildern, die in den Nischen der Kapellen hängen. Als sie klein war, hatte Lucie diese Tränen voller Erstaunen und Ergriffenheit wahrgenommen; plötzlich stand ihre Mutter auf einer Ebene mit den schmerzerfüllten Heiligen, deren Abbildungen sie in Büchern hingebungsvoll betrachtet hatte. Doch Lolotte, die als Repräsentantin der ans Haus gefesselten Colombe zugegen war, versuchte die Märtyrerwitwe Aloïse jedesmal zu trösten: „Aber nicht doch, gute Madame Daubigné, der Name Ihres seligen Gatten ist nicht in Vergessenheit geraten, er ist auf dem Kriegerdenkmal seiner Heimatstadt verewigt, und er wird mehr geehrt und gewürdigt als unsere gewöhnlichen Toten, was auch ganz normal ist, wo er doch den Heldentod für sein Vaterland gestorben ist. Er ist gestorben für uns alle . . ." Und mit feierlicher Miene brachte sie dann das große Wort an: „Wie unser Herr Jesus Christus!" Dann trug Aloïse ihr Haupt noch etwas höher und wiederholte mit vergeistigtem Blick: „Ja, wie unser Herr!"

Lange Zeit hatte Lucie in diesem Legendenglauben gelebt. Ihre Mutter hatte einst ein anderes Leben gehabt. Ein Leben des Ruhms und des Glücks. Sie hatte einen Gemahl gehabt – feierlich klang dieses Wort in ihren Ohren. Und dieser Gemahl war ein Held gewesen, ein Erlöser sogar, wie Jesus. Doch jetzt hatte ihre arme, vom Unglück heimgesuchte Mutter nur noch einen einfachen Ehemann, wie alle anderen Frauen; einen sehr netten Mann, aber eben nichts Besonderes, wie Aloïse bei jeder

Gelegenheit bemerkte. Der große Bruder war der Sohn des Gemahls, und der Glanz des Helden strahlte auf ihn ab. Lucie hingegen war nur ein Kind des Ehemanns, und der Staub dieses allzu gewöhnlichen Mannes fiel auch ein wenig auf sie. Doch das war nun einmal so; es rief bei Lucie weder Eifersucht noch Minderwertigkeitsgefühle hervor. Sie war sogar stolz auf die glorreiche Vergangenheit ihrer Mutter, und stolz auch darauf, den leiblichen Sohn eines Helden zum großen Bruder zu haben. Was ihren eigenen Vater betraf, so mochte sie ihn, wie er war; ein schon älterer Herr, schweigsam und glanzlos, doch wunderbar sanft.

Doch nun ist es aus mit der ebenso lächerlichen wie verlogenen Legende. Lucie findet es nur gerecht, daß Victor Morrogues nicht in geweihter Erde ruht, denn er hat den Oger gezeugt. Und wenn man seinen Leichnam nicht finden konnte, so ist er eben nicht so gestorben, wie die Leute gewöhnlich sterben. Es heißt ja auch, er sei explodiert. Explodieren ist typisch für Sterne, Vulkane, Granaten, fehlerhafte Dampfkessel und Knallkörper, aber doch nicht für Menschen. Natürlich kommt es vor, daß tote Tiere am Wegrand sich in der Sommerhitze blähen und blähen, bis ihr Bauch platzt. Verwesende Tierkadaver explodieren also auch. Was ist demnach von diesem ominösen Gatten zu halten, der explodiert und spurlos verschwunden ist? Er ist wohl schlicht und einfach ein Monster gewesen. Und aus diesem Monster ist der blonde Oger hervorgegangen, so wie die Würmer aus dem Bauch verfaulender und stinkender Tiere hervorquellen. Geschieht ihm recht, diesem Monster, wenn es keinen Platz neben den rechtschaffenen Toten gefunden hat. Und der blonde Oger, wird auch er einmal explodieren? Lucie hofft es sehr. Sie spricht ihm im voraus das Recht ab, in geweihter Erde zu ruhen, vor allem auf demselben Friedhof wie eines seiner beiden Opfer. Sie hofft, daß auch er schließlich explodieren wird, damit sie seine Überreste den gefräßigen Wassern der Sümpfe übergeben und den Tieren dort vorwerfen kann: den Hechten, Ringelnattern, Bussarden, Molchen, Gelbrandkäfern, all diesen happenden Mäulern und hackenden Schnäbeln.

Sie geht nun alleine auf den Friedhof. Sie tut es in aller Heimlichkeit und Stille. Sie schleicht sich zu einer Tageszeit hinein, zu der sie nicht damit rechnen muß, einer dieser unvermeidlichen Alten zu begegnen, die, in der einen Hand die Gießkanne, in der anderen die Rosenschere, für gewöhnlich zwischen den Gräbern umhertrippeln. Diese verhutzelten Vestalinnen scheinen keine andere Beschäftigung mehr zu kennen, als nur immer die Grabplatten auf Hochglanz zu halten und mit Blumenschmuck zu versehen. Doch sie sind neugierig, klatschsüchtig; Lucie will nicht ihre Schnüffelgier wecken. Sie huscht bis zur Reihe, in der sich das Grab der Familie Limbourg befindet. Der Stein ist schon alt, dunkelgrau wie die Schiefertafel der Schüler. Fünf Namen sind eingemeißelt: Charles-Amédée Limbourg, 1839 – 1930; Ernestine Limbourg, geborene Fasquelet, 1845 – 1937; Aristide Limbourg, 1864 – 1950; Edmée Limbourg, geborene Pommier, 1870 – 1953; Anne-Lise Limbourg, 1952 – 1961.

Namen und Lebensdaten der Vorfahren Anne-Lises; in der Familie Limbourg wird man alt. Es sei denn, man läuft dem Oger über dem Weg. Die Großeltern des Kindes leben noch. Die Kleine selbst liegt schon hier. Ihr Name steht zuunterst, daneben die wenigen Lebensjahre, nicht einmal ein Jahrzehnt. Ihr Name ist wie flüchtig hingeworfen, fast zufällig oder aus Versehen, und ihr Alter wirkt kümmerlich im Vergleich zu dem ihrer Vorfahren. Sie ruht im Kreise ihrer Ureltern. Die Vergoldung ihres Namens – er klingt so weich, wie ein seidiges Rauschen – glänzt frischer als die der anderen Namen. Sie ist im Jahre der großen Sonnenfinsternis gestorben; es ist noch nicht lange her und doch schon so fern. Lucie erinnert sich an das Mädchen, wie es am Tag der Sonnenfinsternis im Schulhof stand. Als die Sonne wieder erschienen war, hatte es in die Hände geklatscht und vor Freude geschrien. Es hatte einen himmelblauen Anorak und eine naturfarbene Wollmütze getragen.

Lucie erinnert sich jetzt an so viele Einzelheiten über Anne-Lise. Sie hat ihr Gedächtnis bis in die hintersten Winkel durchstöbert, um möglichst viele Erinnerungen an das Mädchen zusammenzutragen. Sie sieht die rötlichbraunen Locken vor sich, die unzähligen Sommersprossen auf der hellen Haut und das blasse Grün ihrer lachenden Augen. Die Farbe der Flechten. Lucie mit ihrem dunklen, borstigen Haar und ihrem matten Teint hatte Anne-Lise oft um deren frische Farben beneidet, vor allem um das zarte Grün ihrer Augen, das mit wechselndem Licht in die verschiedensten Farbtöne spielte. Die stärkste Erinnerung aber blieb die wehmütige Melodie, die Pauline Limbourg lange Zeit immer wieder auf ihrer Flöte spielte. Monatelang hatte diese Melodie den Dorfbewohnern in den Ohren gelegen, unablässig hatte die Schwester des toten Mädchens ihren Schmerz moduliert. Dann, eines Tages, hatte sie die Flöte weggelegt. Pauline hatte mit ihrem Kummer leben gelernt, sie hatte ihn gemeistert. Die Flöte schwieg, doch ihre Melodie webte weiter im Gedächtnis der Leute. Lucie hört sie immer wieder.

Das andere Mädchen, Irène Vassalle, liegt auf dem Friedhof seines zehn Kilometer entfernten Dorfs. Lucie hat Irène nicht gekannt. Doch sie hat ihr Bild in den Zeitungen gesehen. Es war sofort die Rede von einem Verbrechen gewesen, obwohl das Mädchen sich erhängt hatte. Denn das Motiv für diesen kindlichen Selbstmord war von Anfang an klar; der an einem Dachsparren im Speicher hängende Körper zeigte frische Spuren angetaner Gewalt. Und diese am Leib erfahrene Gewalt hatte sich bis in ihr Herz und in ihren Verstand gebohrt, die Schändung hatte mit einem Schlag ihre Lebensfreude vernichtet. Zu Hause angekommen, war das Mädchen schnurstracks in den Speicher hinaufgegangen. Sie hatte eines der Seile gelöst, an denen die Mutter im Winter die Wäsche zum Trocknen aufhängte, sie hatte es an einem dicken Nagel befestigt, der sich in einem Balken fand, hatte sich eine gleitende Schlinge um den Hals gelegt und dann mit einem entschlossenen Fußtritt den Stuhl umgestoßen, auf den sie geklettert war. So war Irène, wie Anne-Lise, durch Erdrosselung zu Tode gekommen. Der Oger hatte die Macht, sogar aus der Entfernung und mit zeitlicher Verzögerung zu erdrosseln.

Die Tragödie kam in die Schlagzeilen der Zeitungen, und sie hatte zur Folge, daß man sich plötzlich wieder an die kleine Anne-Lise Limbourg erinnerte, die schon allmählich in Vergessenheit geraten war. Man mutmaßte, daß in beiden Fällen derselbe Mörder am Werke war. Doch Irène Vassalles Tod wühlte die Öffentlichkeit noch mehr auf, denn die Entschlossenheit, mit der das Kind zu seiner Verzweiflungstat geschritten war, verdeutlichte in unerträglicher Weise die Obszönität der ihr angetanen Gewalt. Ohne ein einziges Wort hatte Irène Vassalle bewiesen, daß die Schändung eines Kinderkörpers seiner Tötung gleichkommt. Die Empörung und Wut hatten sich dann um das Seil gerankt, mit dem sich das Mädchen erhängt hatte. Dieses Seil war in den Herzen der Leute zu einer Peitsche geworden, und alle schwangen sie gegen den Mörder. Doch auch diesmal hatte man den Täter nicht finden können, die Schläge gingen ins Leere, man hatte nur Luft getroffen mit dieser Peitsche vergeblichen Schmerzes. Wie zu den Zeiten, als Wölfe die einsamen Landstriche heimsuchten, sprach man nur noch von der *BESTIE*, und Greuel- und Schrekkensgeschichten machten die Runde. Damals hatte man mit Äxten und Heugabeln bewaffnet Treibjagden veranstaltet, doch niemand hatte das Untier je zu Gesicht bekommen. In aller Ruhe hatte es in Gegenden, wo man es nicht suchte, wehrlose kleine Hirtinnen und Kuhjungen zerfleischen können. Doch fassen ließ es sich nie. Es beherrschte das Denken, verbreitete Schrecken. Genauso wie jetzt der Oger.

Nur Lucie kannte das Versteck des Untiers, seinen Namen, sein Gesicht. Sie kannte sogar seine Stimme, das Blau seiner Augen, den Geruch und das Gewicht seines Körpers. Sie war seine Geisel. Und sie war seine Schwester.

Irène Vassalles Schicksal beschäftigt Lucie noch mehr als das Anne-Lises. Für ihre ehemalige Mitschülerin empfindet sie unendliches Mitleid, doch für Irène hegt sie Bewunderung. Irène steht in Lucies Augen auf einer Ebene mit der heiligen Solange, der Schutzpatronin des Landes, die der Schändung durch einen sittenlosen Feudalherrn den Tod durch Enthauptung vorzog und stolz ihr abgeschlagenes Haupt von der Richtstätte zum Grab trug. Irène ist vom Schlage der Jeanne d'Arc, der heiligen Kriegerin. Irène hat den Mut, den Stolz und die Unbeugsamkeit der großen Heiligen und Märtyrer bewiesen. Indem sie sich selbst den Tod gab, triumphierte sie über den Oger und gewann ihre Reinheit zurück. Eine zur Legende gewordene, unantastbare Reinheit, weil in der Ewigkeit verwurzelt.

Lucie wird nicht müde, Irènes Foto zu betrachten, das sie sorgsam versteckt in ihrem Zimmer aufbewahrt. Unverwandt betrachtet sie die sanften, hellen Augen des Mädchens, und sie glaubt unerschütterlich daran, daß diese Augen eines Tages sie ebenfalls anblicken und ihr ein Zeichen geben werden. Dieses Foto ist für Lucie wie ein Grab – doch ein offenes Grab. Sie beugt sich über Irènes Augen, wie die heiligen Frauen sich über das aufgebrochene und leere Grab Christi gebeugt haben. Sie hofft, daß sich hinter den hellen Augen, durch sie hindurch, das Gesicht eines Engels abzeichnet. Nicht das Gesicht eines Schutzengels, sondern eines rächenden, richtenden Würgengels. Und indem sie immer wieder dieses Foto betrachtete, sich in diesen Blick bis zur

Selbstaufgabe versenkte, identifizierte sie sich schließlich mit dem toten Kind und machte sich die stumme Gewalt zu eigen, die von seinem Gesicht ausging.

Dieses auf Zeitungspapier gedruckte Bild ist für Lucie zur Totenmaske geworden – hautnaher Abguß der Todesstunde. Eine Maske, die sie sich aufs eigene Gesicht aufgesetzt erträumt und die sie wie einen Visierhelm überstülpt, um still und heimlich ihren Haß- und Racheblick zu schärfen. Aus Irènes Zeitungsfoto bezieht Lucie ihre größte Kraft.

*

Und das ist es, was sie im Morgengrauen dieses Sommertages dem hingestreckten Bruder entgegenschleudert. Diesen Blick. Dieses Sengen und Brennen eines Schmetterlingsaugenflecks. Diesen in langer Zeit des Leidens und der Scham gereiften Abwehrschrei. Diese in der Einsamkeit und Stille bei den Tieren im Moor geschmiedete Waffe der Rache. Dieses bei den Toten geschärfte Aufgebot an Vergeltungswille, Verachtung und Stolz.

Dieser Blick ist es, den sie jetzt erhebt wie ein Zepter, ein Schwert, einen Blitzstrahl, um den blonden Oger zu vernichten. Und er, an die Erde gefesselt, die nicht aufhören will, sich im Gegensinn des Himmels zu drehen, er sieht diesen rasenden Blick. Er sieht die Augen, die zwischen Himmel und Erde hängen wie ein Raubvogel, der im nächsten Augenblick auf ihn niederstoßen und ihm den Schnabel und die spitzen Krallen ins Herz schlagen wird. Es ist ein zischender, mit den Zähnen knirschender, blutender Blick, er benetzt ihn mit den Tränen der Kinder, die er unter den Erdboden gebracht hat. Und voller Entsetzen spürt der gestürzte Oger, daß er sich nicht mehr erholen wird von diesen riesigen Kinderhexenaugen, in denen Leid und Haß, Häßlichkeit und Schönheit vereinigt sind. Ein Medusenblick.

Wachen

Schrecken fahren über ihn hin. Alle Finsternis ist für ihn aufgespart.
Es wird ihn ein Feuer verzehren, das keiner angezündet hat, und wer übriggeblieben ist in seiner Hütte, dem wird's schlimm ergehen.

Hiob, 20, 26 - 26

Sepia I

Ein unbewegtes Licht erfüllt das Zimmer. Es ist das Licht eines Spätnachmittages im Herbst; es hat Farbe bekommen vom Baden in den braunen und bronzefarbenen Wassern des Moors, vom Liegen in Heidekraut und Binsen. Es hat im herbstbunten Laubwerk der Bäume und Büsche gespielt, in den lehmgelb glänzenden Gräben, in den frisch gedüngten Feldern, sogar schon in geplatzten Kastanienschalen. Es hat das Land durchstreift, hat sich Zeit gelassen in den Wäldern, Teichen, Heiden, Wiesen und Feldern, und überall ist es dicht über den Schlamm, die Rinde, das Wasser hinweggestrichen. Ganz schwer von den vielen Farbtönen da draußen dringt es jetzt durch die elfenbeinweißen Vorhänge in den Wohnraum herein. Es wandelt durchs Zimmer, legt sich in großen Lachen aufs gewachste Parkett, aufs rötliche Holz der Möbel. Mit mattem Weiß umflutet es die Nippsachen, die Vasen, die Schale mit den Früchten darauf.

Auf einem Tischchen steht ein Teegedeck für nur eine Person. Ein Rest Tee schimmert in der geleerten Tasse, am Rand des Untersetzers funkeln Zuckerstäubchen, auf dem lackierten Tablett sättigt sich eine Fliege an einem verschütteten Tropfen Milch. Der Geruch von Äpfeln und Birnen mischt sich unter den beherrschenden Duft der dunkelroten Rosen, die in der Fayencevase ihre Köpfe im Kreis zu neigen beginnen. Ab und zu löst sich ein Blatt und fällt weich herab. Das Licht dringt in die Falten der Blüten und hellt ihr Purpur um eine Nuance auf. Die sich entblätternden Blumen nehmen erst das Rot des Weinsteins an, doch je welker sie werden, desto mehr gemahnen sie an vertrocknetes Blut. Bisweilen fällt mit einem Blatt eine Biene herab. Die Stätte der Wollust, wo das Insekt den Tod fand, zerfällt und wird kahl. Die Rose ist ein vergängliches Grab.

Hellgelb und leicht liegt der kleine Körper zwischen den bläulichroten Überresten der Rose. Leichnam und Grab fallen demselben Vergessen anheim. Die Rose mit ihrer Vielzahl von schattengefüllten Falten und Windungen, mit ihrem märchenhaften Schatz an gehortetem Duft und Süße, mit ihrem Herzen aus eingedicktem Licht – sie scheint Gedenken zu verheißen, denn sie besitzt die Tiefe und Verschlungenheit des Gedächtnisses. Doch es ist ein leeres Versprechen. Die Rose fragt nicht, was sie ist, und noch weniger, was sie gewesen ist. Die Rosenknospe sprießt, rundet sich, geht auf, sie öffnet ihr Herz dem Wind, auf daß er ihren Duft verwehe, der Sonne, auf daß sie in ihr erstrahle, den Insekten, auf daß sie kommen, in ihr tanzen und sich laben. Sorglos vollbringt die Rose ihr Werk der Schönheit und läßt alle teilhaben am Genuß. Mit demselben Wunder an Sorglosigkeit läßt sie es dann zu, daß der Wind ihr den Duft raubt, das Licht sie verwelken macht, der Regen sie zerzaust, die Insekten sie verlassen oder an ihrem Herzen sterben. Sie ist zum Abbild des Vergessens geworden. Verbraucht und entblättert hängt ihr schmaler Stengel herab. Nur die Dornen bleiben daran, hart und fast schwarz, wie Verholzungen von Schmerz, Wut und Bitterkeit. Mit dem Vergessen hat die Rose dann die Dürre und schmerzende Teilnahmslosigkeit gemein.

Das Licht dringt in das Gewebe der Stoffe ein – schwerer Samt der Vorhänge, Damast der Sesselbezüge, Glanzvelours der Sofakissen, Kaschmirüberwurf des Diwans, alles in den Tönen Ocker, Orange, Braun und Graubraun gehalten. Das Licht wird etwas gedämpft durch diese Erdfarben, und es schickt dunkelbraune Schatten in die Falten der Vorhänge. Es betäubt den Raum durch seine reglose Helligkeit.

Reglos ist auch die Frau, die inmitten eines Gewühls von Kissen auf dem Diwan ausgestreckt ist. Flach auf dem Rücken liegt sie da, die Füße übereinandergeschlagen und die Hände unter dem Nacken verschränkt. Ihre halb geschlossenen Augen sind starr auf einen unsichtbaren Punkt im Raum gerichtet. Das Licht umhüllt die Frau, es legt ihr einen goldbraunen Schimmer auf die Stirn und tönt das Haar in den Farben des Herbstlaubs. Ihr Atem geht unhörbar, ihre Brust hebt und senkt sich in langsamem, regelmäßigem Rhythmus. An ihrem Körper bebt kein Muskel, ihr Mund ist geschlossen, ihr Gesicht ist glatt und starr wie eine Maske, ihre Augenlider bewegen sich nicht. Sie schläft nicht, sie träumt. Doch sie träumt nicht einfach vor sich hin. Sie träumt mit Bedacht, mit Beharrlichkeit; wie eine Vestalin, die im heiligen Tempel Wache hält, so träumt sie, mit Inbrunst, mit hellwachem Bewußtsein, und mit lauernder Begehrlichkeit.

Legende

Nein, die Frau auf dem Diwan gibt sich nicht einer gewöhnlichen Träumerei hin, sie praktiziert die geheime Kunst des „wahrhaften Traums". Auf der Suche nach Lesestoff stieß Aloïse Daubigné vor einigen Jahren auf ein Buch, das in ihrem vom verstorbenen Gemahl beherrschten Gemüt einen nachhaltigen Eindruck hinterließ. Es war der Roman *Peter Ibbetson* von George du Maurier. Ibbetson, zu lebenslangem Gefängnis verurteilt wegen eines Mordes, den er begehen mußte, um sich selbst und das geheiligte Andenken seiner Eltern zu verteidigen, ist auf immer von der geliebten Frau, der schönen Herzogin von Towers, getrennt. Doch die Liebe zwischen den beiden Menschen ist von solcher Kraft, daß sie die Kerkermauern durchdringt und über das Schicksal triumphiert.

Diese schöne Liebe kann noch mehr als Mauern durchdringen – sie bewegt sich völlig frei durch Raum und Zeit. Und dies vermöge der von einem zaubermächtigen Hirten verliehenen Gabe des „wahrhaften Traums". Mary, die Herzogin von Towers, hat die Kunst ihrem unglücklichen Geliebten weitergegeben. Sie selbst hat sie von ihrem alten Vater empfangen, der mit diesem wundertätigen Vermächtnis seine Tochter gegen allen Kummer und Schmerz wappnen wollte, den das Leben mit Vorliebe empfindsamen Herzen zufügt. „Sie müssen stets auf dem Rücken schlafen, die Hände unter dem Nacken verschränkt und die Füße übereinandergeschlagen, und zwar den rechten auf dem linken, es sei denn, Sie sind Linkshänder; keinen Augenblick lang dürfen Sie aufhören, an den Ort zu denken, an dem Sie im Traum sein wollen, bis Sie eingeschlafen und dort angelangt sind; und während Sie träumen, dürfen Sie nie vergessen, wo und was Sie im Wachzustand sind. Sie müssen Traum und Wirklichkeit miteinander verbinden. Vergessen Sie das nicht!“

Dank dieser Disziplin, die das wachste Bewußtsein der Gegenwart mit der minutiösesten und wahrheitsgetreuesten Erinnerungsarbeit verbinden muß, wird es möglich, die Vergangenheit in die Gegenwart zu holen, und zwar genau so, wie sie war, bis in die letzten Einzelheiten. Die Liebe zwischen Peter Ibbetson und Mary begeht diesen geheimen Weg des wahrhaften Traums, um sich zu erfüllen. Tag für Tag, oder vielmehr Nacht für Nacht erleben sie ihre Liebe neu, indem sie die Vergangenheit aufsuchen und erkunden. Immer wieder verdoppeln sie sich; mit unsichtbaren Schritten enteilen sie ihren gegenwärtigen Körpern in die Gärten und Salons des früheren Lebens, wo sie sich als Erwachsene begegnen und zugleich als Kinder wiedersehen. Hand in Hand wandern Peter Ibbetson und die Herzogin von Towers durch die seligen Gefilde der wiedererstandenen Vergangenheit und nähern sich behutsam den Kindern, die sie einst waren und die sich damals Gogo Pasquier und Mimsey Seraskier nannten.

Das Leben hatte die sich liebenden Kinder nicht nur auseinandergerissen, es hatte ihnen auch die Namen geraubt. Doch der wahrhafte Traum bringt alles wohlbehalten zurück, bis hin zu den Namen, mit denen sie sich im Spiel riefen: Märchenprinz und Fee Tarapatapum. Hinter den Kulissen der Zeit begegnen sich diese Tristan und Isolde der Neuzeit in einem fort wieder. Die Zeit ist für sie ein Karussel, auf dem Gegenwart und verewigte Vergangenheit immer wieder vorbeiziehen. Denn ihre Liebe hat das Siegel der Ewigkeit erhalten. Der wahrhafte Traum ist der Zauberschlüssel, der ihnen von der Welt unbemerkt den weiten Raum ihrer Liebe eröffnet.

Und danach trachtet nun Aloïse: diesen Schlüssel höchster Traumkunst für ihr Herz zu finden.

Denn ihr Herz, ihr Mutterherz, ist in höchster Sorge. Vor etwa zwei Monaten, im Hochsommer, wurde Ferdinand bewußtlos im Gemüsegarten aufgefunden. Und die Bewußtlosigkeit hat sich als so schlimm erwiesen, daß man glauben möchte, der arme Ferdinand sei verhext worden. Denn er ist nicht wieder aufgewacht; exakt so, wie er damals in der prallen Sonne an der Gartenmauer lag, liegt er jetzt an diesem Herbstnachmittag im Halblicht seines Zimmers auf dem Bett, mit völliger Reglosigkeit geschlagen. Die geweiteten Augen richten den ausdruckslosen Blick ins Leere. Es ist der Blick eines Blinden oder Halluzinierten. Ferdinand wurde zunächst ins Krankenhaus eingewiesen, doch nach dreiwöchiger Beobachtung mit Analysen, Röntgenaufnahmen und medikamentöser Behandlung mußte man kapitulieren vor dieser Krankheit, die ihn befallen hatte und nicht mehr losließ. Er atmete normal, das Herz schlug, kein Organ zeigte irgendwelche Störungen oder Verletzungen. Wenn etwas geschädigt war, dann nicht im körperlichen Bereich; der Körper funktionierte, verlangsamt zwar, doch im übrigen unauffällig. Die Schädigung war anderswo zu suchen, im Bereich des Bewußtseins, des Gemüts. Im Bereich des Unterbewußten, sagten die einen, im Bereich der Seele, meinten die anderen. Doch das waren Bereiche, in die niemand vorzudringen vermochte, weil kein Zugang zu finden war. Ferdinand war ganz plötzlich und ohne Aufschrei umgefallen, und seither zeigte er nicht mehr die geringste Lebensäußerung. Er reagierte auf nichts, alle seine Sinne schienen erloschen zu sein. Es war, als hätte sich der Mensch, der bisher in diesem schönen jugendlichen Männerkörper wohnte, plötzlich verflüchtigt, aufgelöst. Ferdinands Geist war aus seinen Körper geschlüpft und hatte ihn wie ein Kleidungsstück liegenlassen. Doch niemand konnte erklären, wie und weshalb er so Hals über Kopf geflohen war, und niemand wußte, wo dieser flüchtige Geist sich verborgen hielt.

Denn so war es wohl: In einer unerklärlichen Anwandlung hatte Ferdinand vor sich selbst Reißaus genommen. Bei seiner überstürzten Flucht hatte er sich von seinem Körper losgerissen und die noch lebende Hülle einfach am Boden vergessen. Die Zeit verging, und Ferdinands Geist kam nicht wieder; die Hülle lebte beharrlich weiter, doch eher in der Art von Korallen oder Einzellern als in der Art von Menschen. Teilnahmslos ließ sie die Prozeduren über sich ergehen, mit denen man ihre Funktionen in Gang hielt.

Die Ärzte konnten auch nicht mehr tun, als für dieses Funktionieren zu sorgen; da der Körper der eines jungen und kräftigen Mannes war, konnte er, trotz Ferdinands häufigen Alkoholmißbrauchs, noch sehr lange so vegetieren. Ratlos standen auch die Psychiater vor diesem Patienten, der stumm und reglos wie eine Mumie vor ihnen lag. Angesichts all dieses Unvermögens wurde Aloïse zornig und setzte durch, daß ihr Sohn nach Hause kam. Ferdinand liegt nun also in seinem Zimmer. „So ist mein Ferdinand zu Hause, an einem vertrauten Ort, wenn er wieder zum Bewußtsein kommt, und ich kann bei ihm sein, damit er sich nicht erschrickt“, sagte Aloïse. Zweimal am Tag kommt eine Krankenschwester, dreimal in der Woche der Arzt. Das Zimmer ist mit den wichtigsten medizinischen Geräten versehen worden. Spritzen und Infusionen besorgen die künstliche Ernährung und Dränage der großen Mumie.

In ihrer Bedrängnis wandte sich Aloïse sowohl an Priester als auch an Krankheitsbeschwörer; zur medizinischen Apparatur gesellten sich Amulette und Talismane, Kreuze und Marienstatuen. Auch wenn keiner der Zauberkundigen, die Ferdinand untersuchen kamen, den Urheber des bösen Zaubers identifizieren konnte, so stimmten doch alle darin überein, daß Aloïses Sohn einem solchen Zauber zum Opfer gefallen sein müsse. Im einzelnen konnten sie lediglich sagen, daß der Missetäter, der Ferdinand in diesen erbärmlichen Zustand versetzt hatte, sehr große Macht besitze und seinen zerstörerischen Blick dem Opfer tief in die Seele gebohrt habe. Doch bislang haben sich alle diese Zauberjünger, die Aloïse nacheinander ans Krankenbett rief, als unfähig erwiesen, jenes furchtbare Flammenauge auszumachen, dessen Macht und Unerbittlichkeit sie doch richtig erkannt hatten.

Unter dem Eindruck dieser Offenbarung brach Aloïse völlig mit dem Rationalen; genauer gesagt, sie unterwarf ihre Vernunft, ihr Denken und ihr Erinnerungsvermögen der strengen Kontrolle der Intuition. Sie erkannte sich einen hellseherischen sechsten Sinn zu, und in dieser festen, ihr die Hoffnung ersetzenden Überzeugung inspizierte sie ihre Erinnerungen, Gefühle, Eindrücke, Träume, selbst die flüchtigsten Gedanken; sie inspizierte sich, wie ein General seine in Stellung gegangene Armee oder ein Stratege die Falten und Nischen des Geländes inspiziert, bevor die Schlacht geliefert wird. Blieb nur noch zu wissen, wo der Feind steckte.

Ihr schwerster Verdacht richtete sich gegen die Frauen; nur eine Frau konnte soviel Grausamkeit aufbringen. Doch welche war die Schuldige? Freilich wäre auch ein betrogener Ehemann oder einfach ein Neider von Ferdinands Schönheit in Betracht gekommen. Nur welcher? Die Verdächtigen beiderlei Geschlechts waren ohne Zahl. Aloïse verlor sich in ihrer Menge.

Doch indem sie, ganz unsystematisch von Gedanken zu Gedanken schweifend, sämtliche Erinnerungen Revue passieren ließ und die verstecktesten Winkel ihres bedrängten Gehirns durchstöberte, erinnerte sie sich auch an die Lektüre des Romans von George du Maurier. Das war nicht viel und lieferte keinerlei direkten Hinweis, doch immerhin war es eine Chance, die es zu ergreifen galt. Denn so absonderlich diese Kunst des wahrhaften Traums auch erscheinen mochte, sie konnte ein Körnchen Wahrheit enthalten, also war es nicht völlig ausgeschlossen, daß sie wirkte. Denn es handelte sich ja um eine bestimmte Methode, eine Art Askese, die das Gedächtnis weit aufmachen und hell erleuchten kann. Mehr noch: Im parapsychologischen Raum, der durch diese Methode zugänglich wird, wird es möglich, Gedanken zu übertragen und miteinander zu vereinen. Und Aloïse ist überzeugt, daß es ihr, sollte sie je diesen Zustand des wahrhaften Traums erreichen, gewiß auch gelingen würde, dem herumirrenden Geist ihres Sohnes zu begegnen. Dann könnte sie mit ihm zusammen seine ganze Vergangenheit durchwandern, von der fernsten bis zur jüngsten, bis sie die Quelle des bösen Blicks entdeckt hätte, und natürlich würde sie ihn davon erlösen.

Aloïse hat diesen Roman so viele Male gelesen, daß sie ganze Seiten auswendig kann. „Ohne Anstrengung, ohne Hindernis irgendwelcher Art gelangte ich vor dem Gittertor zur Allee.

Weißdorn und Flieder blühten, die Sonne zog überall goldene Spuren. Die milde Luft war voller Düfte und schien lebendig zu sein vom Gesumm und Gezirp des Frühsommers.

Ich weinte fast vor Freude, im Land meiner wahrhaften Träume angelangt zu sein."

*

Noch sind Freudentränen Aloïse nicht vergönnt gewesen. Seit über einem Monat müht sie sich, die Kunst des wahrhaften Traums zu erlernen, doch nie ist sie über das Stadium der verworrenen Erinnerungen hinausgelangt. Nachmittag für Nachmittag schließt sie sich in dem ans Zimmer ihres Sohnes angrenzenden Wohnzimmer ein, legt sich auf den eigens zu diesem Zweck von Lucies Zimmer heruntergeholten Diwan, nimmt genauestens die von George du Maurier beschriebene Stellung ein und wartet. Sie wartet wie Ibbetson auf die „Verzückung des Erwachens“ inmitten des wahrhaften Traums. Doch sie mag sich noch so „angespannt und beharrlich auf einen bestimmten Punkt im Raum und in der Zeit konzentrieren, der innerhalb ihrer Erinnerung liegt“, sie wacht nie am gewünschten Ort auf. Sie ist viel zu nervös und verkrampft vor Angst und kann ihre Aufmerksamkeit nicht so lenken und auf etwas gerichtet halten, wie es erforderlich wäre. Es gelingt ihr nicht einmal, sich für eine bestimmte Erinnerung zu entscheiden; sobald sie es tun will, steigt ein Schwarm von anderen Bildern auf und wirbelt in ihrem Kopf herum. Sie rennt gleichzeitig den Spuren Victors und denen Ferdinands nach, und Nebenfiguren halten sie von einer zielstrebigen Suche ab: Hyacinthe, Lucie, auch andere Familienmitglieder, lebende und tote. Tausende von Fliegen umschwirren ihre Gedanken, und je mehr sich Aloïse über diese Störenfriede erregt, desto unkonzentrierter wird sie. Bald schon hat sie Krämpfe in den Füßen und in den Beinen, die Arme schlafen ihr ein, es sticht sie in der Seite, und die Migräne bohrt in den Schläfen. Doch mit dem Mut der Verzweiflung behält sie eisern ihre Lage bei, über Stunden hinweg. Nur wenn am späten Nachmittag die Krankenschwester kommt, legt sie eine Pause ein. Abends, wenn sie sich erhebt, ist sie mißgelaunt und kann sich kaum noch gerade halten. Natürlich ist ihr im Verlauf ihrer Traumsitzung auch Ferdinand erschienen, doch eher wie ein zappeliges Irrlicht, das mal hier, mal dort aufflackert, jedesmal in einer anderen Gestalt. Die Bilder, die ihr durch den Kopf gehen, sind wirr und unstet; sie hat keine Gewalt über ihre Erinnerungen.

Sie ist vielmehr selbst in der Gewalt ihrer Erinnerungen. Aloïse kann nicht an den erwachsenen Ferdinand denken, ohne Victor in ihm zu sehen. Sie begegnet dem Mann wieder, der die große Liebe ihres Lebens war und es über den Tod hinaus geblieben ist. Blitzlichtartig scheinen Bilder von ihm auf: ein Ausschnitt aus seinem Gesicht, ein Lächeln, ein Blick, eine Handbewegung. Manchmal glaubt sie sogar seine Stimme zu hören und für einen Augenblick den Geruch seiner Haut wahrzunehmen. Der Kult, den sie über ein Vierteljahrhundert lang ihrem ersten Mann gewidmet hat, steigt unmerklich von den überirdischen Gefilden, in die sie ihn erhob, in fleischliche Niederungen herab. Das Idol erhält Fleisch und Blut, einen Geruch, Bewegungen – es nimmt Leben und Wirklichkeit an. Victor legt seine Heldenmaske ab und wendet Aloïse das Gesicht eines Liebenden zu. Er nähert sich ihr auf den verschlungenen Wegen wirrer Phantasien, denen sie sich ohne Unterlaß hingibt; er kommt mit seinem Körper der Liebe zurück. Der im Krieg verschollene Leib ersteht von den Toten. Und es ist, wie damals, ein Leib der Begierde.

Die von Aloïse praktizierte Methode des wahrhaften Traums verläuft also keineswegs in den vorgesehenen Bahnen. Sie vereinigt sich mitnichten mit dem entflohenen Geist ihres Sohnes. Sie sieht Ferdinand zwar gelegentlich, als kleinen Jungen, als Heranwachsenden, als Säugling. Doch sie bewegt sich von Tag zu Tag mehr auf den ruhelos umherirrenden Körper Victors zu. Manchmal versucht sie, diesem Ausufern ihrer Erinnerungen, diesem unstatthaften Abschweifen der Gedanken Einhalt zu gebieten und ihre Aufmerksamkeit auf den aus höchster Not zu errettenden Sohn zurückzulenken. Doch ihre Träumereien bringen sie immer wieder auf Abwege und führen sie unweigerlich zu Victor zurück. Zum begehrenswerten Körper Victors.

Die Tage kommen und gehen. Der September mit seinen Rottönen im Licht, seinem Gezwitscher von abflugbereiten Zugvögeln und seinen lauen, duftenden Abenddämmerungen ist dem Oktober gewichen. Die Bäume entblättern sich bereits, die letzten Rosen verwelken, die Abende werden feucht und kalt, Rehe und Hirsche lassen ihre rauhes Bellen und Röhren von jenseits der abgelassenen Teiche hören, über denen malvenrote und braune Nebelschwaden hängen. Die Tage werden zusehends kürzer und sind von eisigen Regengüssen durchsetzt. Ferdinand liegt in seinem Bett, der Welt und sich selbst entrückt, eine lange Mumie mit aschfahler Haut und leerem Blick. Sein Herz schlägt schwach, doch mit der Regelmäßigkeit eines Uhrwerks, es schlägt aus schierer Gewohnheit, und das Blut, das es umwälzt, ist so kalt und träge wie bei Tieren im Winterschlaf. Aloïses Tage und Nächte kreisen um diesen großen reglosen Körper. Sie geht nicht mehr aus dem Haus, sie pendelt nur noch zwischen ihrem eigenen Zimmer und dem ihres Sohnes, auf dem Wege liegt das zur Laterna magica umgewandelte Wohnzimmer. Sie übt sich bis zur Erschöpfung im wahrhaften Träumen, doch ihre Erinnerungen ziehen sie immer mehr dorthin, wo sie nicht hinwollte. Ihre Träumereien widersetzen sich jeder Disziplin, sie laufen ihr ungezügelt davon und öffnen Bereiche der Vergangenheit, die Aloïse seit langem unter Verschluß hielt, weil sie den Schmerz fürchtete, den ihr diese Erinnerungen bereiten könnten. Da hatte sie Victors Andenken so geläutert, erhöht, vergoldet, die Liebe zwischen ihnen so entfleischlicht, den Körper des Verblichenen so sublimiert, und jetzt steigt dieser ätherische Körper von seinem Sockel herab und dringt in die labyrinthischen Gänge des wahrhaften Traums ein, in denen sie sich verirrt hat. Nach einem Vierteljahrhundert Verbannung kommt er zurück. Und er ist noch genau so, wie er war, als er an die Front ging, wo der Tod in seiner Gier ihn sofort in Stücke riß.

Er kommt zurück und fordert ein, was ihm von Rechts wegen zusteht; denn ohne es zu wissen, hatte Aloïse sich mitschuldig gemacht an Victors Tod. Sie hatte am Rand der gähnenden Lücke, die dieser Tod aufriß, ihre Trauer wie eine riesige Standarte aufgepflanzt, sie hatte die entstandene Leere mit ihrem Schmerz umhüllt. Sie hatte sogar den eigenen Leib zum Opfer gebracht, indem sie das Begehren verbannte und ihren Körper der Sinneslust verschloß. Als sie sich nach jahrelangem Witwendasein dazu durchrang, Hyacinthe Daubigné zu ehelichen, war dies ein neues Opfer. Sie war arm, mit ihren Näharbeiten konnte sie kaum das Nötigste für sich und ihren Sohn verdienen. Sie machte sich auch Sorgen um die Zukunft Ferdinands, der ihr Sonnenkönig, ihr Lebenslicht, das stille, ewige Feuer ihrer abhanden gekommenen Liebe war. Und so willigte sie ein, als Hyacinthe Daubigné, der damals Ferdinands Mathematiklehrer am Gymnasium von Le Blanc war, um ihre Hand anhielt. Der um dreiundzwanzig Jahre ältere Mann war wohlhabend und geachtet. Er war nie verheiratet gewesen und lebte als Junggeselle in einem Dorf des Umlands, versorgt von einer alten Haushälterin, die seit jeher in der Familie war.

Im schönen Heim an der Rue de la Grange-aux-Larmes standen für Aloïse die Türen offen. Es erwarteten sie dort Sicherheit und ein Leben ohne Geldsorgen. Sie gab also Hyacinthe das Jawort, sie ging eine Vernunftehe ein, um ihrem Sohn die Zukunft zu sichern. Sie war Andromache, die Pyrrhus heiratete, um das Leben des Sohnes zu retten. In ihrem Gewissenskonflikt hatte sich Aloïse nicht gescheut, sich auf ein so tragisches und hehres Vorbild zu berufen. Bedenkenlos verglich sie Victor mit dem „der Leichenfeier beraubten" Hektor, und ihr eigenes Schicksal mit dem der stolzen Troerin, die im Widerstreit zwischen der Treue zu dem im Kampf gefallenen Gatten und ihrer Not als Mutter stand; schwieriger war allerdings, Hyacinthe, den sanften Mann in den Fünfzigern, dem jungen und ungestümen König von Epirus gleichsetzen. Da sie den grundguten Mann, der ihr die Heirat anbot, nicht hassen konnte, so begnügte sie sich damit, ihn nicht zu lieben.

Nein, sie liebt ihn nicht und hat ihn nie geliebt, diesen schlaksigen Mann mit dem traurigen Blick, der so leise umhergeht, als möchte er sich andauernd dafür entschuldigen, nur er selbst zu sein. Obwohl er ihr Vater sein könnte, ist er ein Ehemann voller Zuvorkommenheit und Feingefühl, dazu ein unendlich geduldiger Stiefvater. Hyacinthe ist ein anständiger und netter Mann, das muß Aloïse zugeben; sie anerkennt auch alle seine Vorzüge – Zurückhaltung, Sanftheit, Großzügigkeit, Intelligenz. Aber sie liebt ihn nicht. In gewissem Sinne verübelt sie ihm sogar, sie geheiratet zu haben, weil er an ihrer Seite den leeren Platz Victors eingenommen hat. Und weil sie durch ihn die Würde des Witwenstands eingebüßt hat – ein elendiglicher Stand zwar, doch von solchem Adel des Schmerzes. Der Schmerz ist geblieben, der Adel verblaßt, der Komfort hat Einzug gehalten.

Die Nächte mit diesem Mann sind für sie immer eine unerquickliche Sache gewesen. Sie verweigerte sich der Lust. Jede Vereinigung mit Hyacinthe ließ sie passiv, wenn nicht gar widerwillig, über sich ergehen. Lust durfte nur mit Victor sein, also gehörte sie der Vergangenheit an. Die geringste Erregung wäre ihr als Hochverrat am Andenken Victors erschienen. So hatte sie es immerhin zur Frigidität gebracht. Das war natürlich nicht viel im Vergleich zum Opfer der hehren und allerreinsten Andromache, die, um ihre Tugend zu retten, sich nach der Vermählung unverzüglich den Tod zu geben bereit war, doch es verdiente gleichwohl Bewunderung. Das sagte sich Aloïse zu ihrer Beruhigung.

Diesen lustlosen Vereinigungen entstammte indessen ein Kind. Lucie, die Nachzüglerin. Der Verrat hatte sich, nachdem er über die Lust nichts ausrichten konnte, durch die Fruchtbarkeit eingeschlichen. Lucie war seit jeher von dieser Verfehlung gezeichnet; die Kleine war die Frucht eines schändlichen Verrats, ein lebender Gewissensbiß. Die Liebe, die Aloïse gleichwohl ihrer Tochter entgegenbrachte, war deshalb getrübt, ohne Geduld und Zärtlichkeit. Doch das Leben mußte wohl oder übel weitergehen. Schwunglos und ruhig trieb es im schmalen Fahrwasser der Gewohnheiten dahin. Wenigstens war Aloïse fortan vor Hyacinthes fleischlicher Begierde sicher; seit Lucies Geburt hatte sie ihr eigenes Schlafzimmer. Sie wußte, daß ihr Mann zu rücksichtsvoll war und nie in ihr Zimmer kommen würde, ohne daß sie ihm bedeutet hätte, daß er willkommen sei. Sie hat es ihm nie bedeutet.

*

Doch nun hat ein Sturz den Lauf der Dinge umgelenkt; er hat das Leben, die Gewohnheiten und die Gedanken verändert. Durch Ferdinands Fall und rätselhafte Bewußtlosigkeit ist auch Victors Körper wieder auferstanden. Nicht als schöne Ikone, zu der ihn Aloïse stilisierte, sondern als Mann von Fleisch und Blut – als begehrender und begehrter männlicher Körper. Denn das ist es, was in Aloïse plötzlich an die Oberfläche kommt: die fleischliche Lust. Das Ungestüm des Begehrens, die köstliche Erregung, der Sinnentaumel. Was sie sich seit einem Vierteljahrhundert versagt und aus ihrem Leben verbannt hat, kehrt mit Gewalt wieder. Fast fünfzigjährig, sieht Aloïse sich plötzlich mit sexueller Lust konfrontiert.

Wie weit geht also die Ähnlichkeit zwischen Vater und Sohn, in welchen Tiefen verläuft das Band, das die beiden eint? Aloïse, die durch ihre Traumübungen in unvermutete Regionen geraten ist und sich darin verirrt hat, versteht die Welt nicht mehr. Ihr Mutterherz zittert um Ferdinand, doch ihr Körper lodert vom Feuer der sinnlichen Liebe. Sie wacht am Krankenbett ihres Sohnes, doch mit den Gedanken ist sie bei Victor. Sie ruft, beschwört ihn herbei. Vater und Sohn, jeder der Doppelgänger des anderen, bestürmen ihren Körper, der eine nimmt ihr Fleisch, der andere ihr Herz in Besitz. Das immer lebendiger werdende Bild Victors dringt in sie ein und ergießt seinen ätzenden Samen in sie. Ätzend, und doch so köstlich. Sie denkt zwar unablässig an Ferdinand, doch ihre Gedanken wandern rückwärts, sie sieht ihn als ganz kleines Kind. Sie sieht ihn als Leibesfrucht in ihrem Schoß. Ihr Sohn strebt zum Augenblick der Zeugung zurück.

Mit jedem Tag, an dem sie ihre Übung absolviert, verschlimmert sich diese Verwirrung. So, wie sie den wahrhaften Traum praktiziert, hat er nichts mehr mit Ibbetson und der Herzogin von Towers gemein; was sich in ihr abspielt, ist eher ein Wahntraum, ein Lug- und Trugtraum sogar. Die Wucherungen ihrer Träume haben die tiefsten Schichten ihres Fleisches erfaßt, und ihr Fleisch brennt lichterloh, schreit auf vor Verlangen. Aloïse verliert zunehmend die Gegenwart aus dem Blick, sie läßt sich auf den Wogen der Vergangenheit davontragen und liefert den Körper der Fünfzigjährigen widerstandslos der jungen Frau aus, die sie einmal war. Mit Wollust hört sie aus ihrem Schoß die verliebten Sirenengesänge aufsteigen, mit denen die Wiedererstandene ihren Geliebten anlockt. Und abermals erweisen sich die literarischen Gestalten, die sie sich an einem Wendepunkt ihres Lebens als Leitbilder erwählte, als nicht hilfreich, sie führen sie nur noch mehr in die Irre. Sowenig sie damals Andromaches unbeugsamen Mut aufbrachte, sowenig besitzt sie jetzt die Seelenstärke einer Herzogin von Towers. Sie hat sich die Latte zu hoch gelegt, und da sie diese Schranke, die das gemeine Volk der Lebenden von den edlen Gestalten der Literatur trennt, nicht zu überspringen vermag, rennt sie dagegen und verletzt sich. Freilich bereitet ihr diese Verletzung nicht nur Qualen, sondern ebenso viele unerklärliche Wonnen. Wann immer es geht, legt sie sich deshalb täglich im Wohnzimmer auf den Diwan, um im großen Chaos ihrer Erinnerungen flüchtigen Bildern und sinnbetörenden Empfindungen nachzujagen.

Doch ihre Träumereien irritieren sie stets auch, sie sind ihr sogar immer weniger geheuer. Denn je greifbarer die Gegenwart des toten Victor geworden ist, desto mehr hat sich bei ihr eine Ahnung verdichtet. Eine Ahnung von etwas Entsetzlichem. Mehrere der Zauberbeschwörer, die Aloïse ans Krankenbett ihres Sohnes rief, haben nämlich den Verdacht geäußert, die für Ferdinands Zustand verantwortliche Person könnte mit einem Geist aus dem Jenseits im Bunde stehen. Einer von ihnen, der große Marcou, mutmaßte sogar, ein Toter sei womöglich unmittelbar der Täter – ja, so sei es wohl, ein Toter, der nicht richtig gestorben sei, dessen arme Seele keinen Frieden finden könne und ruhelos umherirre, habe Ferdinands Seele verhext. „Die Leute", sagte der große Marcou, „haben solche Angst vor Dieben, die im Land herumstreichen, oder Räubern, die ihnen an der Straßenecke auflauern. Sie verriegeln die Türen, setzen Wachhunde vor ihre Häuser, manche haben sogar immer ein schußbereites Gewehr in Griffnähe, aber niemand denkt an eine andere Gefahr, die nicht weniger bedrohlich ist – ich meine den bösen Blick von schlechten Menschen und den Fluch von Seelen, die keine Ruhe finden können. Man nimmt Geistererscheinungen überhaupt nicht ernst, man verspottet Gespenster, indem man sie mit umgehängten Bettüchern nachäfft, damit man darüber lachen kann und die Angst verliert, aber das ist ganz verkehrt! Denn die Wiedergänger gibt es! Nur kommen sie weder mit einem Bettuch noch mit einem Leichentuch über dem Kopf, auch nicht mit Ketten oder Glöckchen – sie kommen mit Unglück, mit schlimmem Unglück! Es ist ja meistens Unglück und Leid, was da umgeht. Die Wiedergänger sind elende, bejammernswerte Seelen, die keine Ruhe finden können, weil sie auf Erden ihren Leib und jegliche Wohnstätte verloren haben, aber auch nicht ins Jenseits eingehen konnten. Wehe dem Lebenden, der ihnen begegnet, er wird um seine eigene Seele gebracht! Ihr Sohn ist oft in den Nachtstunden unterwegs gewesen, und meistens auch noch stark betrunken, eine unglückselige Begegnung dieser Art ist keineswegs ausgeschlossen."

Das also hat der große Marcou zu Aloïse gesagt, als er das letzte Mal Ferdinand untersuchte. Der große Marcou gilt im Lande als mächtiger Zauberer. Er ist groß und hager, schon ziemlich gebeugt, und er spricht bedächtig, mit heiserer, stockender Stimme, wobei er rhythmisch den Kopf vor und zurück bewegt. Und wenn er auf diese Weise spricht, dann dröhnen seine Worte den Zuhörern wie lauter Hammerschläge in den Ohren und hallen als endlose Echos noch lange in ihren Köpfen nach. Seinen Ruf verdankt der große Marcou nicht zuletzt seiner sonderbaren Redeweise, seiner Steifheit und seiner hohen, wie das Pendel eines Metronoms vor und zurück wippenden Gestalt.

Im ersten Augenblick hat Aloïse den Ausführungen des großen Marcou nicht mehr Bedeutung beigemessen als denen der anderen Zauberjünger. Sie sammelt ja aufs Geratewohl Stellungnahmen, ob sie nun von Ärzten, Priestern, Psychiatern oder Zauberern kommen. Und je nach Gemütslage, die bald der Hoffnung, bald der Angst zuneigt, je nach ihrer Geistesverfassung auch, die unaufhörlich zwischen dem Rationalen und dem Irrationalen schwankt, pickt sie mal hier, mal dort eine Aussage heraus und betrachtet sie unter allen Gesichtspunkten. Doch sie verliert zunehmend die Herrschaft über ihre Gedanken, ihr Kopf versagt ihr den Dienst, er wird überschwemmt von einem finsteren Gewoge, das aus den Tiefen ihrer Angst aufsteigt. Dieses Gewoge brachte auch die Stimme des großen Marcou an die Oberfläche ihrer Gedanken, die durch die Traumübungen vom Kurs abgekommen sind.

Ein Toter, der nicht richtig gestorben ist und dessen geplagte Seele ruhelos umherirrt, soll sich also Ferdinands allzu schwacher Seele bemächtigt haben – der große Marcou hat zweifellos recht. Und wer wäre dieser Tote, dieser Seelendieb, wenn nicht Victor? Der Vater kehrt aus der Vorhölle zurück, in die ihn das Schicksal zu früh verbannt hat, und holt seinen Sohn. Dieser Verdacht wächst in Aloïse; die Beweise scheinen immer zahlreicher zu werden, und erdrückender.

Victor ist in der Tat nicht richtig gestorben. Sein früher und gewaltsamer Tod ist sicherlich die erste Ursache seiner Seelenpein. Die Hauptursache aber wird sein, daß Victor nie ein Grab erhalten hat. Wie könnte auch eine Christenseele die ewige Ruhe finden, wenn der Leib in tausend Stücke zerrissen und sofort mit Schlamm vermengt wurde? Aloïse beginnt sich die unsinnigsten Vorwürfe zu machen. Sie sagt sich, sie hätte sich auf die Suche nach Victors sterblichen Überresten machen müssen, sie hätte in der ganzen Gegend von Vouziers die Erde aufgraben, überall die Felder und Wiesen durchwühlen müssen. Doch sie war damals in ihrer Kleinstadt geblieben, sie hatte nur immer geweint und geweint und ihren Sohn an sich gedrückt. Natürlich hatte sie für ihn gebetet, und in der Kirche Saint-Génitour hatte sie Messen für ihn gestiftet; diese Gedächtnisgottesdienste hatte sie auch in der kleinen Dorfkirche forsetzen lassen. Doch das reichte ganz offensichtlich nicht, um Victors Seele zu erlösen. Zudem hat sie ihren Gemahl ja verraten, sie hat wieder geheiratet, sie hat die Ehe auch vollzogen und ein Kind zur Welt gebracht. Wie hätte Victor diesen Verrat verzeihen sollen? Letzten Endes lastet die Schuld also eher auf ihr; Victor ist selbst nur ein Opfer.

Es gibt noch weitere Hinweise. Zum Beispiel diese fast exzessive Ähnlichkeit, die immer zwischen Vater und Sohn bestanden hat, was Aloïse bisher so unendlich freute und worüber sie so eifersüchtig wachte. Zum ersten Mal in ihrem Leben beginnt Aloïse, diese zu vollkommene Ähnlichkeit zu bedauern. Daß der Sohn zum Doppelgänger seines Vaters wurde, besagt das nicht letzten Endes, daß der Vater von Anfang an sich des Kindes mit Leib und Seele bemächtigt hat? Das unheimlichste Indiz ist aber das Alter: Victor war dreißig, als er starb, und Ferdinand geht jetzt auf die dreißig zu.

Diese Parallele erschreckt Aloïse zutiefst. Ihre Angst während des ganzen Algerienkrieges war, daß ihr Sohn eingezogen und wie viele andere dort abgeschlachtet würde, doch diese Angst war nichts im Vergleich zu der, die sie jetzt aussteht. Seit zwei Jahren ist der Krieg endgültig vorbei, die Gefahr ist also vorüber. Doch das Schicksal erweist sich als von perfider Ironie und schlägt jetzt, in Friedenszeiten, zu, nachdem es diesen Anschlag vor einem Vierteljahrhundert auf einem anderen Schlachtfeld geplant hat. Die Kriege behalten eben immer das letzte Wort, sie töten mit Verzögerung noch lange nach dem Waffenstillstand und dem Friedensvertrag. Zum Beispiel mit Minen, die unter einer dünnen Erdschicht vergessen wurden und plötzlich hochgehen, wenn ein spielendes Kind darauf tritt.

Ja, Victor ist zurückgekommen, daran ist nicht mehr zu zweifeln. Aloïse spürt ihn – hier, in diesem Haus, in diesem Wohnzimmer. Auf diesem Diwan. Daß Victor unsichtbar und stumm ist, ändert nichts an der Tatsache, denn er ist spürbar, greifbar da. Und manchmal wird seine Gegenwart ja zur Umarmung, und diese Umarmung zur Wollust.

Nach fünfundzwanzig Jahren ist Victor zurückgekommen, und sein unsichtbarer Körper hat das ganze Gewicht der langen Abwesenheit, des qualvollen Umherirrens, das er erleiden mußte. Dabei ist er so sanft, dieser arme, unsichtbare Körper, der um die Wärme eines lebenden Körpers betteln kommt, der bei seiner einstigen Frau Zärtlichkeiten und Küsse holt. Er ist wunderbar, dieser Körper, wenn er sich an sie schmiegt, sie umschlingt, in sie eindringt.

Victor ist überall. Im ganzen Haus. Denn während er den Körper seiner Frau wieder in Besitz nimmt, bemächtigt er sich im Zimmer nebenan auch seines Sohnes. Er ist furchtbar und unersättlich, dieser unsichtbare Körper mit seiner Gier nach Fleisch und Blut.

Victor ist zurückgekommen, er ist es, der Ferdinands Seele gefangenhält, Aloïse ist sich dessen gewiß. Soll sie diese Überzeugung dem großen Marcou mitteilen, damit er die Gefahr bannen kann, in der Ferdinand schwebt? Soll sie auch den Priester in Kenntnis setzen, damit er die Exorzismusgebete sprechen kommt, wodurch Victors arme Seele die Ruhe fände und Ferdinands Körper wieder zum Leben erweckt würde?

Aloïse weiß nicht mehr aus noch ein. Sie steht selbst unter Victors schwarzem Bann. Es ist bereits zu spät, sie kann sich nicht mehr aufraffen und handeln. Sie ist ohnmächtig, sie befindet sich auf demselben abtreibenden Floß wie Ferdinand. Wie sollte sie auch die Kraft finden, Victor zu beschuldigen, wenn seine Umarmung jeden Tag ein wenig kräftiger wird, lähmender und wollüstiger zugleich? Statt gegen ihn anzukämpfen, ruft sie ihn inbrünstig herbei, damit er in ihren Träumen erscheine. Und jedesmal, wenn der Augenblick gekommen ist, wo sie von ihrem Diwan aufstehen und sich von Victors Zauberkörper trennen muß, liegt ihr der Satz auf der Zunge, den die Herzogin von Towers am Ende der Erzählung sagt: „Und jetzt, du Allergeliebtester auf Erden, nimm mich lieb in deine Arme und küsse mich noch einmal zum Abschied, es ist ja nicht für lange Zeit ..."

Doch dieser Satz klingt ganz anders bei ihr als bei der engelgleichen Herzogin. Diese Worte steigen in ihr auf wie Feuerkugeln, und die Stimme, die sie ausspricht, klingt flehend und wie im Taumel.

*

Es dunkelt bereits. Das Licht zieht sich aus dem Wohnzimmer zurück, seine letzten Goldschimmer sind matt. Es ist Zeit, die Lampen anzuzünden. Aloïses langer Körper rührt sich nicht, er ist in der Ibbetson-Haltung erstarrt.

Das Glöckchen an der Gartentür hat geklingelt. Schritte knirschen auf dem Kiesweg. Die Krankenschwester kommt zum Abenddienst. Schon steigt sie die Außentreppe hinauf. Sie wird läuten. Aloïse nimmt diese Geräusche verschwommen wahr. Ihr Herz schlägt plötzlich ein wenig schneller. Wie ein kleines Fallbeil saust es in ihr Bewußtsein, daß sie sich aus ihren magischen Träumereien herausreißen muß: heraus aus den Kulissen der Vergangenheit und hinein in das Szenenbild des Alltags. Der Übergang fällt ihr sehr schwer. So verwinkelt und unheimlich die Kulissen sein mögen, sie sind unendlich berauschender als die nüchterne Szene der Wirklichkeit. In den Kulissen kommt man aus dem Staunen nicht heraus, und alles verwandelt sich; natürlich lauert die Angst darin, doch sie wird immer wieder fortgeblasen vom Wirbelsturm der Rührung und der ungeahnten Gefühle.

Die Krankenschwester hat geklingelt. Aloïse steht auf; ihre Glieder sind taub, das Kreuz schmerzt, es dreht sich ihr alles vor Augen. Ihre Füße sind eingeschlafen, sie kann kaum noch stehen. Den Möbeln entlang tappt sie mit winzigen Schritten zur Tür. Es will ihr nicht gelingen, ihre Gedanken zu ordnen. Sie macht alles mechanisch, wie eine Schlafwandlerin.

„Guten Abend, Madame Daubigné“, sagt die junge Krankenschwester, als sie eintritt. „Guten Abend, Schwester“, antwortet Aloïse mit hohler Stimme und wundert sich, mit einem so fremd klingenden Namen angesprochen zu werden. Während sie die Krankenschwester zu Ferdinands Zimmer geleitet, schreit etwas in ihr einen anderen Namen: „Morrogues! Morrogues! Morrogues!“ Es ist wie ein stolzer, trotziger Siegesschrei.

Sepia II

Dämmerig ist das Licht zwischen den vier Wänden. Und lastend das Schweigen im Raum. Den ganzen Tag bleiben die Klappläden geschlossen, das Fenster ist nur einen Spaltbreit geöffnet. Licht und Luft von draußen müssen sich durch allerlei Fugen hereinzwängen. Und betreten wird dieses Zimmer nur auf Zehenspitzen, jede Bewegung ist bedächtig, behutsam, gesprochen wird nur im Flüsterton.

Auf einem ovalen Tisch neben der Tür brennt ständig eine Lampe. Ein Schirm aus braun und rosa geädertem Marmorpapier dämpft ihren Schein. Um sie herum stehen zwei Onyxaschenbecher, eine Kaminuhr mit mythologischen Figuren auf dem Zifferblatt und eine mit Intarsien verzierte Zigarrenschatulle. Auf einer Kirschbaumkommode neben dem Fenster steht in einer hohen Steinzeugvase ein Trockenstrauß aus Disteln und Weizenähren. Der Strauß verdoppelt sich im Wandspiegel, der über der Kommode hängt. Das ganze Zimmer ist zu sehen im vergoldeten, von geschnitztem Rankenwerk durchzogenen Holzrahmen dieses großen Spiegels, der mit einer leichten Neigung nach vorn befestigt ist; der Raum steht ein wenig schräg darin. Der Spiegelbelag ist stellenweise mit feinen braunen Flecken gesprenkelt. Die Distelblüten sind große wollige Kugeln von blassem Violett mit einer Krone aus schwarzen, leicht purpur schimmernden Hochblättern. Eine winzige Spinne hat ihr Netz zwischen drei dieser Kugeln gespannt. Behende durchquert sie ihr hängendes Reich, das sich im geneigten Spiegel abbildet, seine Stützen sind gewaltig und mit Dornen und stachligen Blättern bewehrt.

Reglos liegt das Zimmer im Viereck dieses Spiegels. Man sieht den ovalen Tisch, die Lampe mit dem marmorierten Schirm und ihren runden, braun und rosa getönten Schein. Man sieht auch einen Schrank aus dunklem, astigem Holz, einen Ledersessel, mehrere Stühle, ein Vertiko. Auf dem Vertiko stehen zwei Tabletts mit Fläschchen und Döschen, eine Waschschüssel aus Steingut und ein Krug, daneben liegen eine rostrote Seife und Handtücher.

Gespiegelt werden auch eine Weltkarte und ein großer Kalender mit Bildern und Plänen alter Hafenstädte. Eine barocke Ansicht der Hansestadt Hamburg ziert den Monat Oktober. Schwere Handelsschiffe paradieren auf dem ruhigen, grünlichen Wasser des Hafens, ihre Masten nehmen die Spitzen der Kirchtürme auf, die im Hintergrund aufragen. In den Ecken des Bildes feiern Wassergeister den Ruhm der Stadt; zwei Putten mit schwimmflossenartigen Flügeln und einer blonden Haartracht aus triefenden Algen halten mit ausgestreckten Armen eine schwere goldene Krone über das Wappen der Stadt, das von ehrwürdigen Wassermännern mit roten Bärten getragen wird. Wein- und Branntweinfässer und Kisten mit Lebensmitteln türmen sich im Vordergrund zwischen Seiden- und Samttuchballen.

An der Wand hängt auch eine Zielscheibe; fünf Pfeile mit Grasmückenfedern stecken darin. Die Weltkarte, der Kalender und die Zielscheibe sind der einzige sichtbare Wandschmuck. An der Decke hängt ein Messinglüster; seine sieben Birnen brennen nicht. Und schließlich ist da das Bett.

Man sieht es nicht gut, dieses Bett, denn es wird im Spiegel fast ganz verdeckt vom Trockenstrauß, der den Vordergrund beherrscht. Sehr gut zu sehen ist hingegen eine Art Hellebarde, die am Kopfende des Bettes einsam Wache hält. Zuoberst an dieser metallenen Stange hängt eine Glasflasche. Sie gibt Tropfen einer wäßrigen, klaren Flüssigkeit ab, die langsam durch einen Plastikschlauch perlen. Der Plastikschlauch ist mit einem Arm verbunden. Im Bett liegt ein Mann.

In dem vom Viereck des Spiegels umrahmten Zimmer geht es seltsam zu. Drei Metronome geben jedes einen anderen Takt an. Da ist die kleine Pendeluhr mit ihrem diskreten Ticktack; ihre vergoldeten Zeiger ziehen stoisch ihre kreisförmige Bahn und zeigen abwechselnd auf die Götter und Göttinnen des Ziffernblatts. Da ist die quicklebendige, hurtig krabbelnde Spinne. Und da ist als Wasseruhr der Tropf, der seine schweren, zuckrigen Tränen träge hinabrollen läßt. Es gibt keinerlei Übereinstimmung zwischen diesen drei Metronomen. Es gibt die im Kreis kriechende Zeit, es gibt die hurtig krabbelnde Zeit, und es gibt die tröpfchenweise verrinnende Zeit.

Der Mann im Bett, der im Spiegel fast völlig verdeckt wird von dem Trockenblumenstrauß, ist allen diesen Zeitmaßen unterworfen. Das heißt, nur sein Körper – denn sein Geist ist nicht mehr, sein Bewußtsein ist ausgeschaltet, seine Seele steht schon unter dem Gesetz einer anderen Zeit.

Legende

Seine Seele unterliegt dem Gesetz der Verbrechen, die er verübt hat. Seine Seele ist vom Entsetzen gelähmt. Denn die Verbrechen wenden sich immer gegen die, die sie verübt haben. Das Grauen und der Tod, das Leid, das sie auf ihrem Weg hinterlassen haben, keimt unter ihren Füßen wie eine Saat – und bei jedem Schritt begleitet es sie. Die Saat geht auf, das knotige Wurzelwerk kriecht über den Boden; es schlingt sich um die Knöchel, wächst die Beine empor, windet sich um die Lenden. Unmerklich, unhörbar und unsichtbar. Doch es ist zäh und kräftig. Die Pflanze steigt höher, den Brustkorb hinauf, sie umschlingt Hals und Stirn. Und überall treibt sie kleine Wurzeln aus, die ins Fleisch eindringen – die Haut mag noch so hart sein, und das Herz noch so taub.

Und eines Tages ist es soweit, sie erreicht das Herz und überwuchert es mit einem Gestrüpp von Dornen und Flechten. Es erstickt, das Herz. Die Gedanken können sich nicht mehr rühren, sie sind gefangen. Sie sind die Beute einer fleischfressenden Pflanze, es wird dunkel um sie her. Das Unheil mag sich zu einem früheren oder späteren Zeitpunkt erklären. Am furchbarsten ist es, wenn die Erkenntnis erst im Augenblick des Todes eintritt. Oft bleibt nicht einmal die Zeit, daß Reue daraus wird. Das Denken ist nackt und bloß, vom Entsetzen gelähmt; es fühlt sich elend, es hat Angst, es findet keinen Halt, keinen Ausweg, keine Hoffnung mehr. Es ist nicht Reue, was es empfindet, es ist blanke Angst. Denn das Verbrechen reicht weit über die eigentliche Tat hinaus; das Grauen, das es einst ausgesandt hat, strahlt zurück, irgendwann trifft es die Quelle wieder und ergreift den Verursacher selbst.

*

Was ist eigentlich geschehen? Ferdinand weiß es nicht. Sein Leben ging den gewohnten Gang, nach außen glatt, im Innern ein Sumpf. Dann drang plötzlich der ganze Bodensatz an die Oberfläche, die Vergangenheit schwoll zum reißenden Schlammstrom an. Ferdinand wurde fortgerissen.

Und wann ist es geschehen? Ferdinand kann sich nicht erinnern. Und doch ist es nicht lange her, zwei Monate höchstens. Es war im Hochsommer, in einer linden, duftenden Augustnacht. Er kam von einer seiner Sauftouren nach Hause. Das Verlangen brannte, der Hunger trieb ihn zur Jagd. Doch seit die kleine Schwester im Zimmer über ihm schlief, brauchte er nicht auf Pirsch zu gehen. Das Wild befand sich in Reichweite. Bloß eine Mauer erklettern, durchs Fenster steigen und drei Schritte tun. Dann das Mädchen aus dem Bett zerren, sie zum Diwan schleifen und ihr das Nachthemd hochschieben. Die Kleine war widerspenstig, kratzbürstig sogar und spindeldürr, doch ihr Körper war immer noch von kindlicher Zartheit. Dieser Körper war sein Besitz, er gehörte ihm, und er war köstlich.

Wie ist es geschehen? Ferdinand weiß auch das nicht. Er kletterte die Mauer hoch, dabei glitt sein Fuß ab, und seine Hand verlor den Halt. Er geriet aus dem Gleichgewicht, stürzte rückwärts ab und fiel zu Boden. Er war zu betrunken, um sich gleich wieder zu erheben. Er wollte warten, daß der Schwindel nachgab und die Übelkeit verging. Die Sonne war aufgegangen, die Vögel zwitscherten, der Tau wurde wärmer. Doch die Beklemmung, die ihm das Herz zuschnürte, hielt an, seine Glieder blieben taub und sein Kopf schwer. Er blieb liegen.

Und dann, ganz plötzlich, war die Kleine oben auf der Mauer gehockt, direkt über ihm. Wer war sie eigentlich, diese sonderbare Kleine, dieses gräßliche Mädchen? Er kannte sie nicht, obwohl ...

Sie hockte dort oben und machte den Buckel wie eine sprungbereite Katze, ihre geschundenen und zerkratzten Knie standen seitlich ab. Doch sie sprang nicht, sie blieb hocken, als wäre sie mit dem Stein verwachsen. Sie hatte schwarze, riesige und fast heraustretende Augen, die ihn unverwandt anstarrten. Ihr Gesicht war mit schreienden Farben bemalt, es schnitt Grimassen und zischte. Sie sagte nichts, sie knirschte nur mit den Zähnen, die geschwärzt waren. Manchmal fauchte und knurrte sie. Und dann waren da diese seltsamen blutroten Herzen, die sich langsam mit Licht vollsogen und schauerliche Tränen von wäßrigem Rot vergossen. Am Ende wurden mit Nadeln zwei Fotos von Mädchen an die zarte Tomatenhaut geheftet. Sie weinten.

Früchte, Herzen, Bluttränen und Blutschweiß. Lieblichkeit, Frische, glühende Lavaaugen und haßtrunkener Blick. Die Nadeln mit den Mädchenbildern hatten sich ins Herz des Mannes gebohrt, der da flach auf dem Rücken lag.

Ein Sommermorgen, erst weit und strahlend, dann gefroren in rasender Rache. Das Licht hatte geblutet unter den Lidern des Mannes, der Himmel hatte sich von der Erde losgerissen.

Kleine Mädchen in Schülerkitteln, Lucies zarter Körper, besudelte, erwürgte, zu Boden geworfene Kinder, die Schwester mit der Gorgonenfratze. Alle diese Bilder hatten sich vermischt, überlagert, gegenseitig zerrissen, und die Erde war ins Schlingern geraten in diesem blutigen Bilderwirbel.

*

Kinder – aber er mochte Kinder doch. Ferdinand war nicht bösartig. Er hatte ihnen nie etwas antun wollen, diesen Mädchen, die ihm über den Weg gelaufen waren. Er hatte jedesmal nur seine Liebesqual ein wenig besänftigen wollen. Denn er litt an einer kranken Liebe, an einem fehlgeleiteten Verlangen. Und weil er schwach war, war er der Versuchung erlegen.

Die Schwachheit hatte im Lauf der Jahre in ihm alles abgestumpft, sie hatte sein Denken vernebelt, seinen Willen ausgehöhlt. Ferdinand gehörte zu dieser Sorte von Menschen, die es zuhauf gibt in der Welt: Menschen, die wie im Halbschlaf durchs Leben stolpern, die das Bewußtsein auf Sparflamme halten und nicht weiter sehen als ihre Nase. Das Böse schleicht sich bei ihnen ein, ohne daß sie es merken, und setzt sich in ihren unaufmerksamen, kraft- und mutlosen Herzen fest.

Das Böse hatte sich in Ferdinand eingenistet wie ein Krake im Schlamm; das Tier hatte nach und nach seine Arme in ihm entrollt. Das Böse hatte im Halbdunkel gewirkt, es hatte das verschlafene Herz des Heranwachsenden umschlungen und seinen Trieb auf Abwege gebracht. Zum Mann geworden, war Ferdinand nicht aus seinem Dämmerzustand aufgewacht, er war einfach den Befehlen gefolgt, die es wild aus den Tiefen seines von Hunger und Angst gepeinigten Körpers heraufbrüllte. Denn seinem Hunger auf Kinderkörper entsprach eine ebensogroße, heillose Angst – vor den Tränen der Kinder, die er in seine Gewalt brachte.

Ferdinand war indessen nicht ängstlich. Mindestens nicht in seinem schönen Schein. Er hatte sich gelegentlich auch schon geschlagen, und er wich den Gefahren nicht aus, die ihn auf seinen Wegen erwarten mochten. Ihn hatte auch jener schlimme Krieg nicht geschreckt, der seine Mutter so ängstigte; er wäre ohne jede Panik einem Stellungsbefehl gefolgt und hätte sich nach Algerien abkommandieren lassen. Die Angst, die sich in ihm duckte, war ganz anderer Art. Es war eine Angst, in die sich Abscheu und Wut, aber auch Wollust mischten.

Tränen von Kindern, die nur noch schluchzten vor heilloser Angst, ihre Weinkrämpfe, die ihnen die Gesichter verschmierten und die Münder entstellten, das war es, wovor ihm so entsetzlich grauste.

Warum nur mußte der kleine Rotschopf so endlos und so widerlich schluchzen? Er hatte sie geschlagen, um sie zum Schweigen zu bringen, doch die Göre hatte erst recht losgelegt. Von ihrem Gesicht rann es so herunter, daß ihr Kittel ganz naß war. Das war zuviel gewesen für Ferdinand, dieser abgestandene Geruch von Tränen, nasser Haut und feuchtem Stoff. Der Ekel hatte ihn gepackt. Er wollte, daß sie schwieg und ihre widerwärtigen Tränen hinunterschluckte. Deshalb hatte er mit seinen Händen ihre Kehle umklammert. Das Geplärre hatte aufgehört, die Augen waren trocken und der Mund wieder normal geworden.

Und er war so zart, dieser Kinderhals, es war so wolllüstig, ihn in der Handfläche zu spüren. Und es wurde noch viel lustvoller, als die Kehle endlich nicht mehr zuckte.

Die andere, die Blonde mit den Zöpfen, hatte weder geschrien noch geweint. Deshalb hatte er sie verschont, er hatte sie laufen lassen. Natürlich nicht, ohne ihr mit Drohungen den Mund zu stopfen. Er hatte zu ihr gesagt, er würde den Hof ihrer Eltern in Brand stecken, wenn sie jemals etwas ausplauderte, dann würden sie alle verbrennen, Mensch und Tier. Und er hatte ihr befohlen, jedesmal mitzukommen, wenn er sie hole. Sie würde es sonst bereuen, sie selbst und ihre Familie. Die Kleine hatte getan, als hätte sie verstanden, sie hatte genickt und war wortlos gegangen.

Sie hatte nichts ausgeplaudert, doch sie hatte allen Repressalien und Versuchen, sie gefügig zu machen, gleich einen Riegel vorgeschoben.

Nur Lucie war gefügiger gewesen, auf sie war Verlaß. Wenigstens eine. Er hatte sie gezähmt und mit Leib und Seele unterworfen. Wohin hätte sie auch entfliehen sollen, bei wem hätte sie sich beklagen können? Überhaupt, worüber hätte sie sich zu beklagen gehabt? Über seine Zärtlichkeiten? Ferdinand hatte darin nie etwas gesehen, weswegen sie leiden und gegen ihn aufbegehren sollte, im Gegenteil. Wenn Lucie sich kratzborstig und spröde gab, dann war sie eben ein Trotzkopf, der alles dramatisierte.

*

Wo ist sie eigentlich, die kleine Schwester? Eine abscheuliche Mißgeburt hat ihre Stelle eingenommen. Ist das wirklich noch ein Mensch, dieses zischende, fauchende Fratzenwesen? Unter seiner farbenverschmierten Haut muß ein Gebräu von Geier-, Wildkatzen-, Nachtvogel-, Kraken- und Schlangenblut fließen. Die Augen dieses Wesens verschießen Pfeile, verspritzen Gift. Sein Zischen und Fauchen schmerzt in den Ohren. Seine Zähne sind schwarz, seine Lefzen triefen von bösem Speichel. Seine Bewegungen gleichen denen der Eidechse.

Was ist das für eine Fratze, die an jenem Augustmorgen von der Mauer des Gemüsegartens herab Tinten- und Giftblicke auf ihn gespuckt hat und ihm seither keine Ruhe mehr läßt?

Denn sie kommt täglich wieder, die Fratze. Während der endlosen Stunden, in denen sich die Mutter auf dem Diwan des Wohnzimmers dem Strudel ihrer Träume überläßt, schleicht sie sich ins Zimmer des Bewußtlosen. Mit einer Feile öffnet sie von außen die Klappläden und schiebt den Riegel des angelehnten Fensters hoch. Lautlos klettert sie ins Zimmer, zieht die Läden wieder zu und huscht zum Bett, in dem Ferdinand liegt. Sie beugt sich über ihn, kommt ganz nahe an sein Gesicht heran. Sie kichert piepsig und kaum hörbar, sie knirscht mit den Zähnen und läßt ihre Finger knacken. Sie holt eine Taschenlampe mit fluoreszierendem Licht hervor und richtet den Strahl abwechselnd auf Ferdinands Augen und auf sich selbst. Sie zieht auch Streichholzschachteln mit gefangenen Heuschrecken aus der Tasche. Sie drückt diese Schachteln, in denen es scharrt und zirpt, an die Ohren des Kranken. Und läßt sie lange dort.

Ihre Taschen sind wahre Abgründe, aus denen sie immer Neues hervorholt. Blindschleichen, Nacktschnekken und Regenwürmer, die sie Ferdinand aufs Gesicht legt. Die glitschigen, schleimigen Tiere kriechen auf der reglosen Haut herum.

Unter ihrem Pullover holt sie auch die beiden Fotos hervor, die sie an die reifen Tomaten gesteckt hatte. Sie setzt den Bewußtlosen dem Anblick der beiden erdrosselten Mädchen aus.

Angeblich sieht, hört und riecht der große zerbrochene Körper nichts mehr. Doch das Biest setzt ihm pausenlos zu. Es ist sich sicher, daß Ferdinand nur tut als ob. Er hat immer geschummelt, dieser elende Halunke. Sie will ihn auf die Probe stellen. Vor allem will sie ihm sagen, was sie ihm früher nie sagen konnte, und sie sagt es in ihrer eigenen, der Tierwelt entlehnten Sprache. Mit Mienenspiel und Gesten bedeutet sie ihm ihren Haß, ohne ein Wort schreit sie ihm ihre Rache ins Gesicht.

*

Die kleine Schwester ist verschwunden. Ist Lucie tot? Ein Zwitter, halb Schlammwesen aus dem Moor, halb vermodernder Wurzelstock aus dem Wald, hat ihre Stelle eingenommen. Und er, Ferdinand, wo ist er? Wer hat seine Stelle eingenommen? Niemand.

Unter dem schönen Äußeren wohnt niemand mehr. Der Körper des glorreichen Sonnenkönigs ist nur noch eine lange, leere Hülse. Das prachtvolle Mausoleum ist ein stummes Grab, dem Verfall anheimgegeben. Was in ihm wohnt, ist die Angst. Eine maßlose Angst. Sogar das Verlangen ist tot. Die Angst herrscht allein.

Die Welt ist aus den Fugen geraten, die Zeit ist zusammengebrochen. Die Lebensfreude ist unwiederbringlich dahin, das Herz ist ein Stein.

Das Grauen regiert tyrannisch, es hat alles vertrieben und das Leben gefangengesetzt. Die ganze Welt und die Zeit wurden von ihm unterworfen. Und dieses Grauen hat einen Prinzen, oder vielmehr einen Hofnarren – ein häßliches Kind mit haßfunkelnden Augen und Taschen voller Übel. Ein stummes Mädchen mit schreiendem Gesicht.

*

Im Spiegel sieht man ein Zimmer im Halblicht. In diesem Zimmer gibt es verschiedene Gegenstände, Nippsachen, Möbel, einige Bilder, doch kein Mensch ist darin. In einem Bett liegt ein großer Körper, der liegengelassen wurde wie eine abgeworfene Haut. Ein Körper, in dem nur Finsternis haust. Die Behandlung, die man ihm angedeihen läßt, hält ihn am Leben – dieses Leben ist nicht einmal das einer Pflanze. Die schwarzen Augen des Kindes, das jeden Tag kommt und sein fratzenhaftes Gesicht über ihn beugt, schürt in ihm das Entsetzen, schürt es wie das unauslöschliche Feuer, das den Verdammten vorbehalten ist.

Zwei Frauen treten auf Zehenspitzen ins Zimmer: Mutter und Krankenschwester. Die Mutter beugt sich übers Bett, sie küßt den Liegenden auf die Stirn und betrachtet lange das verschlossene Gesicht, dann geht sie zum Vertiko hinüber und gießt Wasser aus dem Krug in die Schüssel. Das gespiegelte Bild der Mutter wirkt unscharf; die Bewegungen sind fahrig. Die Frau ist noch ganz traumschwer, ihre Sinne sind noch nicht wach, zwischen ihre gegenwärtigen Sorgen drängen sich Nöte aus der Vergangenheit. Sie hat das Zeitgefühl einer Schlafwandlerin. Gleichwohl führt sie liebevoll die jetzt erforderlichen Handgriffe aus. Es gilt, das Kind des Gemahls, den angebeteten Sohn zu retten. Sie muß den geliebten

Körper waschen, den Körper der wiedergefundenen Sinnenlust. Sie muß den Phantomkörper pflegen.

Doch von dem abgrundtiefen, verheerenden Entsetzen, das diesen herrlichen Körper der Liebe erfaßt hat, weiß sie nichts. Sie weiß überhaupt nichts, diese Mutter, sie hat nie etwas gewußt.

Die Kleine, ihre Tochter, hat das Zimmer kurz vor ihrem Eintreten verlassen. Sie ist gegangen, wie sie gekommen war, auf leisen Sohlen und ohne Spuren zu hinterlassen. Die Spuren ihres Besuchs hat sie im tödlich getroffenen Herzen des entmachteten Ogers versenkt.

Sepia III

Ein rostroter Lichtstrahl dringt durch das Kirchenfenster herein und läßt im Chor Sonnenstäubchen tanzen. Die kupferne Tabernakeltür schimmert durch den feinen Spitzenvorhang hindurch, der sie verhüllt. In seiner roten Glasschale am Giebel des Tabernakelgehäuses flackert das ewige Licht. Ein Ringelblumenstrauß schmückt den Altar. Der Lichtstrahl berührt den Strauß und nimmt den Blumen ein wenig die Sattheit ihrer Farbe. Der Schattenfleck, der auf dem Altartuch aus besticktem Organdy vom Fuß der Vase wegstrebt, ist orange. Zwei große Chrysanthemensträuße recken oberhalb der Altarstufen ihre runden, rost- und altgoldfarbenen Köpfe. Die Zeit der Rosen, Päonien und Lupinen ist vorüber. Jetzt ist die Jahreszeit der ernsten Blumen, die ihre Farbtöne von der Erde und der untergehende Sonne entlehnen. Bald werden sich diese sehr feierlichen Blumen an den Ruhestätten der Toten befinden, als Zeichen schmerzlicher Trauer und des Gedenkens in Liebe. Stumm werden die Chrysanthemen an den nebelverhüllten Gräbern wachen, verhaltenen Schluchzern gleich.

Das Holz der Kirchenbänke ist dunkelbraun, es glänzt wie polierte Kastanienschale. Drei Murmeln, wohl aus einer Hosentasche gefallen, bilden auf einer Bank ein ungleichseitiges Dreieck. Eine von ihnen ist etwas größer und aus gebranntem Ton, die anderen beiden, eine gelbe und eine bläulichgraue, sind aus Glas. So verloren auf der großen Bank im Halbschatten der menschenleeren Kirche liegend, erinnern diese Kugeln nicht an Kindheit und Spiel, sie wirken eher wie Sinterungen von lange erloschenen

Feuern, von ranzigem Licht, von Asche und Staub. Ein kleiner Stoß mit dem Fingernagel, und sie würden wegrollen, und doch scheint es, als wären diese Kugeln mit dem Holz der Bank verwachsen, als vermöchte nichts sie von der Stelle zu bewegen.

Die Kapitelle des Gotteshauses sind mit Figuren geschmückt, ein Bestiarium von Fabeltieren windet sich im behauenen Stein. Vögel verrenken ihre schlangenähnlichen Hälse; Böcke mit Fischleibern, Bären mit Löwenmähnen, krallenbewehrte Kröten und geflügelte Vipern schlagen ihre Zähne ins Leere oder in den eigenen Schwanz; gehörnte Gesichter mit struppigen Bärten und Mähnen rollen ihre Glotzaugen und strecken dicke Zungen heraus. Aufgerissene Rachen allenthalben, die Fabelwesen gieren nach Finsternis. Ihre Augäpfel quellen heraus vor Wut und nie gestilltem Hunger.

Ein in Holz geschnitzter Adler entfaltet in der Helle des Chors seine mächtigen Flügel. Er, der im Himmel der Sonne entgegenfliegt, scheut das Licht nicht. Er verachtet das ausgehungerte Gezücht, das unter dem Gewölbe seine gräßlichen Fratzen aufreißt und nach dem Nichts schnappt, als wolle es sich den Bauch vollschlagen damit.

Die Ungeheuer sind in ihrem Hunger und ihrer Wut auf ewig versteinert; der Adler verharrt unbeweglich in seinem majestätischen Flug. Auf seinen ausgebreiteten Flügeln liegt das Buch der flammenden Worte. Mit seiner geweiteten Kehle, seinem Schnabel und seinen Krallen trägt er die Worte in das Kirchenschiff.

Der Lichtstrahl ist ein wenig weitergewandert. Der orangefarbene Schatten der Blumenvase verblaßt. Auf einmal beginnt der Lichtstrahl zu zittern und ganz leise zu knistern. Eine Wespe umtanzt ihn. Sie kommt von der efeubewachsenen Mauer, die die Kirche umschließt. Sie hat sich am Saft der Blütendolden gelabt, hat Fliegen angegriffen. Es war ihr letzter Kampf, ihr letztes Mahl. Durch einen

Spalt im Kirchenfenster ist sie hereingekommen. Sie hat sich vom Lichtstrahl tragen lassen. Jetzt will sie sich festklammern an dieser Strähne, an diesem dünnen Wärmestrahl. Es ist so düster ringsherum, so kalt. Sie möchte wieder zum Licht hinauf. Doch ihr Flug verliert an Höhe, ihre Kräfte lassen nach. Ihre Füße finden am Lichtfaden keinen Halt, ihr Stachel erweist sich als unnütz. Schon nähert sie sich dem großen Pult.

Am gegenüberliegenden Ende des Kirchenraums, im Narthex, stehen bemalte Holz- und Gipsfiguren. Ein wenig abseits des Weihwasserbeckens wacht ein Engel über einem Opferstock. Es ist ein sehr sanfter, sehr höflicher Wächter. Sein rechtes Knie ist gebeugt und berührt das Holz des hohen Podestes, das linke steht rechtwinklig ab. Seine Hände sind gefaltet, seine Flügel nur wenig geöffnet. Er trägt ein strohgelbes Gewand mit goldenen Borten, ebenso golden ist sein Haar. Seine Flügel sind elfenbeinweiß. Neben seinem gebeugten Knie befindet sich im Podest ein Schlitz; wenn man ein Geldstück einwirft, bedankt sich der Engel mit einem dezenten Kopfnicken. Er dankt im Namen der Mauersteine, der bunten Glasfenster und des Blumenschmucks; auf einem Schildchen, das an die Zierleiste des Podestes geschraubt ist, ist zu lesen: „Für den Unterhalt der Kirche".

Es gibt noch weitere Opferstöcke. Der für die Kerzen ist ganz schlicht, kein höflicher Engel erhebt sich über ihm. Das zarte Flackern der Kerze, die man vor der Marienstatue entzündet, ist der schönste Dank. Außerdem ist da noch der Opferstock des heiligen Antonius von Padua. Weder Kerzen noch andere Zeichen vergelten hier das Opfer. Der Heilige mit der Kutte ist viel zu sehr in die Betrachtung des Jesuskindes versunken, das er auf dem abgewinkelten Arm hält. Die Inbrunst seiner Haltung befeuert die Gebete, die zu seinen Füßen gemurmelt werden; das muß genügen. Ein paar Erikazweige in einem Steingutbecher vor dem Sockel sind der ganze Blumenschmuck.

Vor dieser Statue steht ein Kind. Es steckt etwas in den Schlitz des Opferstocks. Im Halbdunkel des Narthex sieht man nicht recht, ob es ein Junge oder ein Mädchen ist. Sein kurzgeschnittenes Haar ist zerzaust, seine Kleidung ist vernachlässigt, seine Bewegungen sind etwas brüsk. Es ist gleichwohl ein Mädchen, vom knabenhaften Typ.

Legende

Nein, Lucie ist einfach der Typ des unglücklichen Kindes. Und wie es oft geht bei unglücklichen Kindern, ist Lucie auch boshaft. Doch ihre Boshaftigkeit ist nicht engstirnig und kurzsichtig – sie sieht sehr klar und weit. Sie sieht bis auf den Grund des Bösen, sie erstreckt sich bis zum Tod, ja sogar darüber hinaus. Die Wunde, die ihr vor drei Jahren beigebracht wurde, hat sich nicht geschlossen, sie ist nicht verheilt. Es hat sich ein Geschwür aus Scham und Entsetzen gebildet. Auf die Scham ist Zorn gefolgt, und auf das Entsetzen Haß. Die Wunde hat schließlich alles infiziert und zu offener Rachgier geführt.

Das Rachegelüst war seit langem da, nur fand es seinen Weg erst nicht und äußerte sich in unspezifischen Symptomen, bis es eines Morgens als bösartiges Fieber ausbrach. Dieser Morgen hat alles verändert, er wirkte Wunder, dieser Augustmorgen, an dem der Bruder von der Mauer stürzte, an dem der Oger der eigenen Gewalttätigkeit zum Opfer fiel. Seitdem ist der Rachegeist in Lucie nicht mehr erlahmt, im Gegenteil, dieser grimmige Verderber hat immerzu seine Waffen auf Hochglanz gebracht und seine Klingen geschärft.

Und sie haben sich bereits glänzend bewährt, diese Waffen! Es ist ihr Verdienst, wenn der Oger nach dem Sturz auf dem Rücken liegen blieb und sich seither nicht mehr erhob. Doch das reicht Lucie nicht mehr. Seit den zwei Monaten, die der Oger im Bett liegt, wird er von der Mutter umhegt und umsorgt, er wird bemitleidet und ärztlich behandelt. Dabei hat dieser Dreckskerl nichts von alledem verdient. Und womöglich wird er noch gesund bei soviel Pflege, Gebet und Beschwörung! Das wäre wirklich gemein. Er soll sterben, dieser Halunke, krepieren soll er, und zwar schnell! Lucie hat sich eine Frist gesetzt: noch vor Weihnachten. Sie ist zuversichtlich, die Jahreszeit ist günstig; ist nicht bald Allerseelen? Die Grabschmuck-Chrysanthemen strecken schon überall ihre Nasenspitzen heraus. Tante Colombe, die inzwischen völlig gehunfähig ist, rüstet sich für den großen Tag. Sie wird aufs Grab ihres Albert gehen, und zwar im Rollstuhl, von Lolotte-ohne-Gebot geschoben. „Bei jedem Wetter!" verkündet die wackere Witwe, die aber gleichwohl den Himmel beäugt, denn regnen sollte es nicht. Sonst wären am heiligen Gedenktag für die Verstorbenen die Wege auf dem Friedhof aufgeweicht, und der Rollstuhl bliebe stecken.

Lucie kümmert sich wenig ums Wetter; ihre Sorge ist, wie sie die beiden toten Mädchen bedingunglos auf ihre Seite ziehen kann, und nicht nur sie, sondern alle Toten guten Willens. Lucie kämpft an sämtlichen Fronten zugleich, überall geht sie zum Gegenangriff über: gegen die Medizin, gegen die frommen Gebete und gegen die weiße Magie, gegen all diese Mächte, die sich verschworen haben, den Mörderbruder zum Leben zu erwecken, den Oger wiederauferstehen zu lassen.

Deshalb steht sie hier vor dem heiligen Antonius. Ihm trägt sie ihr mörderisches Anliegen vor. Die Zeit, als sie Geldstücke, anmutige Bildchen und Schokoladestückchen in den Schlitz steckte, ist lange vorbei. Der ganze schöne Bilderhimmel, der sich über Anne-Lises Tod wölbte, hat sich verflüchtigt, ein grausames Licht hat das Luftbild schlagartig erlöschen lassen. Es war der Oger, der den kalten Lichtstrahl aussandte. Die lustigen Cherubine und die gütigen Engel, die Anne-Lise umflatterten, fielen herab wie Fliegen im Herbst. Der herrliche lange Tisch, der im Hause des Herrn für den kleinen

Rotschopf gedeckt war, wurde umgestürzt, das weiße Tischtuch zerrissen. Das göttliche Kind, das der heilige Antonius emporhebt, hält nicht mehr Trost in den Händen, schon gar nicht Vergebung. Die Kugel in seiner Hand ist eine Bombe, eine Kanonenkugel, die dem Oger das Herz zerfetzen soll.

Lucies ganze frühere Bilderwelt hat sich in ihr Gegenteil verkehrt. Pater Joachims süßliche Geschichten sind sauer geworden. Lange Zeit – die zwei Jahre lang, in denen sie den Blick gesenkt hielt und niemanden ansah – hatte Lucie jegliche Einbildungskraft verloren. Sie sah nichts mehr, weder innerlich noch äußerlich. Der Körper des Ogers hatte sie erblinden lassen, er hatte ihre Seh- und Traumfähigkeit gelähmt. Dann hatte sie bei den Tieren des Moors den Blick wieder aufgerichtet und eine neue Sehkraft erlangt. Und nun sieht sie alles anders, die sichtbare Welt ebenso wie die unsichtbare.

Ja, Anne-Lise und Irène wurden in der Tat an den Tisch des Herrn geladen. Doch dieser Herr ist grausam, sein Tisch ist von der Farbe des Blitzes, und die Tischgenossen haben Augen und Fänge wie Schleiereulen; sie tragen riesige Schmetterlingsflügel mit flammenden Augenflecken darauf, und sie halten lange, gezackte Schwerter. Die Cherubine lachen nicht, sie haben kugelige Krötenaugen und Rückenkämme wie Molche, und sie zischen wie Schlangen.

Lucie steht vor dem Opferstock und steckt ihren Obolus in den Schlitz. Es sind rostige Nägel, Igelstacheln, Eidechsenschwänze, Glasscherben, Dornen aller Art. Mit zusammengebissenen Zähnen murmelt sie kriegerische Gebete. Sie bittet den Heiligen, beim Allmächtigen vorstellig zu werden und energisch für sie und die beiden toten Mädchen zu intervenieren. Sie fordert Gerechtigkeit, sie besteht darauf, daß diesem Schuft von Bruder unverzüglich das Leben weggenommen wird, das er ungerechterweise noch besitzt. Außerdem soll er verdammt und in die Hölle zum Schmoren geschickt werden. Sie verbietet dem Heiligen, die Bitten zu erhören, die andere Leute an ihn richten könnten, ihre Mutter zum Beispiel, oder diese idiotische Lolotte oder irgendeine andere Betschwester des Dorfs. Lucie warnt den Heiligen: den Gebeten der Erwachsenen sei nicht zu trauen; sie seien so dumm, diese großen Leute, sie sähen nichts und kapierten noch weniger, gedankenlos würden sie die Kinder Wölfen zum Fraß vorwerfen und mörderische Oger bei sich dulden, die sie auch noch hätschelten. Nur auf sie, Lucie, solle er hören, sie allein solle er erhören. „Siehst du", sagt sie zum heiligen Antonius, „mit einem solchen Seil, wie du es um den Bauch trägst, hat Irène sich erhängt, seinetwegen. So einen Dreckskerl kannst du doch nicht leben lassen! Oder willst du, daß er wieder anfängt? Ich sage dir, wenn er je wieder gesund wird, dann erhänge ich mich auch, und dann bist du mitschuldig. Binde das Seil doch ihm um den Hals, wie einer Kuh, die man zum Schlachten bringt, und ab mit ihm in den Tod, stracks in die Hölle!"

Das sind Lucies Gebete, mit denen sie anderen Leuten zuvorkommen will, die den heiligen Antonius um Fürbitte anflehen könnten. Aber sie muß auch Maßnahmen gegen die Pflege ergreifen, die Ferdinand erhält. Deshalb schleicht sie sich jeden Nachmittag in sein Zimmer, während die Mutter im Raum nebenan faul auf dem Diwan liegt. Soll sie sich darauf lümmeln, soviel sie will, auf diesem verhaßten Diwan! Lucie hat auf diesem Leidenslager genug ausgestanden, also kann ihre Mutter auch ein bißchen in der Angst um den Sohn schmoren.

*

Sie tritt ans Bett und beugt sich über den Dahinsiechenden. Sie tut ihm nichts – sie zeigt sich ihm nur, mehr nicht. Sie zwingt ihn, sie zu sehen. Man sagt, er würde nichts sehen, mag ja sein; obwohl seine Augen offen sind, hat er den Blick eines Blinden. Doch Lucie fühlt, daß vom Grunde dieses abwesenden, erloschenen Blicks aus der Bruder sie gleichwohl sieht. Daß er wahrscheinlich alles sieht. Das ist es doch, was ihn ans Bett fesselt: all das, was er mit seinem Blindenblick wahrnimmt! Sie darf ihm also keine Ruhe lassen. Sie muß ihm pausenlos zusetzen mit ihrem Anblick. Sie muß ihm beweisen, daß sie ihn haßt, daß sie seine brutalen, falschen Zärtlichkeiten, seine widerlichen Küsse und schmierigen Umarmungen immer gehaßt hat. Und sie beweist es ihm, hier, mitten ins Gesicht, indem sie ihm ihren starren Blick aufzwingt. Sie hält ihm ihre Augen als Spiegel vor – er soll sich sehen, wie sie ihn sieht und wie ihn die beiden getöteten Mädchen gesehen haben. Sie legt ihm schleimige Tiere aufs Gesicht – als Vergeltung für das Befingern und Abküssen ihres Körpers, das sie so lange erleiden mußte.

Den ganzen Tag über bereitet sie sich auf den heimlichen Besuch vor, den sie dem Bruder am späten Nachmittag abstattet. An schulfreien Tagen entwischt sie ins Moor und in die Wälder, um Tierchen zu sammeln oder auch nur Bilder in sich aufzunehmen, die ihr den Blick stärken. Mit den Tieren in Wald und Moor spricht sie in der gleichen Weise wie mit dem heiligen Antonius. Sie erbittet ihre Mithilfe, sie appelliert an ihre unverdorbene Grausamkeit. Sie sagt zu ihnen, da drüben, im Haus an der Rue de la Grange-aux-Larmes, liege der Oger im Bett, sie sollen ihn beißen und stechen gehen. Doch die Tiere bringen sich lieber gegenseitig um. Da macht sich Lucie eben allein auf den Heimweg. Vielleicht hat sie nur ein paar Regenwürmer, eine Schnecke oder ein Insekt in der Tasche, doch ihr Herz ist voll von boshafter Freude und ihr Blick ganz wild vor Wut, so daß sie beherzt den Angriff auf den Bruder wagen und die Ruhe, die ihm die Ärzte verschrieben haben, gehörig stören kann.

Seit sie dem Oger den Krieg erklärt hat, sucht Lucie mehr denn je nach Bildern, die ihrem Blick Kraft verleihen, denn es ist ein Kampf mit Blicken, den sie führt, ein mörderischer, gnadenloser Kampf.

So ist der Laden von Monsieur Taillefer für sie im selben Maße zur Kriegsschule geworden wie das Moor. Monsieur Taillefer ist der Metzger des Dorfs. Er ist ein gemütlicher, großer Mann, über dessen dicken Bauch sich eine blutverschmierte weiße Schürze spannt. Wenn er lacht, zittert sein Bauch wie die Flanke eines fiebernden Ochsen. Lucie schleicht sich oft in seinen Laden; gebannt sieht sie zu, wie er große scharlachrote Fleischbrocken aufschneidet oder Geflügel ausnimmt. Er hantiert wunderbar geschickt mit diesen Kadavern, wenn er sie befühlt, zerteilt und mit seinem Holzhammer klopft. Zufrieden und glücklich steht er da, umgeben von gerupften Hühnchen und Enten, langen schwarzen Blutwurstketten, bläulich angelaufenen Kaninchen, blutrot glänzenden Kalbskeulen, fetten Schweinshaxen und dicken Rinderzungen. Sein Bauch wölbt sich über Schüsseln voller Kutteln, wabbeliger Lebern und Nieren und schwammgroßer weißlicher Hirne.

Fleisch, Fett, Eingeweide, Gehirnmasse, Blut, Herz, Knochen – all das wird ganz ungeniert in der Öffentlichkeit entblößt, in größter Selbstverständlichkeit den Blikken der Kunden dargeboten. Alle diese Innenseiten des Körpers, diese unter der Haut verborgenen Heimlichkeiten sind hier zu besichtigen. Eine fröhliche Obszönität, die niemanden schockiert und die biederen Leute sogar entzückt.

Auch Monsieur Taillefer ist ein Oger, doch von einer ganz anderen Spezies als Ferdinand. Er ist ein glücklicher Oger, der zu seinen Untaten steht, seine zerstückelten Opfer vor den Leuten ausbreitet und sie ihnen sogar anpreist. Er lacht in einem fort. Monsieur Taillefer ist ein anständiger, ehrlicher Oger. Und ein vornehmer Oger obendrein: Geflügel, Vieh und Wild nur abzuschlachten, zu häuten, auszuweiden, mit Fleischeraxt und Schlachtermesser zu zerhacken und zu zerstückeln, das befriedigt ihn nicht, er setzt auch seinen ganzen Ehrgeiz daran, Kalbs- und Schweineköpfe wie Trophäen auszustaffieren. Monsieur Taillefer ist ein Oger mit Geschmack, er ist ein Künstler; er versäumt nie, dem Schwein einen schönen, flammendroten Apfel ins Maul zu stecken oder die Stirn des glotzäugigen Kalbs mit Lorbeerzweigen zu schmücken. Wenn es ihn ankommt, hängt er ihnen sogar Kirschen über die Ohren oder steckt ihnen Gänseblümchen in die Nüstern. Monsieur Taillefer improvisiert der Jahreszeit entsprechend.

Dieser hochangesehene Oger flößt Lucie Abscheu und Bewunderung zugleich ein. Er zeigt ungeniert alles. Er wirkt öffentlich und in aller Seelenruhe. Unter seinen großen roten Händen wird die Gewalttätigkeit friedlich, das Grauen heiter, die Obszönität schön. Er bewirkt das Gegenteil dessen, was der blonde Oger tut.

Lucie träumt davon, mitten in Monsieur Taillefers Auslage den Kopf ihres Bruders thronen zu sehen. In seine leeren Augenhöhlen würde sie Klatschmohnblüten stecken, und in seinen aufgespreizten Mund eine Kröte.

*

Der Klatschmohn ist Lucies Lieblingsblume. Im Frühsommer blüht er in Mengen auf den Wiesen, die Irène Vassalles Dorf säumen. Lucie kennt jeden Zoll des Weges dorthin, seit sie ihn regelmäßig mit dem Fahrrad macht. Sie ist diesen Weg schon zu jeder Jahreszeit gefahren, doch am schönsten ist immer noch der Frühsommer, wenn die Landschaft geradezu explodiert vor Blüten- und Farbenpracht. Sie fährt erst am Moor entlang, dann durch braunes Land, das von rötlichen, mit Ginsterbüschen und Kiefern bewachsenen Buckeln durchsetzt ist. Sperber und Habicht ziehen einsam ihre Kreise über Heide und Flur. Lucie mag diesen Weg; sie fährt ganz dicht den Gräsern und Disteln entlang, die am Straßenrand wuchern, so daß ihr die Dornen manchmal die Beine zerkratzen. In der warmen Jahreszeit begleitet sie ein ganzes Konzert von Vogelstimmen. Da pfeift, zwitschert, flötet, trillert und schmettert es aus Rain und Gebüsch, und ab und zu schickt eine Kröte ihr rauhes Gequake dazwischen. Es ist der Gesang der Erde, vielstimmig und lebensfroh. Doch es ist auch das wehmütige Lied des Weges zu Irène – hier hat an einem Frühlingsabend der Oger Irène ins Gebüsch gezerrt.

Am Dorfrand weiten sich Gersten-, Weizen- und Rapsfelder. Sie sind blond und golden wie Irènes Haar. An der letzten Wegbiegung, unmittelbar bevor man beim abseits des Dorfes gelegenen Friedhof anlangt, taucht ein großes Sonnenblumenfeld auf. Tausende von riesigen Augen blicken unverwandt in die Sonne, bis das Übermaß an Licht sie niederbeugt und verwelken läßt. Es sind Irènes schöne Augen, geweitet vom Entsetzen und versengt vom Anblick des Ogers. Und ringsherum, locker hingestreut über die Felder, leuchten diese anderen Augen, diese knallroten Augenflecke mit dem schwarzen Punkt in der Mitte – der Klatschmohn. Blut- und Nachtaugen, die Augen der toten Irène.

Verwirrte, verstörte Augen. Sie haben die Erde durchstoßen, in der man sie verscharrt hat, sie rebellieren gegen die Finsternis, von der ihre Pupillen voll sind. Sie wollen noch nicht geschlossen sein, sie wollen noch das Blau des Himmels und den violetten Schatten der Wolken auf der Erde betrachten; sie haben noch nicht genug gesehen, wie in den Hecken der Weißdorn blüht und am Abend die Herden heimwärts trotten.

Augen und Münder in einem, entfalten sie ihr Rot um die erloschenen Pupillen und die vom Schweigen erstickten Kehlen herum. Augen und Münder, wahnsinnig vor Verzweiflung, weil sie weder sehen noch atmen, noch schreien können. Lucie indes versteht den leeren Blick dieser Wildblumen, sie vernimmt ihr stummes Schreien. Ihr Schreien nach Rache.

Auf dem Dorffriedhof hat Irène ihr eigenes Grab. Anders als Anne-Lise wurde sie nicht zu den Ahnen der Familie gelegt. Die Größe der Grabplatte ist ihrem Kinderkörper angepaßt. Es ist eine Platte aus weißem Marmor, und sie ist über und über mit Blumentöpfen und kleinen Täfelchen bedeckt, die in goldenen Lettern die Trauer um Irène bekunden. „Unserem geliebten Kind zum Gedenken" – „In Trauer um unsere Nichte" – „Meinem Patenkind, Deine Dich liebende Patin" – „Unserem kleinen Engel, seine untröstlichen Großeltern". Sogar ein kleines Gedicht steht da, Irènes Klassenkameraden haben es verfaßt, und es ist auf eine Tafel eingraviert, die ein offenes Buch darstellt. „Wie eine Sonne schienst du in unserer Mitte / Wie eine Sonne bist du erloschen / Ohne Dich ist es traurig und kalt / Doch Dein Licht leuchtet ewig in unseren Herzen. Deine Mitschüler der 4. Klasse." Ein kleiner weinender Gipsengel hält Wache an Irènes Foto, das in einem ovalen Rahmen eingeschlossen ist. Das Foto unterscheidet sich etwas von dem, das Lucie aus der Zeitung ausgeschnitten hat. Hier im Oval hat Irène die Zöpfe wie zu einer Krone hochgebunden, eine Blumenspange hält sie zusammen. Sie trägt eine Bluse, von der man gerade noch den Spitzenkragen sieht. Und sie lächelt. Dieses Lächeln läßt sehr hübsche Falten um ihre Augen spielen und bringt auf ihrer linken Wange ein kleines Grübchen zum Vorschein.

Alle diese Einzelheiten kennt Lucie längst auswendig, auch das Gedicht und jede einzelne Inschrift. Und alles – das wunderbar blonde Haar, Irènes Anmut, ihr strahlendes Lächeln, das kleine Grübchen, diese liebevollen letzten Grüße – freut sie unendlich. Gleichwohl hat sie sich des öftern mit einem Gefühl der Bitterkeit auf den Heimweg gemacht, zurück zur Stätte ihres Unglücks; dann dachte sie, wie hübsch dieses Kind war und wie es allseits betrauert wurde, während sie selbst dem Oger ausgeliefert war und kein Hahn danach krähte. Sie trat in die Pedale und sagte sich unentwegt: „Engel, Sonne! Bei mir würde niemand solche Sachen schreiben, wenn dieses Schwein mich auch umbringen würde! Meine Fresse wäre ihnen nicht niedlich genug! Trauer? Wer würde mir schon nachtrauern! Papa vielleicht. Aber wie soll ich es wissen, er redet ja nie, außer über Funk mit weit entfernten Unbekannten; und ich weiß auch nicht, was er denen erzählt, er redet ja in einer Fremdsprache mit ihnen. Und die andere, die Nörglerin, was würde die wohl sagen? Die wäre noch fähig, schreiben zu lassen: ‚Lucie, du Tolpatsch, was hast du jetzt wieder angestellt? Wo steckst du denn? Könntest du bitte antworten, wenn ich dich rufe?‘ Die alte Ratte würde wahrscheinlich schreiben: ‚Meine Diamanten sind futsch für dich!‘ Und der Bruder, dieses Schwein, hätte wohl noch die Stirn, die übliche Tafel ‚In Trauer‘ hinzustellen. Der wäre nicht traurig, weil er mich hat verrecken lassen, sondern weil er nicht mehr an mir herumfummeln kann, diese Drecksau!“

Sonne, kleine Sonne, hübsche Sonne! Diese Wörter haben ihr lange in den Ohren geklungen. Sonne Irène, für immer verfinstert, um im Sommer desto kräftiger in den Feldern zu sprießen, in Tausenden von grellroten Sonnen mit schwarzen Herzen. Myriaden von Sonnen in den Farben des Bluts und der Trauer, die zwischen Getreide- und Grashalmen zittern. Und wovon zittern sie, wenn nicht von Zorn und Rachedurst? Doch wer sollte Rache üben? Nur Lucie konnte es, denn nur sie kannte den Mörder. Sie mußte es tun. Ihr Kummer war, daß sie nicht wußte, wie sie es anstellen sollte.

Auch das andere Mädchen, dessen rostrote Locken sich auf dem anderen Friedhof um die Knochenfinger der Ureltern wickelten – auch Anne-Lise mußte gerächt werden, auch ihr mußte Gerechtigkeit widerfahren.

Lucie hat lange nachgedacht, womit sie ihr Werk der Rache vollbringen könnte. Immer wieder ist sie auf die Gräber der beiden Mädchen gegangen. Sie kauerte sich an den Rand der Grabplatte, trommelte mit den Fingern auf den Marmor und scharrte mit den Fersen in der Erde. Sie suchte eine Idee, sie wartete auf ein Zeichen. Irgendein Zeichen, gleich welcher Art. Daß zum Beispiel die Namen der Alten plötzlich von Anne-Lises Grabplatte verschwänden und nur noch der Name des Kindes dastünde, daß sich der Marmor plötzlich rostrot färbte oder das melodiöse Lachen des Mädchens unter der Erde erschallte. Daß der Berg künstlicher Blumen von Irènes Grab aufflöge wie ein Schmetterlingsschwarm, daß die Seiten des marmornen Buches sich wendeten und die Wörter des von den Mitschülern verfaßten Gedichts zu singen begännen. Daß sie sängen und schrien und daß die Klatschmohnblüten auf den Feldern alle miteinander loswüchsen und gewaltige Blütenblätter im Winde flattern ließen, wie die Fahnen einer marschierenden Armee.

Sie erhoffte sie überall, diese Zeichen. Auch wenn sie vor dem heiligen Antonius stand. Sie erwartete, daß das Jesuskind plötzlich in Zorn ausbräche und die goldene Kugel auf den Boden schmetterte.

*

Sie erhoffte auch Zeichen, wenn sie sich vor einen Spiegel stellte, um lange in die eigenen Augen zu blicken, als wären es die eines anderen. Eines anderen Mädchens, das stärker und mutiger wäre als sie, das den Mörderbruder anzeigte und diesen tauben und blinden Erwachsenen die Stirn böte. In ihrem Zimmer stand sie manchmal stundenlang vor dem Spiegel, um ihren Blick zu erproben und zu kräftigen. Sie wollte sich einen neuen, einen kriegerischen Blick schmieden. Sie stellte sich vor, daß Anne-Lise und Irène von ihrem unsichtbaren Aufenthalt aus durch die Augen im Spiegel blickten. Sie sah die Welt mit den Augen eines Kindes aus dem Jenseits.

Doch ihre Aufmerksamkeit wurde oft abgelenkt, ihre Phantasie schob sich zwischen sie und das Spiegelbild und zog sie von ihrem Vorhaben hab, ohne daß sie sich dessen gewahr wurde. Sie entfloh ihrem Leben und schlüpfte in das ihrer Märchengestalten, sie stattete sich mit dem Mut und den Ruhmestaten der Helden aus, von denen sie in den Geschichtsbüchern gelesen hatte, sie formte ihre Racheszenen aus dem Lehm der biblischen Episoden, die sie aus dem Religionsunterricht kannte. Und je mehr sie sich im Spiegel fixierte und ihren Blick mit immer neuen Gestalten bekleidete, desto mehr verlor sie sich selbst aus den Augen, sie vergaß ihren Haß und ihren Schmerz und geriet, ohne es zu bemerken, in den Bann dieser heimlichen Verwandlungen. Schließlich sah sie sich mit den Augen ihres Bruders – ihres nächtlichen Bruders. Sie empfand eine uneingestandene Lust, eine boshafte Freude an dieser Vervielfältigung ihrer selbst, an dieser Verwandlung in Sagen- und Heldengestalten, bei der sie sich als Königin bewundern konnte, als Königin einer Nacht des Verbrechens und der Ausschweifung.

Doch diese heimliche Lust und boshafte Freude stachelten ihren Zorn nur noch mehr an. Sie verzieh dem Oger nicht, daß er sie doch noch auf seine Seite gezogen hatte. Sie war eine ebenso rebellische wie unterwürfige Sklavin. Sie war allzu viele Gestalten zugleich und vermochte nun diese Menge, zu der sie geworden war, nicht mehr zu bändigen. Der Krieg gegen den Oger wandte sich nun ebenso gegen sie selbst wie gegen ihn. Wenn sie vor dem Spiegel stand, tobte der Kampf nur zwischen ihr und den vielen anderen, die in den Fußstapfen des Ogers über sie hereingebrochen waren.

Die Vertiefung in das Spiegelbild der eigenen Augen brachte indessen auch Bilder hervor. Lucie hat begonnen, all das, was sie sieht, was sich auf dem Grund ihrer Pupillen abspielt, zu zeichnen und mit bunten Farben auszumalen: Gesichter, deren Augen als Schmetterlinge davonflattern und deren Münder wie Mohnblüten aufgehen, oder andere, die goldgrüne Eidechsen weinen und feuerfarbenes Ungeziefer erbrechen. Abgeschlagene Köpfe, die anstelle der Sonne in grellbunten Himmeln hängen; die Strahlen dieser Sonnen sind Schlangen. Wenn sie Bäume zeichnet, behängt sie die Äste mit Augen: Augen-Früchte, Früchte-Augen, Augen-Vögel. Ihre Landschaften sind nackt und kahl, ohne Berge und Häuser. Sie füllt sie mit eisernen Wäldern, mit Horden von Hochspannungsmasten. Diese Riesen mit den gereckten Armen, die sie einmal so faszinierten, nehmen in ihren Bildern eine wichtige Stellung ein. Vor violettem Himmel nahen sie in großen Schritten, als Gewehre halten sie grellgelbe Blitze in der Hand. Ihnen voran marschiert als Hauptmann ein kleiner Krieger im Harnisch, halb Jeanne d'Arc, halb Kleiner Däumling. Nur kriechende, fliegende oder schwimmende Tiere zeichnet sie ganz. Von den anderen Tieren, den Vierfüßlern, zeichnet sie immer nur Köpfe, nie die Körper. Es sind Kalbs- oder Schweineköpfe wie die in der Metzgerei Taillefer. Alles ist in flammenden und kontrastierender Farben gehalten, und die Umrisse der Figuren sind mit einem dicken schwarzen Strich gezogen. „Meine Tochter zeichnet wie die Primitiven und kleckert wie die Fauvisten", jammert Aloïse über Lucies Zeichnungen. „Diese arme geschundene Katze ist wirklich reinster Fauvismus! Schon wieder so ein unsinniger Größenwahn! Ach, und dieser Hang zum Häßlichen, zum Schreierischen, zum Grausamen! Mein Gott, was für eine Tochter habe ich nur in die Welt gesetzt! Das ist kein verfehlter Junge, das ist eine üble Fälschung von einem Jungen, ein verdorbenes Biest. Wie kann sonst ein Mädchen in diesem Alter solche Horrorbilder kritzeln? Woher sie das alles nur hat?"

*

Woher? Aus ihrer Not und Wut. Aus dem lärmenden Schweigen der Spiegel, die ihr das geborstene, beschmutzte und zermarterte Bild ihrer selbst vorhalten. Sie will diese Scherben fixieren, damit sie weniger verletzen, sie überschmiert sie mit reinen Farben, um die Schmutzflecken zu verdecken, sie verzerrt Formen, Perspektive und Größenverhältnisse im Maßstab ihrer Pein. Ja, sie spielt tatsächlich die junge Wilde, sie schlägt mit vollem Pinsel und breitem Filzstift zu, um zu vergessen, daß sie nur ein kleines Kätzchen ist, das jedermann ungestraft am Hals packen kann.

Sie hat recht gehabt, die Wilde spielen zu wollen, denn aus dem Spiel ist Ernst, aus der Phantasie Wirklichkeit geworden. Das sehnlichst erhoffte Zeichen ist eingetroffen. In Form eines Falls. Es hat sich etwas verwandelt, es war kein Grabstein und keine Statue, es war der Oger selbst. Dieser Oger, der so behende zu ihrem Zimmer hochkletterte, hat seine Siebenmeilenstiefel verloren. Er liegt darnieder wie ein Toter. Jetzt gilt es, die Verwandlung konsequent zu Ende zu führen, bis hin zur völligen Vernichtung.

Es ist ein richtiger kleiner Soldat, der da im ockerfarbenen Halblicht der Kirche vor der Antoniusstatue steht. Ein tapferer kleiner Soldat, der von seinem Herrn und Gebieter Beistand und Segen erheischt, damit er die Schlacht gewinnen kann, die er im Namen der Gerechtigkeit begonnen hat. Und diese Gerechtigkeit ist Rache, Rache ohne Halt und Maß, Rache auf der Stelle, hier im Diesseits, und Rache danach im Jenseits. Rache auf immer und ewig. Der kleine Soldat Lucie will den Feind aus dem Geltungsbereich der Vergebung hinauswerfen und ihn in die tiefste Hölle stürzen.

Es ist ein Spiel mit hohem Einsatz. Lucie spielt mit verbissenem Ernst. Sie spielt um das Leben und das Seelenheil des Bruders. Sie ahnt nicht, daß sich die Grenze zwischen dem Bruder und ihr verwischt hat, daß das Böse schon mehr in ihrem Lager steht als in dem ihres Bruders – der längst besiegt und bestraft ist.

Vorn im Chor kämpft noch immer die Wespe im Lichtstrahl. Sie sinkt tiefer und tiefer. Die vom Boden kommende Kälte ist stärker als der kleine Rest Wärme, den ein Sonnenstrahl im Oktober enthält. Die Wespe streift den Flügel des großen Holzadlers. Doch der Adler beachtet das Insekt nicht, das im schrägen Strahl abwärts treibt.

Die Wespe hat den Boden berührt. Sie krümmt sich auf den Steinplatten und surrt mit verzweifelter Kraft. Sie kämpft gegen die feuchte Kälte, die vom Stein ausgeht, gegen den Schatten, der auf sie zukriecht. Die Kälte betäubt sie, und Müdigkeit umfängt sie. Sie wird ruhiger, ihr Zappeln läßt nach. Der Lichtstrahl wandert weiter. Der Schatten verschluckt den zusammengekrümmten Wespenleib.

Rufe

Aber sie waren sich selbst noch mehr zur Last als die Finsternis.

Weisheit 17, 20

Kohle I

Eine kreidige Helle breitet sich aus, jedes Leuchten ist erloschen, nichts glänzt mehr. Selbst der Schall ist gedämpft, die Gerüche der Erde sind wie weggeblasen. Die Sanftheit, die vom Himmel ausgeht, ist so groß, so kalt, daß sie benommen macht. Glanzlose, stumme Sanftheit der Landschaft, weiße Benommenheit der Welt. Es schneit. Allenthalben erscheinen Kindergesichter an den Fenstern, die Kleineren pressen Handflächen und Stirn an die Scheiben. Sie befühlen die sanfte Kälte des Schnees. Sie machen große Augen und lachen. Sie schauen und schauen, erst verzückt, doch bald schon aufgeregt. Obwohl man nichts sehen kann. Tausende von Flocken schweben weich und gelassen herab, sie verschlucken den Himmel, den Horizont, zuletzt die Landschaft. Es gibt keinen Raum mehr, Höhe und Tiefe sind aufgehoben. Die Welt ist flach und einförmig. Der Schnee fällt anhaltend und dicht.

In einem Haus steht eine Frau in einer Türöffnung. Unbeweglich steht sie auf der Schwelle zwischen zwei Zimmern. Doch obwohl sie sich nicht bewegt, scheint sie leicht zu wanken. Es bebt etwas in ihr. Sie ist so unschlüssig: Soll sie das Zimmer betreten oder nicht? Diesseits und jenseits der Schwelle die gleiche Leere, dasselbe Schweigen.

Die Frau ist groß und von schlankem Wuchs, sie trägt Trauer. Mit der einen Hand stützt sie sich am Türstock ab, mit der anderen hält sie ein Glas. Von Zeit zu Zeit führt sie das Glas langsam an die Lippen, doch in der Art, wie sie trinkt, liegt etwas Hastiges, Gereiztes. Bei jedem Schluck schüttelt sie den Kopf, wie jemand, der nein sagt oder der eine Benommenheit abschütteln will.

Die Frau steht mit dem Rücken zum Wohnzimmer, sie blickt ins Nebenzimmer. Als es draußen zu schneien anfing, wandte sie den Kopf nicht zum Fenster. Was draußen geschieht, berührt sie nicht. Doch daß drinnen im Zimmer die Farben schlagartig stumpf wurden und jegliches Schimmern erlosch, das hat sie wahrgenommen. Und es ist ihr auf einmal, als hätten sich die Gegenstände, Möbel und Zierat, gegen sie verschworen. Sie sind hart, grimmig und abweisend geworden; sie schmieden eine Intrige. Doch es gelingt der Frau nicht, die Intrige zu durchschauen, sie spürt nur, daß das Schweigen der Dinge bösartig, ungemein feindselig ist.

Die Gegenstände weisen sie ab, sie verbieten ihr, über die Schwelle zu treten oder sie gar berühren zu gehen. Zum Beispiel die Lampe neben ihr, auf dem kleinen Tisch, mit ihrem stumpf gewordenen Papierschirm. Oder die Möbel, die auf einmal wuchtig wie Felsen wirken, oder der große Spiegel, der schwarz verhängt ist, oder die Steingutvase davor, die nur gähnende Leere enthält statt eines hoch aufragenden Blumenstraußes. Genauso der Lüster, dessen Birnen grau, und das Vertiko, dessen Stellfläche leergeräumt ist, und die stillstehende Uhr. Auch die Zielscheibe an der Wand mit den Pfeilen, die im Halbkreis darin stecken und deren Federn völlig verstaubt sind. Auch die Weltkarte, deren Kontinente, Inseln und Meere alle gleich verblichen und platt sind. Auch der Kalender mit den Hafenstädten; Stockholm, aus der Vogelperspektive gesehen, ist an die Stelle der Hansestadt getreten. Die Monate sind vergangen, der Kalender wurde umgeblättert. Es ist Februar. Stockholm ist in eine Vielzahl von Inseln und Halbinseln zersplittert. Stahlgrau frißt sich überall das Meer ins relieflose Land hinein. Kein Seegeist belebt das nüchterne Bild. Winzig klein sind ein paar schwarze Segel-

schiffe auf das Grau gesetzt. Die einzige Verzierung besteht in der Windrose, die, in einen Kreis eingezeichnet, wie eine sternenförmige Insel aus den finsteren Wassern aufragt.

Die Frau in Schwarz betrachtet das alles von der Schwelle aus, von der sie nicht loskommt. Ihr Blick wandert von Möbel zu Möbel, von Gegenstand zu Gegenstand. Doch überall stößt er an. Er findet nicht, was er sucht, und er ist entsetzt über die Härte der Dinge, über das kreidige, alles abstumpfende Licht, vor allem aber über die Leere im Zimmer.

Das Bett ist leer. Die Leere im Zimmer strahlt fast körperlich spürbar von diesem abgeräumten Bett aus. Ein langes, flaches Rechteck mitten im Raum; man hat es nicht wieder an die Wand geschoben. Über die Matratze hat man eine Wolldecke gebreitet, deren Blau so dunkel und stumpf ist, daß es fast wie Anthrazit wirkt. Man könnte meinen, dieses dunkle Rechteck, das sich da auf dem Parkett abzeichnet, sei der vom verhangenen Spiegel geworfene Schatten; doch vielleicht ist es umgekehrt das Bett, das seine Schwärze auf den blinden Spiegel wirft und ihn mit Finsternis füllt.

Oder hat vielleicht der Blindenblick des Mannes, der in diesem Bett lag, den großen Spiegel so verdüstert? Das Licht, so diffus und schneegebleicht es auch sein mag, erreicht den Spiegel nicht. Kein Licht, kein Widerschein, kein Bild gelangt in ihn hinein. Die Verweigerung der Gegenstände ist absolut: nichts und niemand hat mehr das Recht, sich ihnen zu nähern. Sie haben sich allesamt als unberührbar erklärt.

Doch nicht allein die Gegenstände haben sich verschworen, auch der Ort selbst: das Zimmer, die Wände, die Decke, der Fußboden. Auch das Wohnzimmer, der Gemüsegarten, die Zimmer im oberen Stock. Das ganze Haus, die ganze Straße, das ganze Dorf. Die Welt, das Leben, alles.

Das Leben ist nicht mehr das Leben, es hat die Partei des Todes ergriffen. Alle Farben sind ineinandergeflossen, um ein einziges Trauerschwarz zu bilden; jede Bewegung ist schmerzhaft, noch schmerzhafter ist das Sprechen, am schlimmsten das Sehen. Was tun, wenn alles schal und sinnlos geworden ist? Wohin gehen, wenn überall Leere wartet? Was sagen, wenn die Worte nur noch Hülsen sind, wertloser als Schreie und Tränen, weit wertloser als das Schweigen? Worauf den Blick ruhen lassen, wenn er von einem einzigen Bild besessen ist? Vom Bild eines Körpers, eines Gesichtes, das nicht mehr ist. Was denken? Wie überhaupt denken? Der Schmerz ist des Nachdenkens nicht fähig, er überwuchert die Gedanken, er läßt jede Erinnerung, die für einen Augenblick ins Bewußtsein aufsteigt, zu Salz erstarren. Der Schmerz ist stumpfsinnig, und in seinem Stumpfsinn ist er tyrannisch. Er erniedrigt die Vernunft, verhöhnt die Intelligenz, so groß sie auch sein mag.

Die Frau in Schwarz ist das Opfer dieses Tyrannen. Das Leben ist ihr immer übelgesinnt gewesen, von Anfang an. Ihren Vater hat sie nicht gekannt. Aloïse war das Kind eines Fronturlaubs; als sie zur Welt kam, war ihr Vater bereits in einem der unzähligen Schützengräben des Ersten Weltkriegs gefallen. Er hatte das Kind im Vorbeigehen gezeugt, zwischen zwei Schlachtfeldern. Dann kam der Mann ihrer großen Jugendliebe, sie machte ihn zum Gemahl, und sie schwor, daß er es fürs Leben sein würde. Doch dieses Leben erwies sich als kurz, das Liebesglück dauerte weniger als sieben Jahre. Ein neuer Krieg kam, und mit einem abgefeimten Taschenspielertrick ließ dieser neue Krieg den geliebten Gatten spurlos verschwinden. Das Glück hatte ein kurzes Gastspiel gegeben, Gram und Bitterkeit blieben Jahrzehnte. Dann war die Reihe an dem, der ihr einziger Trost gewesen. Ihr kleiner Sonnenkönig, ihr Lebenslicht, ihr sanfter Kornblumenmond ist ebenfalls gestorben. Der Sohn ist zum Gemahl heimgegangen, dahin, wo ihr unbekannter Vater schon immer seinen Aufenthalt hatte.

*

Ferdinand ist Anfang Februar gestorben. Jetzt ist schon März, doch der Wandkalender geht nicht mehr mit der Zeit. Er tut es eigentlich schon lange nicht mehr, denn er hängt seit Jahren in diesem Zimmer; Ferdinand behielt ihn der schönen Bilder wegen, er mochte diese Ansichten von räumlich und zeitlich weit entfernten Hafenstädten. Wochentag und Datum kümmerten ihn wenig. Er wendete die Seiten, wenn ein neuer Monat kam, Jahr für Jahr dieselben. Als er starb, zeigte der Kalender den

Stockholmer Hafen mit seinem Gewirr von relieflosen Inseln, seinem stahlgrauen Meer und seinen winzigen schwarzen Segelschiffen. Die farben- und lebensfroheren Häfen von Messina, Algier, Brest, Glasgow oder Lissabon werden nicht mehr erscheinen. Die Zeit steht still, sie segelt nicht mehr von Hafen zu Hafen. Sie ist in den eisigen Fluten der Ostsee gesunken.

Und der späte Schnee, der draußen in dicken Flocken fällt, schiebt den Frühling hinaus, führt wieder den Winter ein. Er bedeckt alles mit seinem fahlen Schein. Er deckt nicht nur die Landschaft zu, er hemmt auch die Schritte, weil man das makellose Weiß nicht gleich zertrampeln mag, und er dämpft die Laute.

Es schneit den Namen Ferdinand zu. „Der Name von Königen und Kaisern, und nicht der schlechtesten!" sagte seine Mutter oft. Der einzige Untertan dieses Königs war sie. Jetzt ist der König tot und die Welt öde und leer. Aloïse schwankt unmerklich auf der Türschwelle. Sie kann es einfach nicht verstehen, sie kann einfach nicht glauben, was da geschehen ist.

Es schneit, es schneit überall. Aloïses Erinnerungen sind aschfahl. Sie hat aufgehört, die Vergangenheit zu beschwören und nach Erinnerungen zu jagen. Ihre Traumübungen gehören endgültig der Vergangenheit an. Sie legt sich nicht mehr auf den Diwan. Sie muß jetzt stehen. Hier, auf dieser Schwelle, auf Posten am leeren Grab. Was täte sie auch auf dem Diwan? Als Ferdinand verschied, verflüchtigte sich auch Victors Körper. Er war ein Dieb und nur gekommen, um sich mit der geraubten Hülle eines anderen ein würdiges Begräbnis zu verschaffen.

Der große Marcou hatte ganz richtig gesagt: „Ein Toter, der keine Ruhe findet, hat Ferdinands Geist geraubt, und er wartet nur darauf, ihm auch den Leib zu stehlen. Wir müssen diesen Wiedergänger aufspüren, wir müssen diese unglückliche und unglückbringende Seele besänftigen und aus dem Haus schaffen." Doch was hatte Aloïse getan? Genau das Gegenteil. Sie rief das

Gespenst immerzu herbei und gab sich ihm hin. Sie machte sich zur Geliebten, zur Komplizin dieses ruhelosen Toten.

Es schneit auf Ferdinands stummen Namen. Die Gräber auf dem Friedhof werden namenlos. Die Grabplatten verwandeln sich in niedrige Dünen; sanfte, weiße Wüstenlandschaft.

Aloïse starrt eine Weile in das Glas, das sie in der Hand hält, es ist leer. Ihr Mund ist trocken. Ihr Blick bleibt an einem letzten im Glas verbliebenen Tropfen haften. Sie möchte nachdenken, doch sie kann es nicht. Sie folgt ihrem Durst, sie läßt sich vom Körper treiben. Sie kehrt ins Wohnzimmer zurück. Auf dem runden Tischchen steht die Flasche. Aloïse füllt ihr Glas erneut mit Gin. Dann kehrt sie zur Schwelle zurück.

Das Licht im Zimmer, so scheint es ihr, hat sich auf einmal verändert, das Weiß erinnert nicht mehr an Gips, sondern an Seide. Tatsächlich hat es draußen zu schneien aufgehört. Glatt und rein liegt die Schneedecke, und der freigewordene Himmel beginnt wieder zu leuchten. Der Schnee reflektiert die Tageshelligkeit, und das Licht flimmert und glitzert überall, sogar auf den Wänden und Fußböden im Innern der Häuser.

Das Bleigrau der Ostsee schlägt in Silbergrau um, der Lampenschirm aus Marmorpapier wird durchscheinend wie Alabaster, und das große schwarze Tuch über dem Spiegel funkelt an einigen Stellen. Es wird im Zimmer auf einmal so hell, daß Aloïse erbebt und zum Fenster blickt. Das Weiß von draußen blendet sie, sie blinzelt ein wenig. Ihre Wimpern glänzen, ihre Augen irisieren, Tränen zittern am Rand ihrer Lider. Ihr Herz schlägt auf einmal schneller und heftiger; eine unsinnige Hoffnung durchzuckt sie: Und wenn dieses herrliche, mächtige Aufstrahlen nicht vom Schnee ausginge, sondern von Ferdinands Gesicht, von seinem verklärten Körper? Und wenn Ferdinands Seele nur deshalb Himmel und Erde mit diesem gleißenden Licht überflutete, um sie, die

Mutter, vom Jenseits aus zu umfangen? Und wenn jetzt, in diesem Moment, Ferdinands Gesicht im Spiegel erschiene, gar den schwarzen Kreppschleier zerrisse? Aloïses Herz beginnt wild zu pochen. In einem Augenblick der Selbstvergessenheit tritt sie über die Schwelle, geht zum Spiegel, stellt das Glas auf die Kommode und hebt den Schleier auf.

Ihre Hände sinken zurück, ihr Herz stockt. Im Spiegel ist nichts. Die Tränen unter den Lidern werden schwer und brennend heiß, sie rollen über die Wangen hinunter zu Mund und Hals. Aloïse fegt das Glas von der Kommode, es zerschellt auf dem Boden. Sie stürzt ins Wohnzimmer. Sie schluchzt, daß es sie am ganzen Körper schüttelt.

*

Abermals haben sich die Gegenstände im Zimmer gegen sie verschworen. Jetzt, da sie schimmern, wirken sie noch feindseliger. Es ist, als trügen sie einen Harnisch aus eiskaltem Licht, einen Panzer von metallischem Glanz. Sich ihnen zu nähern oder sie gar zu berühren wäre Tollheit, sie würden einem die Fingerkuppen verbrennen, die Handflächen aufschrammen, die Nägel zerfetzen. Sie sind beißend wie Eiseskälte. Die Dinge sind im Kriegszustand, die Dinge sind in Trauer. Der ganze Ort ist in Trauer. Sein Gebieter hat ihn verlassen, ohne auch nur ein Wort zu sagen, ohne auch nur einen Seufzer zu tun. Geblieben ist die Stummheit, mit der er lange zwischen diesen Wänden gelegen hat; sie klebt an den Dingen.

Aloïse sitzt auf dem Rand des Diwans. Der Weinkrampf, der sie plötzlich an Kehle und Schultern packte, hat sie hierhin geworfen. In sich zusammengefallen kauert sie da, die Stirn auf den Knien, die Fäuste gegen die Schläfen gepreßt. Ihre Knie sind naß. Doch das Schluchzen läßt nach, die Tränen versiegen allmählich. Der Schmerz ist so unendlich viel größer und hartnäckiger als alles, wodurch er sich äußert: Bald biegt und krümmt sich der Körper, bald ringen die Hände miteinander, bald krampft sich der Magen zusammen, bald versagt der Kreislauf, und der Körper schwankt in einem Schwindelanfall, bald entfahren ihm Schreie und Klagen, bald schießen Tränen aus den Augen. Es ist das Fleisch, das aufbegehrt, das grausam vom Geliebten weggerissene Fleisch.

Manchmal geschieht gar nichts. Kein Ausbruch, keine Tränen, kein Schluchzen. Das Fleisch ist ermattet und fügt sich untertänig dem tyrannischen Schmerz. Und dieses Manchmal ist fast die Regel.

Aloïse richtet sich langsam auf, sie wischt sich mechanisch die Tränen vom Gesicht, dann kreuzt sie die Arme über dem Bauch und wiegt den Oberkörper ein wenig vor und zurück. Schließlich steht sie auf, irrt unschlüssig durchs Zimmer und geht dann zum Fenster, wo sie verharrt und die Stirn an die Scheibe lehnt. Sie kann nicht sitzen bleiben, sie muß das Schweigen, die Leere durchmessen.

Der Zauber des wahrhaften Traums ist dahin, endgültig verloren. Die aberwitzige Hoffnung, das Gaukelspiel von Bildern, Bewegungen, Echos und sogar Gerüchen hat sich in nichts aufgelöst. Es war der Wahn der Erwartung, in dem Hoffnung und Erinnerung sich vermischten. Er hatte zum noch turbulenteren Wahn der Sinnenlust geführt. Und diese Sinnenlust hatte Aloïse den Kopf verlieren lassen. Sie hatte geglaubt, sie könne die Zeit außer Kraft setzen, den Weg des Alterns im Gegensinn gehen, den Tod verleugnen und Victors Körper in die Arme schließen. Sie hatte geglaubt, stärker zu sein als der Krieg und mächtiger als der Tod. Sie hatte geglaubt, ihre Liebe zu Victor sei so vollkommen, so tief, daß ihr die magische Kraft zukäme, den Gatten dem Tod zu entreißen und ihm seinen Leib zurückzugeben. Einen Leib, der einerseits ruhmbedeckt und übernatürlich, andererseits ganz sinnlicher Genuß wäre. Und über den Wonnen der wiederentdeckten Sinnlichkeit hatte sie das eigentliche Ziel ihrer Suche vergessen. Sie hatte ihren Sohn im Stich gelassen.

Alles war nur Täuschung und Lüge. Verrat. Es gibt keinen „wahrhaften Traum", wahrhaft ist nur der Tod. Dieser Tod, der danach giert, ihr die Männer, die Geliebten zu entreißen.

Alles hat sich gegen sie verschworen, von jeher. Diese Dinge, Möbel und Orte, die sie jetzt mit solcher Härte abweisen, sind in Wirklichkeit nur Begleiterscheinungen des grausamen Schicksals, das ihr von Anfang an zugedacht war. Überall und in allem entdeckt sie jetzt die Spuren des Schicksals. So, wie man den Ort eines Verbrechens nach Spuren des Mörders absucht, so untersucht Aloïse die Geschichte ihres Lebens; eine elende, verpfuschte Geschichte.

Nein, sie hat nicht die Charaktergröße einer Andromache, sie hat eindeutig nicht das Format eines Peter Ibbetson oder einer Herzogin von Towers. Sie hat nie dem Schicksal zu trotzen und das Unglück zu besiegen vermocht. Von wessen Geblüt ist sie denn? Früher hätte sie ihre Vorahnen bei Sophokles, Aischylos oder Shakespeare gesucht; doch nun sind ihrer Emphase die Flügel gebrochen, ihr Stolz ist vernichtet. Ihr Schmerz ist zu nackt, um noch mit fremden Insignien auftreten zu können. Ihr Schmerz ist so bloß, daß kein Trost ihn zu bekleiden vermag.

Aloïse ist eben vom niederen Volk der Unglücklichen, sie gehört zur riesigen, anonymen Masse der Entrechteten. Sie dreht sich nur noch im Kreis, sie kann nur noch stöhnen und weinen. Sie weiß nichts mehr, sie kann nicht mehr denken. Ihre Gedanken sind flüchtig wie Dunst, ihre Einbildungskraft liegt in Asche und Staub.

*

Die Stirn an die Scheibe gelehnt, sieht Aloïse auf die vom Schnee verwandelte Landschaft hinaus. Sie dehnt sich einförmig weiß bis zu den Wäldern am Horizont. Die Kälte von draußen dringt in ihre Stirn und kühlt das innere Fieber. Sie fühlt sich so matt, so von allen und allem verlassen. Sie sieht zu, wie die Schatten der Wolken über den Schnee gleiten. Es ist ihr, als glitten sie über ihre Seele. Oder vielmehr, als wären diese Schatten, die da stumm über die kalte Erde hinschweben, sie selbst, als wären sie ihre Seele, ihr Herz. Seele, Herz, Körper – sie weiß selbst nicht, was von den dreien, sie macht keinen Unterschied mehr zwischen diesen Wörtern. Alle bezeichnen dieselbe qualvolle Wirklichkeit, dieselbe Trostlosigkeit. Aloïse ist der dahintreibende Schatten, diese rußfarbene Abwesenheit von Licht, dieses ins fahle Tageslicht verirrte Stück Nacht. Doch sie ist auch die Schneewüste, die Kälte, die sirrende Stille.

Aloïse ist der Schnee, der die Erde bedeckt, der die Erde umklammert, und sie ist die schneebedeckte Erde in der eisigen Umklammerung des Winters. Die Erde, in der ihr Sohn liegt. Sie fühlt, wie die Kälte von der Stirn in den Bauch hinabdringt und ihr die Eingeweide zusammenzieht. Ihr Atem beschlägt die Scheibe und verwischt die Landschaft. Immer neue Wolkenbänke ziehen vorüber, ihre Schatten hasten über den Schnee. Ein Ostwind treibt die Wolken vor sich her, er kommt von weit jenseits der Wälder, die sich hinter den Mooren erheben. Er kommt vom Ende der Welt. Die Wälder sind kahl, jedes Knacken, jeder Krähenschrei hallt mächtig in ihnen. Die Moore sind leergefegt, ihr Schlamm ist gefroren und reinlich mit Schnee zugedeckt. Die Teichränder sind verödet. Die Vegetation beschränkt sich auf schwarze Striche, die mehr oder weniger dick, mehr oder weniger geneigt oder geknickt sind. Strenge, schnörkellose Handschrift. Alle diese Stengel, Äste, Stümpfe und Reiser scheinen messerscharf zu sein, der Wind hat sie geschliffen. Weit und breit kein Tier; die Käfer schlafen unter Rinden und Erdschollen. Die größeren Tiere haben sich in ihre unsichtbaren Baue verkrochen. Die Vögel sind schon so lange fort, daß die Schönheit ihres Gesangs einer alten Legende anzugehören scheint. Die Krähen und Dohlen sind unter sich.

Sie werden auf immer die einzigen sein, die Krähen, die mit ihrem rauhen Gekrächze die Stille noch rauher machen, und die Dohlen, die schwarze Kreuze in den bleichen Himmel malen. Die Singvögel mit ihrem hübschen bunten Federkleid werden nie mehr zurückkehren. Die Blumen, die Gräser, die Blätter werden nicht mehr sprießen, die großen und kleinen Tiere werden nicht mehr aus dem Winterschlaf erwachen. Und so soll es bleiben. Erstarrt, vereist, verödet. Die Natur soll für immer verstummen, sie soll ihre Zeit anhalten wie der Kalender, der im Zimmer an einem Nagel hängt. Der Februar liegt im Hafen von Stockholm vor Anker, die Jahreszeiten sind in der Ostsee gesunken. Elf Monate auf einmal haben Schiffbruch erlitten. Und sie sollen nie mehr auftauchen, diese elf Monate! Der Februar allein soll bleiben. Die Natur hat diesem Gesetz zu gehorchen, die ganze Erde soll um Ferdinand trauern! Es muß sein. Denn es wäre zu schmerzlich, wieder junge Spatzen piepsen zu hören und den Duft der Schlüsselblumen und Veilchen in der linden Luft zu spüren. Es wäre eine so schlimme Fühllosigkeit, ihr dieses heitere Erwachen der Erde und der Lebenslust zuzumuten, daß Aloïse mit Fug und Recht die Erde verfluchen dürfte, mitsamt den Menschen und Tieren, mitsamt Gott. Gott vor allem.

Gott, der das alles gemacht hat, der diese launenhafte, treulose Erde erschuf, die den Menschen nur trägt und ernährt, um ihn zu Fall zu bringen und dann zu verschlingen. Gott, der angeblich den Menschen mit einer Seele begabt hat. Aber was ist das für eine Gabe, diese dem dumpfen und so schwachen Menschenherzen aufgepfropfte Seele? Konnte Gott die Menschen nicht in Frieden lassen und ihnen die glückliche Stumpfsinnigkeit der Tiere gewähren, die nichts wissen von den Qualen der Liebe, vom Leid der Trennung und vom Entsetzen des künftigen Todes? Was ist überhaupt diese Seele, dieses ungreifbare und unsichtbare Etwas, das nicht zu beweisen ist und auf das man angeblich jeden Augenblick des Lebens soviel Sorgfalt verwenden muß, damit es rein bleibt und nicht der Verdammnis anheimfällt? Was hat dies alles für einen Sinn, wo ist der Wahrheitsgehalt der Fabel? Eine schwarze, grausame Fabel, diese Fabel von der Seele!

Solche Gedanken gehen Aloïse verschwommen durch den Sinn. Hat sie jemals richtig geglaubt? Sie war katholisch, wie sie selbst immer betonte. In ihrer Familie war man katholisch. Religion und Kirche wurden respektiert. Doch die Religion allein ist herzlich wenig und nicht immer seligmachend. Sie ist sogar weniger als nichts, wenn der Glaube fehlt. Nach Victors Tod hatte sich Aloïse nicht gegen Gott aufgelehnt; indem sie die Witwenrüstung anlegte, hatte sie sich für die sakrale Form entschieden. Sie hatte, wie es kirchlicher Brauch war, Gedenkmessen für ihren Gemahl lesen lassen. Und weil es keine sterblichen Überreste von ihm gab, hatte sie versucht, jenseits des Totenrituals ein Band zu Victor zu knüpfen. Sie hatte die Erinnerung an ihn ikonenhaft stilisiert, sie hatte die Seele des Verstorbenen mit der Schönheit geschmückt, die dem Körper des Lebenden zu eigen gewesen war. In der Religion suchte sie eine Stütze. Sie brauchte so dringend Dinge, auf die sie sich stützen konnte. Sie war arm, doch auch sehr stolz. Die Religion adelte ihre Armut. Indem sie Hyacinthe heiratete, um für ihren Sohn zu sorgen, wurde sie von der Armut erlöst. Dennoch wandte sie sich nicht von der Religion ab, da sie ihrem traurigen, durch die Wiederverheiratung banalisierten Schicksal einen Rest Würde verlieh.

Von diesem ganzen Gebäude, das sie aus Gewohnheit und Pflichterfüllung im Laufe der Jahre errichtete, bleibt nun rein nichts mehr. Was ist schon eine Gewohnheit, wenn einem jede Lebensfreude aus dem Herzen gerissen, was ist Pflichterfüllung, wenn einem das Heiligste mitleidslos geraubt wird? Wie soll man das Leben genießen, wenn einem der Tod das eigene Fleisch und Blut im blühenden Alter hinwegrafft? Und wie soll man sich noch zu irgend etwas verpflichtet fühlen, wenn einem mit dem Kind, das die ganze Lebensfreude, der ganze Lebensinhalt war, das eigene Existenzrecht abgesprochen worden ist? Wer nichts mehr hat, kann auch nichts mehr geben, nicht einmal seine Einwilligung ins Weiterleben. Man muß einer von diesen Gottesnarren sein, um behaupten zu können, man müsse alles verloren haben, um alles zu gewinnen, und man solle desto mehr geben, je weniger man besitze. Aloïse kann diese Leute nicht ausstehen. Ihr Herz einer liebenden Gattin und verliebten Mutter verschließt sich solch unsinnigen, ja empörenden Reden. Sie leidet zu sehr, sie fühlt sich zu betrogen, bestohlen, verraten. Sie klagt Gott an. Sie verklagt ihn nach dem Beispiel der großen Leidensgestalten. Hiobs Worte finden in ihrem gepeinigten Herzen dröhnenden Widerhall: „O wüßte ich, wie ich ihn finden könnte, gelangen könnte bis zu seiner Wohnstatt! Ich würde vor ihm ein Gericht anstrengen, und meinen Mund mit Beweisgründen füllen." Sie könnte sie herausschreien, diese Klagen und Vorwürfe. Sie schwelen in ihr und gedeihen sogar zu Flüchen. Doch die Schreie bleiben stecken, denn sie geht nicht gen Osten und nicht nach Westen, sie sucht nicht im Norden und wendet sich nicht gen Süden, um Gottes Wohnstatt zu finden, wie Hiob es tat. Gott war in keiner der vier Himmelrichtungen zu finden, dennoch gab Hiob nicht nach. Er konnte um sein Recht streiten, weil er gleichzeitig beteuerte: „Mag er mich töten, ich harre seiner!" Hiob konnte schreien und mit Gott rechten, weil sein Glaube an den, den er anklagte, unerschütterlich war. Aloïse hingegen hat nicht die Kraft, ein solches Paradox durchzustehen; sie hat Gott sehr nachlässig den Prozeß gemacht, sie hat ihn nicht einmal vorführen lassen und ihn gleich zur Höchststrafe verurteilt – zum Nichtsein. Oder zum Vielleichtsein, was aufs selbe hinausläuft.

Aloïse läßt dieses Vielleicht unbeantwortet, es ist ihr gleichgültig, ob Gott existiert oder nicht. An einer Auferstehung von den Toten am Jüngsten Tag hat sie kein Interesse. Sie will ihren Sohn hier und jetzt wiederhaben, und Victor dazu. Wenn Gott ihr den Sohn zurückgibt, ist sie bereit, an ihn zu glauben. Andernfalls wird sie keinen Gedanken mehr an ihn verschwenden, sie wird sich vom Glauben abwenden wie von einem bösen Traum. Sie ist auf dem Weg dazu.

*

Aloïse löst ihre Stirn von der Scheibe. Sie fröstelt. Sie hat zu lange auf den Schnee hinausgesehen, ihre Augen sind davon geblendet. Sie irrt eine Weile durchs Zimmer und stößt sich dabei mehrmals an Möbelecken. Trinken mag sie nicht mehr, das Glas ist zudem zerbrochen. Der Wolkenschatten, der über die Erde geflogen ist, hat sich in ihr niedergelassen; er lastet schwer. Und er wird hart. Es beginnt wieder die lange, sehr lange Phase der inneren Leere, des eintönigen Leidens, bis der nächste Tränenausbruch kommt und der Körper sich erneut aufbäumt. Aloïse versucht gar nicht erst, diesen Anfällen des Schmerzes zu widerstehen oder ihnen vorzubeugen. Sie ist seine Sklavin. Sie steht am Rande des Zusammenbruchs, an der Schwelle zum Wahnsinn.

Kohle II

Es regnet. Ein langsamer, gleichförmiger Regen zerlöchert den Schnee und löst ihn mehr und mehr auf. Der Himmel ist grau.

Die Erde erscheint wieder. Dunkle Schollen durchstoßen die Schneedecke. Der Schnee ist porös, ganz schwammig. Und häßlich und schmutzig. Das späte Aufbäumen des Winters hat nur kurz gedauert. Der Frühling besteht unnachsichtig auf seiner Herrschaft über die Jahreszeit.

Auf einem Fenstersims liegt ein schmaler Streifen Schnee, den der Regen bisher verschont hat. Ein Spatz kommt geflogen. Er hüpft vor dem Fenster hin und her und hofft wohl, ein Körnchen oder eine Brosame zu finden. Seine Füße drücken winzige Sterne in den Schnee.

Plötzlich fliegt er auf und sucht schleunigst das Weite. Er flieht vor dem Schatten, der hinter dem Fenster auftaucht. Spatzen mißtrauen den Schatten, denn es kreisen oft welche über ihnen, die urplötzlich herabstoßen und mit scharfen Krallen und Schnäbeln bewehrt sind. Doch es ist nur ein Mensch, der sich hinter der Scheibe abzeichnet, und seine Gestalt ist harmlos. Es ist nichts zu befürchten von einem Menschen, der sich in dieser Weise einem Fenster nähert.

Der Mensch hinter der Scheibe ist ein großer, hagerer Mann. Sein Gesicht ist von Falten und Fältchen durchzogen, die feineren unter ihnen erinnern an die Spatzenspuren im Schnee. Seine Augen sind schwarz, doch es liegt soviel Melancholie darin, auch soviel Bescheidenheit –

Bescheidenheit vor allem –, daß das Schwarz durchscheinend wirkt. Durchscheinend wie Tinte, wenn das Fläschchen fast leer ist und am Boden Wörter funkeln, die man noch nicht gefunden hat, aus Mangel an Geduld oder Aufmerksamkeit, vielleicht auch aus Furcht oder Scham.

Auch sein Haar ist schwarz, es ist sehr kurz geschnitten. Das Alter hat bisher nur die Haut des Mannes gezeichnet, von den Haaren hat es noch keines angerührt, und der auffallende Kontrast, der sich daraus ergibt, verleiht diesem Gesicht einen sonderbaren Ausdruck.

Der Mann sieht dem Regen zu, den die Westwinde bringen. In diesem Land kommen die Wolken fast immer von Westen, sie werden von atlantischen Winden hergetrieben. Heute scheint der Ozean unzählige Herden von grauen Wolken auf das Festland losgelassen zu haben. Es ist ein Tag ohne Licht, schläfrig und trist. Die noch kahlen Äste der Bäume schwanken im Wind, Fensterläden schlagen, in den Traufrohren gluckert es unablässig. Der Mann steckt eine Zigarette an.

Der Raum, in dem er steht, ist niedrig, es ist ein Zimmer mit Dachschräge. Selbst bei schönem Wetter ist es hier düster, weil das einzige Fenster nach Norden geht. Von diesem Fenster aus sieht man einen Haselstrauch und einige Johannisbeersträucher. Unter einem von ihnen sitzt der Spatz. Die Haselkätzchen spitzen zwischen den graugrünen Schuppen hervor, der goldene Pollenstaub, den sie bald verbreiten werden, ist schon zu ahnen. Obwohl noch jung, kümmert der Strauch vor sich hin, weil es ihm an Licht fehlt in dieser von der Sonne kaum aufgesuchten Ecke. Die Sträucher bilden eine kärgliche Hecke um einen massigen Betonpfeiler von zehn Meter Höhe, der hier aufragt. Er trägt eine große, drehbare Antenne.

Der Mann zieht ein letztes Mal an der Zigarette, dann öffnet er das Fenster und wirft den Stummel hinaus. Der Spatz weicht mit kleinen, schnellen Hüpfern zurück und kauert sich an den Betonpfeiler. Der Mann hält die Hände in den Regen hinaus, dann reibt er sich mit den nassen Fingern die Schläfen. Er schließt das Fenster wieder und setzt sich.

Auf seinem Tisch steht weder ein Blumenstrauß noch ein sonstiger Ziergegenstand. Der Tisch ist so schmucklos wie das Zimmer. Man ißt nicht an diesem Tisch, man liest und schreibt auch nicht daran, es ist ein Gestell mit Geräten: eine Sende- und Empfangsanlage. Eine Anlage für Zwiegespräche auf große Entfernung, eine Apparatur, um gesichtslose Stimmen zusammenzubringen, um Worte über den ganzen Erdball hinweg zu wechseln. Technik der vielstimmigen Einsamkeit.

Legende

Stimmen – Hyacinthe Daubigné hat sie zu Tausenden eingefangen, seit er vor vielen Jahren mit seinem Steckenpferd begonnen hat. Die weißgekalkten Wände des Dachzimmers sind über und über mit Postkarten bedeckt, die er aus aller Herren Länder von seinen zahllosen Funkpartnern, Frauen und Männer jeden Alters, erhalten hat. Eine riesige Weltkarte klebt an der Decke; nachdem auf den Wänden wegen der Postkarten kein Platz mehr war, hat Hyacinthe sie dorthin verbannt. Doch da die Decke schräg ist, muß er sich nicht allzusehr den Hals verrenken, wenn er etwas nachsehen will. Das einzige Möbel im Raum ist ein Schrank, in dem er die übrige Korrespondenz aufbewahrt, außerdem die Hefte, in denen er sämtliche Funkkontakte verzeichnet, sowohl die gesendeten als auch die aufgefangenen, jeweils mit Angabe des Datums, der Uhrzeit, des Gesprächsinhalts und der Codenummer des Partners. Hyacinthe hält perfekte Ordnung. Diese selbstauferlegte Disziplin, an die er sich bei seinem Hobby peinlich hält, dient ihm als Stütze und Haltepunkt im Leben. Die zum Automatismus gewordene Ordentlichkeit ist sogar seine Rettung. Melancholie, Selbstzweifel und Angst bedrohen nämlich seit langem sein seelisches Gleichgewicht, das sich jeden Augenblick in nichts aufzulösen droht. Im Verzicht auf das Leben.

Ursprünglich hatte er sich nur aus Neugier und Spaß für den Amateurfunk begeistert. Die Welt tat sich ihm auf, in ganz unverhoffter Weise. Er, der in verlassenster Provinz geboren war und darin gefangen blieb, der sich als schüchterner und wortkarger Mensch zu jedem Schritt auf einen anderen hin zwingen mußte, er hatte ein Tor zur Welt und zu den Menschen gefunden, das für ihn geradezu maßgeschneidert schien. Er, der Unscheinbare, in dieser Sumpflandschaft zwischen Vögeln, Nebelschwaden und Legenden aus alter Zeit Hängengebliebene, er hatte durch die Magie der Radiowellen zu seinem Jahrhundert gefunden. Er fing Stimmen ein, die Stimmen Tausender Zeitgenossen, die über die ganze Welt verstreut waren. Er empfing die lebendige Stimme, den Hauch und die Worte Gleichgesinnter, wo immer sie sich aufhielten. Er gehörte einer riesigen Bruderschaft an, deren einziges Band die Stimme war. Die Stimme war ja gesichts- und körperlos, außer wenn er ihr, wie es gelegentlich vorkam, ein Gesicht und einen Körper lieh. Gerade das liebte er beim Kurzwellenfunk, diese Vermengung von Wirklichkeit und Phantasie, dieses Ineinandergreifen von Technik und Träumerei. Im Lauf der Jahre hatte Hyacinthe seine Technik verbessert und das Netz seiner Verbindungen stetig ausgebaut. Aus fortgesetzten Kontakten ergaben sich sogar langjährige Freundschaften mit Menschen, die seine Denkweise und seine literarischen Vorlieben teilten.

Die meisten Gespräche wurden auf englisch geführt. Hyacinthe hatte sich diese Sprache perfekt angeeignet. Lucie hatte recht gehabt, wenn sie das Englische einmal „die Fernsprache“ nannte, nachdem auch ihr Freund Lou-Fé beschlossen hatte, Englisch zu lernen, um mehr astronomische Literatur lesen zu können. Für Hyacinthe war es wirklich die Sprache der Ferne, doch nicht der fernen Gestirne, wie die kleine Lucie geglaubt hatte, sondern, einfacher und gleichwohl geheimnisvoller, die Sprache von Männern und Frauen, die auf der Erde wie Sternschnuppen aufleuchteten, wenn er mit ihnen in Verbindung trat.

Das Englische, anfänglich nur Mittel zum Zweck, wurde zu Hyacinthes Herzenssprache. Nicht weil es seinen Kontakten ein weiteres Feld bot, sondern weil es für die besondere Eigenschaft dieser Kontakte stand. Sie waren Zwiesprache ohne jeden Konflikt, weil nur die Stimme da war und kein harter, spöttischer oder gar verachtender Blick ihn verletzen konnte. Hyacinthe hatte nie einem Blick standhalten können; wenn er mit jemandem sprach, wandte er sein Gesicht stets etwas zur Seite und entzog sich ihm auf diese Weise. Das Englische sprach er nur im Schonraum, ganz allein in seiner Dachkammer. Es war für ihn eine Stimme, die stets aus dem Off sprach, doch mit vielfältigen Intonationen und Akzenten. Es war die Stimme von draußen, die Stimme der Ferne. Die Stimme von Menschen, die ihm nichts antun konnten, weil sie unsichtbar waren.

Eine außerordentlich schöne Stimme obendrein, wie ihm durch einige Funkpartner offenbart wurde. So hatte er Kontakt mit einem Amerikaner aus den Appalachen gehabt, dessen Sprache mit Ausdrücken aus der Zeit der Landnahme durch seine Vorväter im 18. Jahrhundert durchsetzt war. Ein anderer, ein Australier ungarischer Herkunft, sprach extrem langsam und wählte, um keine Fehler zu machen, seine Worte mit äußerster Gewissenhaftigkeit, doch er drückte sich auch mit solcher Erlesenheit aus und hatte einen so weichen, fast gehauchten Akzent, daß sich sein Reden wie eine fremdartige Elegie anhörte. Diese beiden waren verstummt. Der Tod ging auch in der Ferne auf Stimmenraub. Es blieb nur die Erinnerung an das Vergnügen, ihnen zugehört zu haben.

Da war auch ein Schotte gewesen, der so lebendig und voller Humor erzählen konnte und ein herrlich dröhnendes Lachen hatte. Eines Tages kündigte er mit seiner Baßstimme an, daß dieses Gespräch sein letztes sei. Er müsse operiert werden, er habe Kehlkopfkrebs. Nie zuvor hatte er seine Krankheit auch nur erwähnt. Jetzt sagte er, als wäre es etwas ganz Alltägliches: „Ich kriege ein Pfeifchen aus Platin eingesetzt. Lustig, nicht?“ Und mit einem letzten Lachen fügte er hinzu: „Nachher unterhalte ich mich eben mit den Vögeln." Zum Abschied sang er mit tiefer, ruhiger Stimme eine alte Ballade seines Landes.

Etliche Jahre lang gab es auch den Mann vom Ende der Welt. Er selbst nannte sich so. Er kündigte sich immer mit den Worten an: „Hier spricht der Mann vom Ende der Welt." Er lebte auf Baffinland. Er war ein geradezu fanatischer Lyrikliebhaber. Überhaupt war er etwas verschroben. Die Einsamkeit, die endlosen Winter, die Schnee- und Eiswüsten, die Langeweile, das alles mußte ihm zugesetzt haben. Ein Spleen löste den andern ab, verstärkte oder milderte ihn, je nachdem. Er redete nicht viel, dafür deklamierte er seine Lieblingsdichter: Shelley, Wordsworth, Keats und vor allem Shakespeare. Wenn er Shakespeares Sonette rezitierte, klang seine Stimme halb erstickt vor Rührung, als wäre er völlig übermannt von all der Leidenschaft, Hingerissenheit, Eifersucht, Wonne, Wut, Zärtlichkeit und Sehnsucht, die aus diesen Versen sprach.

Mitunter stieg er von seinen lyrischen Gipfeln herunter und las einen Prosatext vor, stets aus demselben Buch. Doch die Prosa dieses Buches war so wunderbar rhythmisch, daß sie einem langen, melodiösen Rezitativ glich. Es handelte sich um Virginia Woolfs Roman *Die Wellen.*

Hyacinthe war jedesmal ergriffen von der Innigkeit, mit der der Mann den Buchtitel und den Namen der Autorin aussprach; es klang wie aus tiefstem Herzen, wie der Seufzer eines schlafenden Kindes. Wie ein leiser Hauch von Wollust und Wehmut. Seitdem verbanden sich *The Waves* von Virginia Woolf in seiner Vorstellung mit dem Glitzern von Gischt und Kristall, mit dem endlosen Wabern von milchigem Licht, und diese Meeres- und Lichtlandschaft verdichtete sich in ihm zum Bild des Meeres und des Baffinlandes. Land am Ende der Welt,

Land im Herzen der Welt. Land der heimatlosen Seele Hyacinthes.

„Wenn die Flut zurückwich, ließ sie auf dem Strand Lachen zurück, in denen manchmal verlassen ein Fisch zappelte."

Verstummtes Land. Ohne Vorwarnung hatte der Mann vom Ende der Welt plötzlich zu senden aufgehört. Vielleicht hatte er die riesige Polarinsel, auf der er sich nur beruflich aufhielt, verlassen, und weil die Langeweile ihn nicht mehr mit dem Wahnsinn bedrohte, brauchte er auch den Spleen seiner melodiösen Beschwörungen nicht mehr. Er war wohl nach Hause zurückgekehrt, zu seiner Familie, und hatte die Wärme seiner Sprache wiedergefunden. Er hatte sich ins vertraute Gewühl der Menschen gestürzt, und das übermächtige Bedürfnis, die Stille mit berauschenden Wörtern zu bevölkern, war geschwunden.

Versunkenes und wieder aufgetauchtes Land; die in Vergessenheit geratene Insel erschien ganz unversehens wieder an der Oberfläche der Fluten. Und diese Fluten waren von Sirenen bevölkert, die mit betörendem Gesang bald die purpurfarbene, mit Gold und Jett durchwirkte Liebe der Sonette beschworen, bald den langen Silberstrang der *Wellen* von Virginia Woolf abspannen. In Hyacinthes Träumereien erhob sich ein Flüstern: Baffinland.

Ohne es zu ahnen, hatte der Mann vom Ende der Welt seine Worte Hyacinthe vermacht, der selbst ein Inselmensch war. Alle diese Worte, in denen die Schönheit der „Fernsprache" höchste Gipfel erreichte, klangen immerzu in seinen Ohren. Doch nie hätte er sich die Stellen, die er auswendig konnte, laut vorgesagt. Bestenfalls murmelte er sie mit fast geschlossenen Lippen, so wie jemand, der ganz leise ein wehmütiges Liedchen summt, um seinen Kummer zu besänftigen und gegen die Tränen anzukämpfen. Die schönsten Verse, die geliebtesten

Sätze brachen sich an seinen Lippen, sie erstarben in einem Hauchen und flossen wie zittriger Schaum wieder in sein Herz zurück.

„Jede Welle bäumte sich auf, wenn sie sich dem Ufer näherte, sie nahm Gestalt an, dann brach sie sich und zog auf dem Sand einen feinen Schleier weißen Schaums hinter sich her."

Auf diese Weise erspürte Hyacinthe die tiefe Quelle dieser Texte – verborgene Glut in den dunkelsten Tiefen des verliebten Fleisches, des begehrenden oder eifersüchtigen Körpers, oder stilles Strömen aus Sinnen, die hellwach die Welt betrachten und mit dem Fließen der Zeit im Einklang sind. Die Worte dieser Texte waren im verborgenen gereift, im Geheimsten eines liebenden Körpers, eines entflammten Herzens, das zerrissen zwischen der strahlenden Schönheit des Freundes und den dunklen Reizen der Geliebten stand; im geheimen Inneren eines durchscheinenden, verblassenden Körpers, eines unruhigen Herzens, das gerade in der Vergänglichkeit der Dinge und des Lebens immer die Gegenwart suchte. Die Worte dieser vom Geheimnis, von der Scham geprägten Texte waren dem Flüstern vorbehalten. Über Innerstes spricht man nicht laut.

*

Hyacinthe Daubigné ist alt, er ist über siebzig. Aber er ist schon immer alt gewesen und hat alles mit Verspätung getan. Er begann zu altern, als sein Vater starb, obwohl er damals erst dreißig war. Seine Mutter war schon lange tot. Von der ganzen Familie blieb ihm nur die um drei Jahre ältere Schwester. Doch Lucienne, eine hartherzige und hochmütige Frau, tat nie etwas anderes, als unentwegt den Richter zu spielen. Und sein Neffe Bastien, als Kind schon dicklich und schlaff, war als Mann ebenso farblos wie blasiert.

Mit seinem hochaufgeschossenen, schlaksigen Körper ist Hyacinthe immer unbeholfen gewesen, in seinen Bewegungen wie in seinem Verhalten. Anders als seine Schwester, konnte er seine Gestalt nicht in einen Vorteil ummünzen. Lucienne trug seit ihrer Kindheit den Kopf hoch erhoben, ihre Silhouette gemahnte an einen Wachturm und ihre Augen an einen Sperber. Er hingegen neigte seit seiner Kindheit dazu, seinen Körper mit dessen Schatten zu verwechseln; oft hätte er sich am liebsten darin aufgelöst.

Lucienne war stolz darauf, bis ins Alter ihr tiefschwarzes Haar behalten zu haben. Hyacinthe hingegen schämte sich dessen, als wäre es eine Unziemlichkeit; ohnedies hatte er das Rabenschwarz seines Haars nie gemocht, es fiel zu sehr auf. Doch so oft er auch im Spiegel seine Schläfen untersuchte, es fand sich kein einziges weißes Haar darin. Lucienne hatte eine volltönende, schneidende Stimme, ihr Lachen war kurz und beißend. Er hingegen sprach sanft, mit gedämpfter Stimme, und wenn er einmal lachte, dann nur ganz leicht. Gemeinsam hatte er mit seiner Schwester das eingefleischte Einzelgängertum.

Er mußte fünfzig werden, um sich zu verlieben. Und als wollte er all die verlorenen Jahre wettmachen, war er gleich unsterblich verliebt. „Du rennst in dein Verderben, diese Frau liebt dich nicht“, hatte ihn Lucienne abgekanzelt. Doch er rannte los, beflügelt durch das Feuer der Leidenschaft. Denn er begehrte sie, diese Frau, er hätte seine Seele dem Teufel verkauft, um sie zu bekommen. Auf den ersten Blick hatte es ihn gepackt.

Es war nach dem Krieg gewesen. Der Krieg, die Okkupation, die Demütigung war an niemandem spurlos vorübergegangen. Die Erinnerung war noch frisch, vielen saß die Armut im Nacken. Doch die Leute sahen mit neuer Zuversicht und Freude über die befreite Heimat in die Zukunft. Außer dieser Frau. Der Krieg hatte sie in Trauer gehüllt, und die Befreiung hatte sie nicht berührt. Sie schien asketische Distanz zur neu aufgekommenen Freude zu wahren. Der Todesfall, den sie zu beklagen hatte, schien einige Jahre zurückzuliegen, denn sie trug Halbtrauer. Kalte, aschige Farben wie das Grau am Hals und auf den Flügeln der Tauben. Diese Farben, die diskret den fortdauernden Schmerz anzeigten, schienen die Frau unberührbar zu machen. Und das war es, dieser Ausdruck von erhabener Trauer und geheiligter Keuschheit, was Hyacinthe auf den ersten Blick fesselte und ihn unwiderstehlich anzog. Denn hinter der Aura der Unberührbarkeit, der die stolze Witwe umgab, hatte er eine junge, sinnliche Frau ausgemacht; er hatte ihren schmiegsamen Körper, ihre samtige Haut erahnt. Und er hatte diesen Körper sogleich begehrt, er wollte ihn sich lustvoll winden und erbeben sehen, er wollte diese Haut streicheln.

Im Nieselregen eines Herbstmorgens sah er die Frau zum ersten Mal. Sie trug ein mausgraues Wollkostüm, schwarze Schuhe und anthrazitfarbene Strümpfe. Sie hatte auffallend schöne, lange und schlanke Beine. Ihr Haar war von einem perlgrauen, lila geblümten Kopftuch bedeckt, dessen Enden sich um ihren Hals schlangen. An der Hand hielt sie einen etwa zehnjährigen Jungen mit blondem Lockenschopf und sehr blauen Augen. Es war der erste Tag des Schuljahres. Mütter und Kinder standen lärmend und dichtgedrängt im Hof. Doch diese Mutter und ihr Sohn standen abseits, und sie sprachen nicht.

Als Hyacinthe etwas später die Klasse der Gymnasiumsanfänger betrat, bemerkte er sofort die Anwesenheit des schönen blonden Kindes. Auf das Formular, das die Schüler ausfüllen und dem Lehrer abgeben mußten, hatte der Junge geschrieben: Morrogues Ferdinand, geboren am 12.7.1935. Vater: gestorben. Mutter: Schneiderin. Gymnasiallehrer Daubigné spürte einen kleinen Stich, als er dieses Blatt las. Die Frau in Grau und Lila war also wirklich eine junge Witwe, und sie hieß

Morrogues. Hyacinthe brannte sofort darauf, den Vornamen der Frau zu erfahren. Um die Mutter kennenzulernen, umwarb er den Sohn, er brachte ihm ein Interesse entgegen, das in keinem Verhältnis zu seinen Leistungen stand. Ferdinand war kein sonderlich guter Schüler, er war zerstreut und eher faul. Doch er war ruhig, über seine Disziplin ließ sich nicht klagen, allenfalls war er etwas falsch. Diesen letzten Charakterzug spielte Hyacinthe aber möglichst herunter, wenn er ihn nicht ganz übersehen konnte. Er mochte keine Fehler entdecken bei dem Kind der Frau, die er liebte und der er so gern nähergekommen wäre, um sie erobern zu können.

Es war mühsam, ihr näherzukommen, und noch mühsamer, sie zu erobern. Hyacinthes Leidenschaft wurde dadurch nur noch mehr angefacht. Er wandte unendliche Geduld und seine ganze Erfindungsgabe auf, um die Wertschätzung, das Vertrauen und schließlich die Freundschaft der schönen Witwe zu gewinnen. Er durchlitt schlimmste Qualen, er lernte die Hölle des Zweifels und die Pein des Ausharrens kennen. Es dauerte Monate. Endlich ließ Aloïse Morrogues es zu, daß er ihr den Hof machte, und nach langem Zögern und nachdem er schon hundertmal um ihre Hand angehalten hatte, willigte sie schließlich ein. Er fühlte sich wie neu geboren, er vergaß sein Alter und seine unvorteilhafte Erscheinung als schüchterner und linkischer Mann, er fand neuen Geschmack und neue Freude am Leben. Er riß die Fenster des alten Familienwohnsitzes weit auf und ließ das Licht, den Wind und die Gerüche der Erde herein, er öffnete seine Tür dem Glück.

Doch es dauerte nicht lange, bis ein trüberes Licht durch die Fenster schien, der Wind ungemütlich hereinpfiff und die Gerüche stickig wurden; das Glück zog sich zurück wie ein Gast, der sich aus einem langweiligen Salon, in den er versehentlich geraten ist, so schnell wie möglich verabschiedet. Denn Hyacinthe durfte sich nicht länger in falschen Hoffnungen wiegen, Aloïse beließ ihm keine einzige seiner Illusionen. Wohl hatte sie eingewilligt, seine Frau zu werden, die Halbtrauer abzulegen und ihren düsteren Witwennamen Morrogues gegen das heitere Daubigné einzutauschen; doch in ihrem Herzen hatte sie keinerlei Zugeständnisse gemacht. Sie blieb die Gattin des Verblichenen, dessen Namen sie nur halb verloren hatte, da der Sohn ihn weiterhin trug, und statt mit Trauerfarben panzerte sie sich nun mit kalter Sprödheit. Was sie ihrem zweiten Mann darbot, war immer nur der steife Leib einer Frau, die sich in ihr Schicksal ergab. Er, der sich so danach gesehnt hatte, sie nackt in die Arme zu schließen, er wurde mit einem völlig passiven, ja abweisenden Körper konfrontiert. Sie gab sich nicht hin, sie ließ den Beischlaf als lästige eheliche Pflicht über sich ergehen. Nicht ein einziges Mal war sie bereit, sich vor ihm nackt auszuziehen oder sich auch nur nackt an ihn zu schmiegen. Alles, was sie erlaubte, war, daß er ihr das Hemd ein wenig hochschob, worauf sie ihm mit dem Ausdruck höchster Abscheu unnachsichtig bedeutete, er solle bitte schnell zum Ende kommen.

Hyacinthe hatte sich grausam getäuscht. Die schöne Lila-Graue, wie er Aloïse in der ersten Zeit seiner uneingestandenen Liebe nannte, war unter ihrer Halbtrauer keine Frau von Feuer und Flamme, sondern von Stein und Asche. Die Wirklichkeit war sogar noch grausamer, denn unter Stein und Asche schwelte sehr wohl ein Feuer, doch auf dieses Feuer hatte er als zweiter Mann kein Anrecht. Es gehörte allein dem ersten Gemahl, es brannte nur für den Toten. Hyacinthe brauchte Monate, bis er Aloïse durchschaut hatte, bis er begriff, daß die schöne Witwe hart und grau wie Stahl war. Eifersucht nagte an ihm, doch wie sollte er den Kampf mit einem Rivalen aufnehmen, der tot war und, gerade weil er tot war, vergöttert wurde? Wie sollte er dieses übermächtige Gespenst bannen, das tyrannisch über Aloïse herrschte und das Genußrecht über den Körper seiner Frau für sich allein beanspruchte?

Nicht genug damit, daß es den Körper seiner Angetrauten zu Stein werden ließ, es nahm ihm diesen Körper vollends weg, indem es ihn in ein eigenes, ihm verbotenes Zimmer einsperrte. Das eifersüchtige Gespenst rächte sich damit für die Ankunft des Kindes, das Aloïse mit Hyacinthe zu haben sich erdreistet hatte. Lucies Geburt hatte in Hyacinthe die letzte schwache Hoffnung vernichtet und ihm die letzte Möglichkeit geraubt, seine Sinnlichkeit auszuleben. Als Aloïse aus der Klinik nach Hause kam, hatte sie ihm wie einem als zu grobschlächtig und ungeschickt befundenen Knecht den Laufpaß gegeben und sich in ihre Rolle als unnahbare Vestalin eingemauert.

Die Macht dieses Victor kannte keine Grenzen. Sein unersättliches Gespenst hatte Aloïse wieder vollkommen in seine Gewalt gebracht. Wie ein heidnischer Gott war er über die in seinem Tempel wachende Vestalin gekommen. Hyacinthe wußte sehr wohl von dieser schändlichen Vereinigung einer Lebenden mit dem Geist eines Toten. Es war ihm nicht entgangen, daß Aloïse in den Monaten vor Ferdinands Tod wie verwandelt aus dem Wohnzimmer kam, in das sie sich, angeblich um am Krankenbett zu wachen, stundenlang einschloß. Er hatte das zerzauste Haar, den bebenden Körper und den liebestrunkenen Blick bemerkt. So hatte er sie nie zu sehen bekommen, wenn er selbst sich am Anfang ihres Ehelebens mit ihr vereinigte.

Obwohl sie auf die Fünfzig zuging, hatte Aloïse die schöne schlanke Gestalt ihrer Jugend bewahrt. Und das gewaltig auflodernde Feuer der allzulange unterdrückten Lust ließ diesen Körper neu aufstrahlen. Hyacinthe hatte es wahrgenommen. Er hatte plötzlich zu sehen bekommen, was ihm verheimlicht wurde in den zwanzig Jahren ihrer so selten und freudlos vollzogenen Ehe. Er hatte sofort begriffen, woher dieses Licht kam, das Aloïse leuchten und wanken ließ. Er hatte verstanden, wer der Geliebte war, nach dem diese geweiteten Augen schrien. Es war das Gespenst, sein einziger und unsichtbarer Rivale. Das Phantom des Vaters von Ferdinand, seinem Stiefsohn, der mit derselben befremdlichen, ja bedrückenden Teilnahmslosigkeit vor sich hin starb, mit der er gelebt hatte.

Nach seiner letzten Missetat verschwand das tyrannische Räuber- und Mördergespenst spurlos und ließ Aloïse allein zurück. Der Sohn ist beim Vater, und die Mutter trägt wieder Trauer, wie die Witwe von damals. So ganz und gar Trauer, daß Aloïse sie nicht mehr ablegen wird. Hyacinthe weiß auch das.

*

Gleichwohl erwuchs ihm nach Lucies Geburt inmitten der Trostlosigkeit ein zartes, unverhofftes Glück. Er hatte ein Kind, eine Tochter, in die ein wenig von Aloïse und ein wenig von ihm selbst eingegangen war. In der Kleinen begegneten sich ihre Seelen, vereinten sich ihre Schicksale über alle Konflikte hinweg. Lucie wurde bald zu seiner ganzen Freude. Sie war so hübsch, und vor allem so fröhlich. Mit diesem Kind sprudelte endlich Leben im Haus an der Rue de la Grange-aux-Larmes, das weder er noch die kalte Aloïse, noch der griesgrämige Ferdinand mit Heiterkeit hatten erfüllen können.

Die matte Haut, das schwarze Haar und die noch schwärzeren Augen wiesen Lucie ganz als eine Daubigné aus. Deren empfindliches und argwöhnisches Temperament schien sie hingegen nicht geerbt zu haben. Unbelastet von den Tragödien, die sich vor und nach ihrer Geburt ereignet hatten, und unbekümmert um die Trauer und den Liebeskummer ihrer Eltern, nahm sie mit erfrischender Natürlichkeit ihren Platz in der Welt ein und wuchs fröhlich heran, wobei sie alles, Dinge wie Lebewesen, mit ebenso neugierigen wie unbefangenen Augen betrachtete.

Hyacinthe hatte geglaubt, bei seiner Tochter ein wenig von dem Glück zu finden, das ihm immer vorenthalten gewesen war. Die Kleine war anhänglich, sie hüpfte ihm gerne auf den Schoß, sie nahm ihn bei der Hand und erbettelte einen Spaziergang oder eine Geschichte. Gewiß hundertmal streifte er mit ihr durch Blumengarten, Gemüsegarten und Obstgarten, und jedesmal war es für ihn ein richtiger Ausflug. Ein Abenteuer im Land der Blumen, Vögel, Büsche, Bäume und Früchte. Eine Reise in die winzige, doch wundervolle Welt der Körner und Samen, der Pollen, Rinden, Moose, Flechten, Knospen, Beeren und Früchte, der vielfältigsten Tiere. Besuche in der ebenso kurzlebigen wie zauberhaften Welt der Tautropfen, der winterlichen Eisblumen am Fenster, der Spinnennetze zwischen den Zweigen und der im Herbst an den Grashalmen schwebenden Marienseide. Für Lucie kauerte er sich auf den Boden, beugte sich über winzige Blumen, suchte die Scherben eines Schneckenhauses zusammen und hob glänzende Deckflügel von Käfern auf. Für sie wurde er wieder klein, aufmerksam auf das Geringe, auf die bescheidenen Äußerungen des Lebens. Ihr verdankte er, daß er wenigstens für einige Stunden am Tag die lastende Qual nicht spürte. Und daß er die Wonnen der Kindheit neu entdeckt hatte.

Doch das Glück war in Hyacinthes Leben stets nur eine seltene und kurzfristige Leihgabe. Auch jetzt wurde es ihm wieder entzogen. Plötzlich ging auch Lucie auf Distanz, sie senkte die Augen, wandte den Blick ab. Sie wurde scheu, sie entwand sie sich ihm, behender und kälter als eine Blindschleiche. Er konnte es nicht verstehen. Er versuchte es immer wieder neu, wie früher erbettelte er ein Lächeln oder einen Kuß. Doch die Kleine ließ sich nicht locken, sie reagierte nicht auf die unbeholfenen Annäherungsversuche ihres Vaters. Sie wurde so mager und finster wie eine räudige Katze, die ständig sprungbereit ist und sofort kratzt oder das Weite sucht, wenn man die Hand nach ihr ausstreckt. Er spürte, daß seine Tochter litt, doch die Ursache dieses Übels, das an ihrem Kinderherzen fraß, konnte er nicht ausmachen. Er warf ihr verzweifelte, inständige Blicke zu, er näherte sich ihr mit aller Behutsamkeit und versuchte, sie zu streicheln. Doch die Kleine wies ihren Vater ebenso brüsk zurück, wie sie ihren Freund Lou-Fé verstoßen hatte. Niemand entging ihrer unbegreiflichen Wut.

So hatte Hyacinthe mit Lucie sein letztes Glück, seinen süßesten Trost im Alter verloren. Die Einsamkeit zog ihren Kreis immer enger um ihn, seine Schwermut verschlimmerte sich. An manchen Abenden, wenn er die Tür seines Schlafzimmers hinter sich zuzog und von den Seinen nicht das geringste Zeichen der Zuneigung, nicht die mindeste Aufmerksamkeit erhalten hatte, schnürte es ihm die Kehle zu. Dann setzte er sich auf die Bettkante, vergrub das Gesicht in den Händen und weinte still. Er war fremd geworden in der eigenen Familie, unerwünscht im eigenen Haus.

Doch manchmal verfluchte er sie auch, diese Frau, die er nach wie vor leidenschaftlich liebte, die ihm aber alles verweigerte, die Seele wie den Leib. Diese Ehebrecherin, die ihn in Gedanken und Wünschen fortwährend betrog, die seine Liebe mit Füßen trat und statt seiner einen Toten liebte. Er grollte auch seinem Stiefsohn, diesem Nichtsnutz, der so lange schon unter seinem Dach wohnte und nie die geringste Gegenleistung erbrachte für all die Sorge, Zuneigung und beständige finanzielle Unterstützung, die er, Hyacinthe, ihm gewährt hatte und trotz allem noch immer gewährte. Natürlich war er schön, dieser von Aloïse abgöttisch geliebte Sohn, doch was taugte das schon? Es belastete ihn nur zusätzlich, indem nämlich diese Schönheit, die Aloïse so entzückte, das Abbild der Schönheit seines Rivalen war. Ferdinand war ein lebender Spiegel, aus dem ihm Victor Morrogues entgegensah.

Doch sosehr er sich zuweilen dem Zorn und Groll gegenüber Aloïse und Ferdinand überließ, Lucie nahm er nie etwas übel. Im Gegenteil, er empfand für das Kind unendliche Zärtlichkeit und tiefstes Mitleid. Sie hätte ausreißen, das Haus anzünden, Diebstähle oder Schlimmeres begehen können, er hätte ihr alles verziehen. Für sie war er bereit, sich in den Staub und den Schlamm zu knien, in dem sie zu stecken schien, um ihr wiederaufzuhelfen, so wie er sich einst auf den Boden gekauert hatte, um mit ihr die kleinen Wunder der Natur zu bestaunen. Doch die Kleine wollte seine Hilfe nicht, sie zeigte sich unempfänglich für sein Mitleid. Und da es ihm nicht gelang, die Quelle des heimtückischen Übels ausfindig zu machen, das sie aufzehrte, fand er keinen Zugang zu ihrem Herzen.

*

Hyacinthe steht auf, er geht wieder zum Fenster und zündet eine Zigarette an. Es regnet immer noch, allerdings schwächer. Der Himmel ist gleichförmig grau. Der Haselnußstrauch wiegt seine triefenden Zweige im Wind. Der Spatz ist noch da, er plantscht in einer Pfütze. Hyacinthe sieht ihm zu, und er wird von Mitleid überwältigt. Er denkt an den kleinen schwarzen Spatz Lucie, den das Leben so quält, daß er völlig verschüchtert ist. Ein armseliger Spatz, der sich zum Raben aufplustern will.

Der durchnäßten Erde entströmt ein Duft, der nicht mehr dem Winter angehört. Der erste Frühlingsbote. Hyacinthe atmet ihn ein, und abermals wird ihm das Herz schwer. Er denkt an Aloïse, die Trauernde, die für ihn endgültig Verlorene, die da unten im Wohnzimmer umherirrt und immer wieder vergeblich auf die Schwelle zu Ferdinands Zimmer tritt. Er vermeint den Tränengeruch zu spüren, der im Raum hängt und Aloïse überallhin folgt; ein eigenartig süßlicher Geruch. Und er denkt an seinen Stiefsohn, den der Tod in der Blüte seiner Jahre auf so befremdliche Weise hinweggerafft hat. Ferdinand ist in zwei Phasen gestorben, erst mit dem Geist, dann, sechs Monate später, mit dem Körper. Hyacinthe sieht ihn wieder im halbdunklen Zimmer liegen, bleich und erstarrt wie eine marmorne Grabfigur. Welches Grauen ihn nur gepackt haben mag, daß seine Seele so panikartig die Flucht ergriff und sich nicht einmal die Zeit ließ, die Übereinstimmung mit dem Körper zu suchen? Doch wieviel Übereinstimmung gab es denn schon in Ferdinands Leben, zwischen seiner strahlenden Schönheit und seiner vernebelten Seele, zwischen seinem glanzvollen Äußeren und seinem trübseligen Inneren? Ob er in seinem Leben je einen Menschen geliebt hat, wenigstens seine Mutter? Er ließ sich anbeten von dieser verliebten Mutter, die er allein durch seinen Anblick beseligte. Der Schein ersetzte bei ihm Sein und Handeln, doch was für ein Mensch verbarg sich hinter dem schönen Schein? Auch auf diese Frage findet Hyacinthe keine Antwort, obwohl er Ferdinand fast zwanzig Jahre lang unter seinem Dach beherbergt hat.

Ja, der Frühling wird bald Einzug halten. Die Knospen werden aufgehen, die Blumen werden ihre Kelche öffnen, die Vögel werden wieder Geäst und Gebüsch bevölkern. Auf den Weiden werden die neugeborenen Lämmer blöken.

Doch Melchiors Gesang wird nicht mehr zu hören sein. Zum dritten Mal wird sein Verstummen die Aprilnächte bestimmen und das traurige Haus der Daubignés noch trauriger machen.

Im ersten Frühjahr von Melchiors Verstummen war Hyacinthe so tief getroffen gewesen, daß sich sein ohnehin melancholisches Gemüt vollends verfinsterte. Melchior war für Hyacinthe wirklich der Schutzgeist des Ortes, der liebevolle Sänger seiner Kindheitserinnerungen gewesen. Melchior war die heiligste Stimme seiner Vergangenheit. Denn älter als seine Sorgen um Lucie, älter auch als sein Leidensweg als gedemütigter Ehemann war der entsetzliche Schmerz über den Tod seines eigenen Vaters, François-Marie Daubigné. Hyacinthe hatte seinen Vater über alle Maßen geliebt, er hatte auf ihn die ganze Zärtlichkeit übertragen, die er seiner früh verstorbenen Mutter nicht hatte entgegenbringen können. Als sein Vater krank wurde, bat Hyacinthe, der damals an einem Gymnasium in Rouen lehrte, umgehend um Versetzung in eine Stadt möglichst nahe an seiner Heimat, der Brenne. Man bot ihm Bourges an, doch das war ihm noch zu weit entfernt. Schließlich erhielt er eine Stelle am Gymnasium von Le Blanc. Er zog wieder im Elternhaus ein. Während des langen Todeskampfes wachte er am Bett seines Vaters. Und nach dessen Ableben blieb er im leeren Haus, er konnte sich nicht losreißen von diesem Ort, konnte sich nicht trennen von diesem Haus, das leer hallte von der Abwesenheit des geliebten Vaters.

Jahrelang litt er, doch schließlich fand er sich mit der Einsamkeit ab. Er ließ seine Schullaufbahn in Le Blanc enden; er wollte nicht mehr fort, vor allem nie mehr fort. Die Gewohnheiten waren sein Schutz. Und dann entdeckte er den ihm gemäßen Zugang zur Welt, einen Zugang über Umwege. Er schickte seine Stimme wie einen Vogel in den Himmel hinaus, und sie ließ sich am Ohr von unbekannten und gleichwohl vertrauten Männern und Frauen nieder, die ihm ihre eigene Stimme als Echo zurücksandten. Ein Echo, das bisweilen bis in seine geheimsten Träume drang und sich dort in einem wundersamen Geraune fortsetzte, in Traumbildern aus seidig rauschenden Wörtern.

„Die Brandungswellen breiteten am Strand ihre mächtigen Fächer aus und gossen weiße Schatten in die dröhnenden Tiefen der Höhlen hinab, dann zogen sie sich auf dem Kies singend wieder zurück."

Doch Melchiors Gesang, dieses schlichte Lied der Erde, das da draußen im Garten, ganz nah, unmittelbar nach François-Marie Daubignés Tod einsetzte, als möchte es Nacht für Nacht den Puls der Erinnerung schlagen, dieses treueste aller Lieder ist verstummt. Hyacinthe versteht dieses Verstummen als ein Zeichen, daß alles zu Ende ist, daß alle Hoffnung verloren, sein Unglück besiegelt und seine Vereinsamung unwiderruflich ist.

Gleichwohl fährt er fort, seine Funksprüche zu senden. Doch seine Stimme ist zu einem aschgrauen Vogel geworden, alt und hinfällig, der orientierungslos durch unendliche Weiten fliegt und nirgends mehr einen Ort findet, an dem er sich in Frieden niederlassen kann. Denn alle, die er anruft, alle, die er eigentlich erreichen möchte, können oder wollen ihn nicht hören. Weder sein Vater noch seine Frau Aloïse, noch seine Tochter Lucie – niemand empfängt seine bettelnde Stimme, niemand antwortet auf seinen Hilferuf. Seine Stimme verliert sich in der Unendlichkeit einer verödeten Welt, in der Finsternis einer verhöhnten Liebe.

„Die Finsternis warf ihre Wellen in den Raum und bedeckte Häuser, Hügel und Bäume, gleich Meereswellen, die den Rumpf eines sinkenden Schiffes umspülen. Die Finsternis überflutete die Straßen, sie wirbelte um vereinzelte Passanten herum, und sie verschlang restlos alles . . .“

Kohle III

Der Himmel verfärbt sich ultramarinblau, stahlblau, wechselt ins Grüne, ins Violette, wird schließlich ganz schwarz. Ein plötzlich einsetzender Sturmwind biegt und zerzaust die Bäume, der Wald brüllt, die Gräser pfeifen, die Vögel kommen vom Flug ab.

Der Himmel ist gigantisch, er überwölbt die Erde gleich einer stählernen Kuppel, unter der alles erstarrt: die Häuser mit den verrammelten Türen und Läden, die schiefergrauen Wiesen, die verödeten Heiden, die Moore, in denen die Vögel zittern.

Da zerbirst jäh und mit ohrenbetäubendem Lärm der Himmel. Die stählerne Kuppel bedeckt sich mit Kalk. Eine Sekunde lang scheint es, als fiele die Welt ins Urchaos zurück oder als stünde ihr letzter Augenblick bevor. Die Zeit ist nicht mehr, die Ewigkeit durchschlägt die Wolken – und schreibt ihr Zeichen.

Fahlblaue, die Augen blendende Signatur mit gezackter Schrift. Signatur des Zorns, fluoreszierender Peitschenschlag auf die Erde als Antwort auf menschliche Dumpfheit, als Androhung von Strafe, als Racheschwur. Oder vielleicht doch als wohlmeinender Appell an die Menschen – daß sie endlich aufstehen, daß sie sich aufraffen aus ihrer Trägheit, daß sie der Finsternis abschwören und sich zum verheißenen Licht aufmachen.

Dreimal hintereinander schlägt unter anhaltendem Grollen der Blitz zu und durchzuckt die Wolken mit seiner gewundenen Schrift. Dreimal hintereinander birst krachend der Himmel und scheint fahl der Horizont auf. Das dritte Mal ist der Blitz gegabelt. Sein Dreizack bohrt sich in die Weichen der Erde. Gleich wird die Durchbohrte sich aufbäumen, um vom Wolkengewoge verschlungen zu werden. Doch sofort setzt der Regen zum Angriff an. Schräg stürzt er auf die Erde herab und schlägt wütend auf die Dächer ein. In seinem maßlosen Ungestüm prallt er vom Boden, von den Mauern und von den Ziegeln wieder ab, er spritzt in alle Richtungen und läßt Tausende von funkelnden Geysiren aufschießen.

Der Dreizack hat der Erde die Eingeweide versengt, doch das Gebrüll des Himmels übertönt ihr Ächzen ebenso wie das Krachen der umstürzenden Bäume. Die bald stahlgraue, bald kalkweiße Himmelskuppel dröhnt von ohrenbetäubenden Schlägen, die sie erzittern lassen und zu zertrümmern drohen. Und jeden Augenblick erwartet man, aus den Trümmern des eingestürzten Firmaments Horden von blitzfarbenen Kriegern hervorbrechen und mit Äxten und glühenden Dreizacken auf die Erde losstürmen zu sehen.

Das Kind, das dem Gewitter zusieht und dessen Herz vom Grollen und Krachen des Donners erbebt, wartet darauf, daß all dies geschieht.

Es wartet darauf in einer Mischung von Hoffnung und Grausen. Es will, daß sie hervorbrechen, diese Horden von blindwütigen Kriegern, es wünscht sich, daß sie mit haßbleichen Gesichtern und gellenden Schreien auf die Erde niederstürzen. Es zittert, indem es dies wünscht.

Doch ein letzter Blitz leuchtet auf, weit hinten am Horizont, wohin sich das Gewitter verzieht. Ein dünner, reiner Strahl von bläulichem Licht. Und in diesem fernen Licht wird die Erde plötzlich hoch und schmal wie ein Dom; für einen Augenblick sammelt sie sich inmitten dieser blendenden Helle. Nach all dem Toben der Gewalt erstrahlt sie herrlich und friedvoll. Geläutert.

Da sinkt das Kind zu Boden und bricht in Tränen aus.

Legende

Lucie wurde vom Gewitter überrascht, als sie in der Abenddämmerung von einer ihrer zahllosen Fahrradtouren heimkehrte. In einem offenen Schuppen fand sie Zuflucht. In dieser Jahreszeit sind Gewitter selten. Es ist noch nicht lange her, daß der letzte Schnee geschmolzen ist. Es kam alles ganz plötzlich. Lucie ist bis auf die Haut durchnäßt, sie friert.

Als sie den Donner hörte, bekam sie Angst. Die schlimmen Sachen, die ihr einst Lou-Fé über die Gewitter und die im Blitz enthaltenen enormen elektrischen Ladungen erzählt hatte, fielen ihr wieder ein. Ihre Erinnerung daran war um so beängstigender, als sie nur undeutlich war. Da gerieten gewaltige Wolken aneinander, deren mit vielen Millionen Volt vollgepfropfte Bäuche beim Zusammenstoß aufplatzten, wodurch Sturzbäche von Elektronen mit Getöse auf die Erde hinunterschossen. Die Fee Elektrizität verwandelte sich in eine böse Zauberin. Vor Zeiten hatte der Blitz in der Rue de la Grange-aux-Larmes eingeschlagen und die alte Scheune eingeäschert. Und noch immer erschlug er jedes Jahr Menschen auf dem flachen Land und sogar mitten in der Stadt.

Einmal im Trockenen, war Lucie schon weniger ängstlich. Und bald schon stieg ein anderes Gefühl in ihr auf, eine jener Anwandlungen boshafter Freude, die sie manchmal wie jähe Fieberwellen überkamen.

Oder vielmehr ein Auflodern trunkener Wut, denn seit dem Tag, als der Oger sie in seine Gewalt brachte, hat Lucie nie mehr wirkliche Freude empfunden. Das erste, was der Oger von ihr auffraß, war die Freude. Seitdem verwechselt sie ständig ihre grimmige Wut mit dem, was ihr geraubt worden ist – genauso wie sie Haß und Liebe verwechselt, da sich beides für sie als Kraft von blinder Unerbittlichkeit darstellt.

Doch seit Ferdinand tot ist, hat Lucie dieses jähe Hochgefühl der Wut nicht mehr erlebt. Zum ersten Mal nun hofft sie, durch das Gewitter wieder dazu gelangen zu können.

Lucie glaubt fest, daß sie der Mörder ihres Bruders ist. Sie weiß es. Und nur sie weiß es. Es ist ihr schönstes Geheimnis, und ein wundertätiges obendrein, denn es hat die Schwären jenes ersten, so schmierigen und eitrigen Geheimnisses abgewaschen, das der Bruder drei Jahre lang auf ihr lasten ließ. Nur der Erde, den Tieren des Moors und der Statue des heiligen Antonius hat sie es anvertraut.

Auf die Nachricht von Ferdinands Tod hin war Lucie weder erstaunt noch betroffen, noch schmerzlich berührt, im ersten Moment empfand sie überhaupt keine Regung. Sie hatte ja sechs Monate lang insgeheim diesen Tod betrieben. Daß Ferdinand schließlich starb, erschien ihr als überfälliges Ergebnis ihrer Beharrlichkeit. Es war ganz natürlich, und in jeder Hinsicht gerecht.

Doch das Ereignis hatte Auswirkungen, die, ohne daß sie es merkte, ihrer Kontrolle sehr schnell entglitten. Da hatte sie in der Zeit, als Ferdinand regungslos in seinem Bett lag, unablässig in seinem Zimmer herumgegeistert, jeden Tag hatte sie es kaum erwarten können, wieder den besiegten, daniederliegenden Oger betrachten zu gehen, doch den toten Oger wollte sie nicht sehen. Eine Mischung aus dumpfem Entsetzen und Abscheu hatte sie vom Sterbezimmer ferngehalten. Am Tag der Beerdigung hatte sie sich auch geweigert, im Leichenzug mitzugehen. Das gehe sie nichts mehr an und berühre sie auch nicht, hatte sie befunden. Die Rache war geübt, das Urteil vollzogen, das reichte. Doch als sie den Männern des Bestattungsunternehmens zusah, wie sie, vorsichtig einen Fuß vor den anderen setzend, mit dem langen schwarzen Sarg auf den Schultern die Außentreppe hinunterstiegen, dann langsam den Hof durchquerten und schließlich hinter dem Gartentor verschwanden, wurde sie gleichwohl von einer heftigen Gemütsbewegung ergriffen. Freude! behauptete sie trotzig – doch es war keine Freude. Es war eine heftige Erschütterung, in der die widersprüchlichsten Gefühle aufgewühlt wurden. Und das Knirschen der Sargträgerschritte im Hof hallte in ihren Ohren nach wie ein Kichern, das ihr traurig und alt vorkam, unsäglich alt.

Als dann ihre Eltern zum Begräbnis gingen, sauste sie auf ihrem alten Fahrrad ins Moor hinaus und verkündete dort die große Neuigkeit.

Doch weit davon entfernt, fröhlich grinsend eine Siegesmeldung zu verbreiten – „Das elende Schwein ist krepiert, ich habe den Oger ins Jenseits befördert!" –, brachte sie nur ein ersticktes Murmeln zustande: „Der Oger ist tot. Mein Bruder ist tot. Und ich habe ihn getötet. Hört ihr?"

Nein, niemand hörte. Die meisten Teiche waren entleert, und fast alle Tiere schliefen unter Schlamm, Wurzeln und Rinden ihren tiefen Winterschlaf.

Sie fuhr weiter, zu Irènes Grab, um dem toten Mädchen die gute Nachricht zu überbringen. Doch kaum stand sie vor der weißen Marmorplatte, als ihr auch schon der Mut sank und die Worte versagten. Der Oger und seine beiden Opfer wohnten nun in derselben unbekannten Welt, sie ruhten gemeinsam im finsteren Bauch der Erde. Gewiß wußten die beiden Mädchen schon, daß ihr Mörder jetzt auch tot war, und sie kannten sicherlich das über den Oger gesprochene Urteil. Aber – gab es denn denn überhaupt ein Gericht, geschah wirklich noch etwas unter der Erde? Zum ersten Mal wurde Lucie von Zweifeln beschlichen. Und zum ersten Mal fühlte sie sich fremd im ummauerten Reich der Toten, und keineswegs eingeweiht in ihre Geheimnisse, wie sie immer geglaubt hatte. Verwirrt und betrübt schlich sie sich aus dem Friedhof davon. Das heimliche Einverständnis war verflogen, Irène und Anne-Lise verstießen sie mit der ganzen Macht ihres Schweigens aus Erde und Marmor. Und die Freude, auf die sie so sehr gehofft hatte, wurde ihr abermals vorenthalten. Nach den einstigen Verbündeten, den Tieren, ließen sie jetzt auch ihre kleinen Schwestern allein mit ihrem Geheimnis, das doch so großartig war. Zum Grab von Anne-Lise ging sie erst gar nicht, denn sie hatte begriffen, daß auch dort nur Kälte, Schweigen und Gleichgültigkeit sie erwarteten. Dort wäre es sogar noch schlimmer gewesen, denn nun lag Ferdinand im selben Geviert begraben.

Einige Tage später ging sie in die Kirche, wo die Statue des heiligen Antonius mit dem Jesuskind stand. Bei ihm würde sie endlich die verdiente und so heiß ersehnte Freude finden. Sie trat vor die Statue und sah zu ihrem Heiligen hinauf.

Doch siehe da, die Statue war aus Gips. Es war eine ordinäre, in Serie hergestellte Kopie, deren Farbe überall rissig war und stellenweise abplatzte. Die Falten des Kleides waren mit Staub verklebt. Alle diese Einzelheiten, die Lucie bisher nie beachtet hatte, sprangen ihr jetzt in die Augen. Sie waren banal und dennoch ungeheuer ernüchternd.

Wo war auf einmal die Aura, die den Heiligen umgeben hatte, wo blieb die kraftvolle Bewegung seiner Arme, die das Jesuskind der Erdenschwere entrissen? Was war mit der geballten Ladung Zorn in der Kugel geschehen, die das Kind der Gerechtigkeit, der kleine Fürst der Rache in Händen hielt? Wie winzig es überhaupt war, dieses Kind, und wie schäbig seine Kugel! Und erst die Kirche – nichts als graue Düsternis, eiskalte

Feuchtigkeit und Modergeruch. Und das ewige Licht am Altar – ein Furunkel an der Nase des kalten Schweigens. Der glühende Zauber des Orts war erloschen. Der heilige Antonius, einst göttlicher und mächtiger Vertrauter, war nur noch eine Gipsfigur.

Lucie hatte nichts mehr zu erhoffen von diesem tristen Ort, ihr fiel nichts mehr ein vor dieser lädierten Statue, und sie wollte nichts mehr wissen von diesem steifen, blöde auftrumpfenden Jesusbengel, sie warf auch nicht den mindesten Obolus in den Opferstock. Zum dritten Mal wurde Lucie die so sehnlichst erhoffte, von den einstigen Vertrauten so flehentlich erbettelte Freude nicht gewährt. Und zum dritten Mal schlich sie verstört und enttäuscht davon, mit einem Würgen in der Kehle, weil sie ihre Neuigkeit abermals nicht als stolze Siegesmeldung hatte verkünden können.

Auch von den Spiegeln hatte sie sich abgewandt. Als sie ihre Kraft am eigenen Blick erproben wollte, wie sie es über Monate hinweg getan hatte, senkten sich ihre Lider, und der Blick wandte sich ab. Ihr Medusenblick hatte keinen Feind mehr, dem es zu trotzen, keinen Gegner mehr, den es zu durchbohren galt. Er funkelte nicht mehr, er war auf einmal schwerfällig und kraftlos geworfen. Die Spiegel hatten nicht mehr die geringste Tiefe, sie zauberten keine Bilder mehr hervor, in denen die vielgestaltige Heldin Lucie den Ogerdrachen zerschmetterte.

Die Spiegel waren blind, wie der verhängte Wandspiegel in Ferdinands Zimmer. Und dieser große Spiegel glich – dem blonden Oger ähnlich, dessen Schönheit er lange reflektiert hatte – jenen schwarzen Löchern im Himmel, von denen Lou-Fé erzählt hatte: ein gähnender Schlund, der alles ansaugte, verschluckte, in nichts auflöste.

Auch die Lust am Zeichnen war Lucie vergangen, sie

hatte aufgehört, in schreienden Farben grausame Gebilde auszumalen. Das schwarze Loch hatte alles verschlungen, was sich einst ihrem Auge darbot.

Wo immer sie sich hinwandte, überall wurde ihr die Freude verweigert.

*

Mehr denn je entflieht Lucie fortan dem Haus. Es lastet soviel Dumpfheit zwischen diesen Wänden – sie triefen von den Tränen der Mutter. Er hängt im ganzen Haus, dieser widerliche Geruch nach Tränen und Gin, nach dem Schweiß eines Herzens, das ächzt unter dem Schmerz des Verlustes. Ein Schmerz, den Lucie nicht teilt, den sie auf keinen Fall teilen will. Sie will jubeln und frohlocken. Doch sie kann es nicht, sosehr sie sich auch bemüht.

Und dieser Vater, der sich den ganzen Tag in seine Dachbude verzieht und auf englisch mit Unbekannten quasselt! Was treibt er überhaupt dort oben, der Alte? Seit drei Jahren schon versucht Lucie, auf ihren Vater wütend zu sein, doch es will ihr nie richtig gelingen. Sie hat ihn sich wie alle anderen vom Leibe gehalten, doch im Grunde hegt sie keine echte Verbitterung gegen ihn; der schweigsame alte Mann hat nur immer ihre Neugier gereizt. Er ist schon ein seltsamer Vogel, dieser Vater, der ihr Urgroßvater sein könnte und noch immer die gleiche schwarze und dichte Mähne trägt wie sie, nur weniger struppig. Ein eigenartiger Mensch, ein unverbesserlicher Einsiedler, der in der Familie den Mund nicht aufbringt, aber stundenlang mit unsichtbaren Gesprächspartnern in einer fremden Sprache plaudert. Worüber er mit ihnen wohl spricht? Ob er auch mal von ihr erzählt? Und wie weit seine Stimme wohl dringt? Wie weit sein Gehör reicht? Ob es so fein ist wie das von Fledermäusen? Aber warum hat er dann nie gehört, wie der Oger zu ihr ins Zimmer kam?

Die große drehbare Antenne, der Hyacinthe soviel Aufmerksamkeit widmet, hat Lucie lange Zeit fasziniert. Eine Antenne, um die Welt einzufangen! Ob man mit ihr auch Signale aus dem Jenseits empfangen konnte?

Ach was, so fein konnte dieses Gehör nicht sein, auch die Antenne war offenbar nicht sonderlich empfindlich, sonst hätte der Vater etwas gehört, wenn der Oger sie unter wüstem Gekeuche besudelte. Auch die sehr bloßen, flehenden Stimmen von Irène und Anne-Lise hatte er ja nicht aufgefangen.

Tag für Tag, seit Ferdinand tot ist, entflieht Lucie. Nach der Schule nimmt sie ihr Fahrrad und irrt ziellos in der Heide umher, erst zum Abendessen kommt sie wieder nach Hause. Ihre Mutter ist viel zu sehr mit ihrem Schmerz beschäftigt, um noch auf Lucie zu achten und die Energie für Zurechtweisungen aufzubringen. Lucie ist frei und sich selbst überlassen. Niemand kümmert sich um sie.

Auf ihrem verbeulten Fahrrad holpert sie über schmale Pfade und umkreist immer wieder die trockengelegten Teiche. Manchmal steigt sie ab und setzt sich auf einen Erdwall. Wenn abends der Nebel aufsteigt, erinnern die leeren Becken an Mondkrater. Lucie achtet nicht auf den feuchten Wind, sie sieht zu, wie sich rings die Bäume im bläulichen Nebel auflösen. Auch ihr Herz ist trockengelegt – man hat den Haß abgelassen, man hat ihm den Feind genommen. Doch die Siegesfreude, der Freudentaumel als Lohn für vollbrachte Rache, wird ihr nicht gewährt.

Lucie hockt auf den Fersen, das Kinn auf die Knie gestützt. Wie jeden Abend beobachtet sie gespannt die Nebelschwaden. Sie wartet. Sie wartet darauf, daß ihr die Freude erscheint in diesen malven- und schieferfarbenen Dämpfen, die zwischen vertrockneten Binsen und kahlen Ästen hängen. Tag für Tag, Abend für Abend wartet sie darauf. Mit stummem Flehen ruft sie sie herbei. Doch die Freude kommt nicht.

Die Erde, die der Tiere, die der Lebenden und die der Toten, verweigert sie ihr.

*

Doch als vorhin der Himmel erzitterte, als der Wind schauerlich über die Heide pfiff und durch die leeren Teiche wirbelte, als die Erde aufbrüllte und Blitze krachend die aufgetürmte Finsternis durchschlugen, da glaubte Lucie am Ziel ihres Wartens angelangt zu sein. Pochenden Herzens und in gespannter Erregung wandte sie, als der erste Schrecken vorbei war, das Gesicht den fahlblauen Schlünden zu, die sich am Horizont auftaten, und sie ließ sich von den Blitzen blenden, die diese Schlünde hinabstürzten. Da überkam es sie wieder, jenes Gefühl wilder Freude, ihre geblendeten Augen öffneten sich weit und fanden ihren Zornesblick wieder. Der Himmel in seiner Gesamtheit machte sich zum Medusenblick, zur Medusenfratze.

Endlich war der Augenblick gekommen, wo sie das, was sie bisher nur verdrießlich herunterleiern konnte, als grandiose Neuigkeit verkünden würde: „Der Oger ist tot, wirklich tot, und ich, Lucie, ich allein habe ihn getötet! Hört ihr?“

Der Himmel hörte, was die Erde nicht hören wollte. Er barst überall auseinander, und durch die entstehenden Breschen mußte jeden Augenblick triumphierend die Freude Einzug halten. Wie damals, als Lucie die Hochspannungsmasten sah und fabulierte, diese majestätischen Kolosse würden sich im Gleichschritt und mit drohend erhobenen Riesenpeitschen in Bewegung setzen, so erwartete sie jetzt, die sichtbare Welt sich verwandeln zu sehen.

Doch diesmal fabulierte sie nicht, sie glaubte es wirklich. Als der dritte Blitz mit seinem Dreizack zustieß, zweifelte Lucie nicht mehr daran, daß die Erde emporgehoben und in die Unendlichkeit des Himmels geschleudert würde, daß sich scheinbar unmögliche Dinge ganz selbstverständlich ereignen müßten – und daß mit Pauken und Trompeten die Unschuld ihrer Freude kundgemacht würde. Nein, sie zweifelte nicht mehr. Sie brauchte so dringend Gewißheit.

Sie brauchte so dringend Freude! Freude, in der sie das Entsetzen, den Ekel und die Zweifel ertränken, Freude, in der sie diesen über den Tod hinaus aufsässigen Körper des Ogers für immer versenken konnte. Ja, sie hungerte nach Freude, nach Vergessen und wiedergefundener Unschuld. Sie wollte ihre Kindheit zurückerobern.

Doch als sie sich anschickte, diese erhabene und reine Freude im Flug zu ergreifen, um sie nie wieder loszulassen, zuckte ein vierter Blitz auf, weit abseits am hintersten Horizont. Sein Leuchten war blasser als das der vorangehenden, sein Echo schwächer. Es war ein schmaler Lichtstreifen, wie ein feiner Riß, und von zögerndem Donner begleitet. Ein maßvoller Blitz, der die Hoffart der anderen verleugnete und ihren gewalttätigen Prunk aufhob. Unter seinem flüchtigen Schein besänftigte sich ganz plötzlich die Erde, der Wind legte sich und der Horizont leuchtete auf wie das Gesicht eines Träumenden.

Eines von Zärtlichkeit Träumenden.

Und in dieser Sekunde durchzuckte Lucie ein bestürzender Gedanke, entriß sich ihrem Herzen eine aberwitzige Frage – ob nicht im Augenblick des Todes ihr Bruder an sie gedacht, ob nicht Ferdinand ihren Namen gemurmelt, ob er sie nicht, sie, die Kleine, mit dem letzten Atemzug gerufen haben könnte. Ob, und das vor allem, ob er sie nicht vielleicht geliebt habe.

Indem ihr die Antwort auf ewig versagt blieb, verwüstete der wahnwitzige Gedanke ihr das Gemüt, und sie warf sich schluchzend zu Boden.

*

Das abziehende Gewitter trägt in den violetten Falten seiner Winde den Blick eines Kindes fort, das lange Zeit irr war vor Haß und Entsetzen; der Regen rinnt über eine Medusenmaske, die der zarteste Blitz vom Herzen dieses Kindes soeben abfallen ließ.

Lucie weint, die Stirn auf den Boden gelegt. Nach drei Jahren kann sie zum ersten Mal wieder weinen. Doch die Gabe der Freude bleibt ihr weiterhin vorenthalten.

Für sehr lange Zeit wird Lucie der Freude entfremdet bleiben, sie wird als Fremde unter den Menschen leben, die alle im voraus das Zeichen des Ogers tragen.

Geduld

Denen, die saßen am Ort und im Schatten des Todes, ist ein Licht aufgegangen.

Matth. 4, 16

Fresko

Ein strohgelber Lichtkranz liegt über dem Abhang eines Hügels. Dieser Abhang ist nackt – weder Gras noch Blumen noch Büsche wachsen darauf. Er ist nackt und glatt wie eine Sanddüne.

Oben auf dem Abhang stehen einige Palmen. Eine von ihnen wird vom Lichtkranz gestreift und orangerot gefärbt, ihre Wedel schimmern; die anderen liegen im Schatten. Keiner dieser Bäume hat Wurzeln. Alle wirken, als wären sie nur hingestellt, als könnten sie jeden Augenblick den glatten Fels hinunterrutschen. Mitten in das Licht hinein, das wie eine leichte Wolke ganz in ihrer Nähe schwebt.

Sie ist höchst seltsam, diese Lichtwolke, denn rundherum ist es Nacht. Der Himmel über dem Berg ist braun.

Es ist Nacht. Am Fuß des Hügels schlafen friedlich Schafe und Widder. Zwei Tiere heben allerdings den Kopf, sie haben sich noch im tiefsten Schlaf über den nächtlichen Lichtschein gewundert. Der Hirtenhund ist hellwach; mit vorgerecktem Kopf und rundem Rücken hockt er im Schatten und knurrt die seltsame Wolke an. Er wittert Gefahr, er hat die Ohren angelegt.

Oberhalb der Herde, auf der untersten Felsplatte, liegen zwei Hirten. Auch sie hat die sonderbare Helligkeit auf dem Abhang aus dem Schlaf geschreckt. Sie haben sich halb aufgerichtet und wenden der Lichtwolke erstaunte Gesichter zu. Das Licht ist so grell, daß einer von ihnen mit den Händen die Augen beschattet.

Doch das Licht dringt bis in ihre Herzen hinein. Denn sie ist für sie bestimmt, diese golden in der Nacht flimmernde Wolke, sie soll ihnen die Augen öffnen, sie soll ihr Herz erweichen und beglücken.

Die Wolke ist in Wirklichkeit ein wirbelnder, rötlicher Feuerkreis, in dessen gleißender Mitte eine Lichtgestalt schwebt. Es ist ein Engel, sein Körper gemahnt an eine Taube. In einer Hand hält ein weißes Zepter, mit der anderen macht er eine Geste zu den Hirten hin.

Eine Geste der Einladung, aufzustehen und sich eilends aufzumachen. Ein Kind ist geboren, es erwartet sie schon.

Legende

Lucie betrachtet lange die Reproduktion der *Verkündigung an die Hirten* von Taddeo Gaddi. Bei einem Florenzbesuch vor mehreren Jahren hat sie dieses Fresko gesehen, das sich in einer Kapelle der Kirche Santa Croce befindet. Das Bild hat einen starken und bleibenden Eindruck auf sie gemacht. Vor allem dieser strohgelbe Lichtkreis, der der Szene insgesamt eine große Innigkeit verleiht. Natürlich hat sie in der Toskana viele andere, auch bedeutendere Werke kennengelernt, doch diesem Effekt der Lichterscheinung ist sie bei keinem anderen Freskenmaler begegnet.

Die Reproduktion ist nicht sehr farbentreu, doch das leicht Irritierende, das vom Bild ausgeht, ist wiedergegeben. Und Lucie kann sich immer noch nicht erklären, was sie an diesem Bild so ergreift, daß sie ihre Rührung nur mühsam verhalten kann. Noch sonderbarer findet sie, daß ihr Freund Louis-Félix ihr diese Karte geschickt hat, der doch gar nicht weiß, wieviel ihr dieses Fresko bedeutet.

Lucie dreht die Karte um. Louis-Félix schreibt sehr eng, mit winzigen, spitzen Buchstaben. Schon in der Schule hatte er diese krakelige, schwer lesbare Schrift. Die Karte trägt das Datum 15. Mai.

„Meine liebe Lucie,
Endlich richtige Ferien! Ich bin mit Judith für ein paar geruhsame Tage in der Toskana. Wir wohnen in Fiesole, oberhalb von Florenz. Ich schreibe Dir auf der Terrasse des Hotels, wo wir uns nach der Besichtigung von Santa

Maria Novella und Santa Croce ausruhen. Kennst Du dieses Fresko von Gaddi? Erinnert Dich das übernatürliche Licht, das von dem Engel ausstrahlt, an etwas? Die Reproduktion ist ziemlich schlecht, aber schau genau hin: Wir beide haben schon einmal etwas Ähnliches gesehen. Es ist sehr lange her, fast dreißig Jahre: die Sonnenfinsternis, die wir auf dem Schulhof miterlebt haben! Ich habe seitdem etliche andere gesehen, doch diese erste bleibt mir in lebhafter Erinnerung. Weißt Du, daß Taddeo Gaddi auch ein leidenschaftlicher Beobachter der großen Himmelserscheinungen war und sich bei der Beobachtung der Sonnenfinsternis im Juli 1339 sogar einen schlimmen Augenschaden holte? Vor lauter Begeisterung für die Sterne und die Geheimnisse des Himmels hat er sich die Augen verdorben, aber er ist zu einer äußerst originellen Behandlung des Lichtes angeregt worden, wie dieses Fresko beweist.

Mit dieser Erinnerung an die große Sonnenfinsternis unserer Kindheit und in der Hoffnung, Dich diesen Sommer wiederzusehen, grüße ich Dich, auch im Namen von Judith, herzlichst

Dein Louis-Félix“

Lucie legt die Karte hin. Louis-Félix hat sich nicht verändert, und er wird sich auch wohl nie verändern. Er gehört zur seltenen Art von Menschen, die den Charme ihrer Kindheit ihr Leben lang bewahren, als wäre er ihnen angeboren wie ein Muttermal, als gehöre er ebenso zu ihrer Natur wie dieser Anflug liebenswürdiger Verstiegenheit. Der Glanz der Lyra, unter der er geboren ist, ist für ihn nie verblaßt, seine Kindheitsträume haben Leben und Gestalt angenommen. Er ist das geworden, was er als kleiner Junge werden wollte.

Louis-Félix hat ein glückliches Gedächtnis. Er erinnert sich nur an die schönen Momente der Vergangenheit, mit den dunklen belastet er sich nie. Er ist Lucie nie gram gewesen wegen ihrer Boshaftigkeit von damals. Als sie ihn beschimpfte und verspottete, ging er wortlos davon, verletzt zwar, doch von vornherein bereit, ihr zu verzeihen. Die Bosheit glitt an ihm ab, sie konnte ihm nichts anhaben.

Für Jahre verloren sie sich dann aus den Augen. Nach dem Gymnasiumsabschluß studierte Louis-Félix zunächst in Paris, dann in den Vereinigten Staaten, wo er heiratete und sich definitiv niederließ. Lucie erzielte in der Schule nicht entfernt so gute Leistungen wie ihr ehemaliger Klassenkamerad. Nach Ferdinands Tod war sie mehr und mehr sich selbst überlassen, sie streunte viel herum und widersetzte sich jeglicher Disziplin. Sobald sie konnte, entfloh sie dem Elternhaus, sie fühlte sich lebendig begraben zwischen diesen Wänden, von denen nur Langeweile und der Mief ewiger Trauer ausströmten. Sie ging nach Paris, wo sie ein unstetes, die Nacht zum Tag und den Tag zur Nacht machendes Leben führte und ein wenig Kunst, dann Theater und schließlich Fotografie studierte. Doch sie führte nichts zu Ende, sie wollte jedesmal alles gleichzeitig und sofort. Immer sollte es auf Anhieb das Meisterwerk, der vollkommene Ausdruck ihrer Zerrissenheit sein. Sie hatte nicht die Geduld, den langen und steinigen Weg des Lernens und der mühsamen Kleinarbeit zu gehen. In ihr loderten Bilder; vom inneren Feuer verzehrt, träumte sie davon, den Flammen mit einem einzigen, überragenden und endgültigen Wurf Gestalt zu geben. Doch die Flammen sanken in sich zusammen und büßten ihre Kraft und Schönheit ein, sobald Lucie sie dem Wind der Wirklichkeit aussetzte. Die Welt stimmte für sie immer weniger; die Menschen, die Dinge, die Tage, alles war voller Ecken und Kanten, an denen sie sich in einem fort stieß und verletzte.

Als Anfang der siebziger Jahre kurz hintereinander die alte Lucienne und Tante Colombe starben, erbte Lucie etwas Geld, und sie wußte nichts Eiligeres, als es auszugeben. Sie reiste kreuz und quer durch die Welt.

Die Erde, auf der sie weder einen Platz noch einen Daseinszweck finden konnte, wurde für sie zum indifferenten Raum. Fast fünf Jahre lang irrte sie umher. Sie schloß Freundschaften, doch meist nur für einen Tag, sie verliebte sich, für kaum länger als eine Nacht. Ihre Verliebtheit war jedesmal ein Strohfeuer, wie vordem die großen künstlerischen Vorhaben. Wohl gab es einige länger anhaltende Beziehungen zu Männern, doch sie scheiterten regelmäßig. Denn auch in der Liebe wollte Lucie immer das Absolute, und zwar auf der Stelle, ohne jedoch dieses Absolute näher bestimmen zu können, auch ohne die Eigenpersönlichkeit des Geliebten zu berücksichtigen, der auf so übersteigerte Erwartungen weder eingehen konnte noch wollte. So mußte notgedrungen jede ihrer blinden Verliebtheiten in Streit und gegenseitiger Verletzung enden. Jedesmal machte sie die Liebe zum Krieg, aus dem sie stets als die Geschwächte und Unterlegene hervorging. Und die Frage, die ihr damals beim Gewitter über der Heide das Herz zerrissen hatte, quälte sie immer wieder neu: „Liebt er mich? Hat er mich geliebt, auch nur für einen Augenblick?“ Doch auch jetzt noch verschlang stets der Oger die Antwort.

Sie sah herrliche Dinge, kam durch wundervolle Landschaften und traf bisweilen auf außergewöhnliche Menschen. Doch weit häufiger bekam sie Häßliches und Abstoßendes zu sehen, die meiste Zeit lungerte sie in den verkommenen Vierteln angeblich reizvoller Großstädte herum, und ihr täglicher Umgang waren Menschen mit verkrüppelter Seele und widerwärtigem Charakter. Ihr Vater hatte das halbe Leben damit zugebracht, die Welt auf Distanz einzufangen; sie hingegen lehnte Umschweife ab, sie wollte der Welt direkt begegnen und sie mit bloßen Händen greifen. Ihre Hände waren leer, als sie zurückkam, und ihre Illusionen verbrannt.

Nach Frankreich zurückgekehrt, erfuhr sie mit siebenmonatiger Verspätung, daß ihr Vater gestorben war. Da sie nirgends erreichbar war, hatte ihre Mutter sie nicht benachrichtigen können.

Der kopflosen Flucht durch fremde Länder und Städte überdrüssig, nahm Lucie in Paris wieder ein Zimmer. Der Tod des Vaters belastete sie mit einem neuem Gewicht, der Melancholie. Daß sie ihren Vater nicht mehr hatte sehen können, quälte sie und riß alte Wunden auf. Sie dachte oft an ihn, es schien ihr, als begänne sie ihn endlich zu verstehen, als könne sie die Einsamkeit und Bitternis ermessen, die das lebenslange Los dieses Mannes gewesen waren.

Jetzt, wo es unwiderruflich zu spät war, empfand sie tiefes Mitleid mit diesem schweigsamen, sanften Mann, der so schamhaft sein Unglück verbarg. Und durch den Schock dieses späten Mitleids wurde sie ernsthafter. Sie beschloß, wieder zu studieren und dabei wirklich zu arbeiten. Sie machte das Lehramtsexamen für Kunstgeschichte und erhielt zunächst in Douai, dann in Reims und schließlich in Meudon eine Anstellung. So machte sie wieder Bekanntschaft mit dem Leben in der Provinz, das sie allerdings immer noch heftig abstieß. Sie bewarb sich für eine Stelle im Ausland; sie wollte wieder fort, doch diesmal nicht mehr als Gammlerin, sondern mit einem Vertrag in der Tasche. Sie war älter geworden und bereitete ihre Flucht vor. An der Universität Berlin erhielt sie eine Assistentinnenstelle.

Zwei Monate vor ihrer Abreise nach Deutschland erkrankte ihre Mutter. Der Befund lautete auf Krebs. Obwohl sich Lucie gegenüber Aloïse, mit der sie sich nie verstanden hatte, wenig verpflichtet fühlte, zögerte sie nun doch, ins Ausland zu gehen. Sie war noch so erschüttert, beim Tod des Vaters gefehlt zu haben, daß sie nicht wieder in weiter Ferne sein wollte, wenn bei ihrer Mutter das Ende nahte. So belastet ihre Beziehung zu dieser distanzierten Frau auch war, die ihr immer den Bruder vorgezogen und sie in ihrer Kindheit nicht vor dem blonden Oger zu schützen vermochte hatte, ihre Verbitterung wog nicht schwer genug, um den Ausschlag für die Flucht zu geben. Irgend etwas hielt sie zurück. Schließlich verzichtete sie auf Berlin und bat um eine Anstellung in Frankreich. Das Mitgefühl, das sie für den verstorbenen Vater empfunden hatte, übertrug sich auf die kranke Mutter.

Aloïse wurde operiert. Man entfernte ihr eine Brust. Der Krebs wucherte weiter. Man nahm ihr auch die andere Brust ab. Die wiederholte Verstümmelung des Körpers ihrer Mutter hatte Rückwirkungen auch auf Lucie; je weiter bei Aloïse der Verfall fortschritt, desto mehr starben in ihr die zählebigen Gefühle der Verbitterung ab, die sie dieser Frau gegenüber hegte. Das Mitleid fraß sich tiefer und tiefer, es öffnete sonderbare Schlünde, in denen es wimmelte von uralten Vorwürfen und Haßgefühlen, von abgestandener Wut und unterdrückten Zornesausbrüchen. Und ganz auf dem Grund dieser Schlünde begann das klare Wasser der Vergebung einzusickern. Dieses Wasser stieg an und erfaßte nach und nach all jene, die sie irgendwann verletzt, enttäuscht oder verraten hatten. Lucie freilich wußte noch nichts von diesem reinigenden Quell; sie tastete sich ungeschickt und unentschlossen durch das Halbdunkel eines Mitgefühls, das sich nicht zu erkennen geben konnte.

Lucie ersuchte abermals um Versetzung. Nicht ans Ende der Welt, auch nicht in eine europäische Metropole, sondern in eine kleine Provinzstadt. So kam sie nach Le Blanc, ans Gymnasium, an dem ihr Vater einst Mathematik unterrichtet hatte. Ihre Mutter lag im Krankenhaus der Stadt. Lucie besuchte sie täglich in ihrem kleinen weißen Zimmer mit den hellgrün und malvenrot gestreiften Vorhängen. Aloïse sprach fast nichts, sie war immer abwesender, lag nur noch reglos und zerbrechlich in ihrem Bett. Manchmal heftete sie einen erstaunten Blick auf ihre Tochter. Ein Blick, der durch Lucie hindurchging, durch die Gegenwart hindurch, um immer weiter in die Vergangenheit zurückzukehren, bis hin zur Quelle. Als das Ende nahte, veranlaßte Lucie, daß die Mutter nach Hause gebracht wurde. Sie bat um Dienstbefreiung und ließ sich beurlauben.

So zog Lucie wieder im Haus an der Rue de la Grange-aux-Larmes ein. Ihre Mutter starb an einem Frühlingsmorgen. Ein rosafarbenes Licht erfüllte das Zimmer. Aloïse wurde im Familiengrab auf dem kleinen Dorffriedhof beigesetzt, neben Ferdinand und Hyacinthe. In der Erde, in der ihr Sohn sie erwartete. Lucie war allein.

*

Es war alles vollzogen. Was Lucie getan hatte, war nicht Pflichterfüllung gewesen, sondern etwas, das unendlich viel schwieriger und vor allem viel geheimnisvoller war. Sie hatte vergeben.

Sie hätte weggehen, das leere Haus für immer schließen, es verkaufen können. Sie war frei, wegzuziehen, anderswo zu arbeiten und wieder in größeren Städten zu wohnen. Sie hätte es auch tun sollen, sie hätte der zerstörten Kindheit ein für allemal den Rücken kehren und sie den Sümpfen überantworten sollen. Doch irgend etwas hielt sie zurück. Sie konnte nicht sagen, was es war. Das Haus war leer, gewiß, aber es war nicht stumm. Es war umgeben von einem undeutlichen Raunen, und wenn man genau hinhörte, erwies sich das Raunen als Gesang. Es war das Lied der Erde, das Lied der Moore, des Windes und der Wälder. Und alle diese Stimmen waren Lucie vertraut geblieben. Sie war vor ihnen geflohen, sie hatte ihnen lange Zeit den hektischen Lärm der Städte vorgezogen, doch nun ließ dieses leise Raunen ihr Herz aufhorchen. Einige dieser Stimmen der Erde und der Moore konnte sie nicht vernehmen, ohne tief gerührt zu sein, die Glockentonpsalmodie der Kröten zum Beispiel. Denn in ihnen vereinigte sich in sonderbarer Weise das, was zu sein aufgehört hatte, mit dem, was noch nicht war, sich aber ankündigte.

Lucie blieb, ohne sich weiter Rechenschaft darüber zu geben, sie konnte sich einfach nicht mehr lösen, sie mußte immerfort den Stimmen der Erde zuhören. Dem Schweigen der Toten, und jenseits davon, einem anderen Schweigen.

Inzwischen ist das Haus, das sie einst so haßte, zu ihrem Heim geworden. Am Gymnasium hat sie nur noch einen halben Lehrauftrag. Die Bäume und Blumen füllen ihre Tage aus, sie widmet ihnen fast die gesamte Freizeit. Den früheren Gemüsegarten hat sie mit Obstbäumen bepflanzt. Von der großen Glasfront, die sie statt der Wohnzimmerfenster einsetzen ließ, geht der Blick nun auf Apfel-, Kirsch- und Pflaumenbäume. Das Wohnzimmer selbst ist größer geworden; die Trennwand zu Ferdinands ehemaligem Zimmer wurde eingerissen, das Nebenzimmer existiert nicht mehr. Es ist alles ein einziger, großer Raum geworden, der vom Morgenlicht durchflutet wird. Rosa, weiß und purpurviolett scheinen im Frühjahr die Obstbäume herein, auf denen sich im Sommer diebische Vögel ein lärmendes Stelldichein geben.

Lucie hat das Haus gänzlich umgestaltet. Der einzige Raum, den sie nicht angerührt hat, ist die kleine Dachkammer ihres Vaters. Dort ist alles noch so, wie es war. Auch die Antenne ragt noch neben dem inzwischen vollends verkümmerten Haselnußstrauch in den Himmel. Die große Antenne, die die Welt einfing, steht nun nutzlos herum.

In der Gegend sind andere Antennen aus dem Boden geschossen, riesige, rot und weiß gestrichene Masten; nachts werfen sie mit ihren langen roten Lichtbündeln ein Streifenmuster an den Himmel. Diese Antennen senden Botschaften in eine Ferne, die noch geheimnisvoller ist als jene, mit der Hyacinthe verkehrte.

Es ist eine eisige Ferne, die sich jeder Poesie verschließt. Die Botschaften gehen an Atom-U-Boote, die unter dem Packeis kreuzen. Atomstimme, Stimme des mörderischen Jahrhunderts.

Die Antennen werden von Leuten bedient, die sich ungewohnt ausnehmen hier im Sumpfland, nämlich Matrosen. Nachts sieht Lucie die von den Masten ausgesandten Lichtstrahlen; sie huschen über die Moore und scheinen den Himmel in Streifen zerschneiden zu wollen. Sie zerschneiden wirklich etwas, sie schneiden die Erde von den Sternen ab, deren Funkeln nur noch trübe und verschleiert ihre aufsässige, häßliche Helligkeit durchdringt.

Die Stimme des Vaters ist verstummt. Diese sanfte, melodiöse Stimme, die am anderen Ende der Welt ein Echo erbettelte, um die Stummheit der Seinen ertragen können, ist vom eisigen Ton des Jahrhunderts abgelöst worden.

Doch in Lucies Erinnerung klingt sie leise und zerbrechlich fort. Die Stimme der Ferne findet endlich das Echo, um das sie lange vergeblich gefleht hat. Sie erhält eine Antwort in der Form von Zärtlichkeit und Mitgefühl.

Von ihrer Mutter hat Lucie nur die hauchende Stimme der letzten Tage in Erinnerung. Ihr entkräftetes Seufzen umrankt unmerklich die verklärte Stimme des Vaters. Hyacinthe und Aloïse, vom Tod geeint, versöhnen sich in der späten Liebe ihrer verlorenen Tochter.

Von Ferdinands Stimme hingegen bleibt nichts. Lucie hat die Stimme des Ogers aus ihrem Gedächtnis verbannt. Nach dreißig Jahren des Umherirrens und Leidens hat sie dem Bruder verziehen, was er ihr angetan hat. Das ist genug. Es wäre zuviel verlangt, sich auch seine Stimme wieder ins Gedächtnis rufen. Eine andere Erinnerung würde es ihr übrigens verbieten, die an Anne-Lises Lachen nämlich, und die an die wehmütige

Weise, die Pauline Limbourg auf ihrer Flöte spielte. Lucie kann das Böse vergeben, das ihr selbst angetan wurde, doch sie spricht sich weder das Recht noch die Macht zu, Vergebung für Verbrechen zu gewähren, die an anderen verübt wurden. Die Vergebung im Namen der beiden ermordeten Mädchen gehört einem Geheimnis an, zu dem sie keinen Zugang hat. Lucie hat Frieden geschlossen mit den Ihrigen, mit ihren Toten und mit sich selbst, doch es liegt noch ein Schatten auf diesem Frieden. Er ist nicht die vollständige Versöhnung; das mißhandelte Kind, das sie war, geht noch neben der erwachsenen Frau einher, ein Rest von Verbitterung begleitet sie wie ein Schatten.

Seit ihrer Kindheit herrscht eine riesige Leere in ihr. Diese Leere hat endlich aufgehört, ihr den Verstand zu rauben, sie treibt sie nicht mehr zu Wutanfällen und Ausbruchsversuchen. Sie ist neutral geworden. Doch das genügt nicht, um zur Freude zu gelangen.

Denn das ist es, worauf Lucie wartet, selbst wenn es ihr nicht deutlich bewußt ist. Und das war es auch, was sie, eigentlich wider alle Vernunft, in der Rue de la Grange-aux-Larmes bleiben ließ – sie hoffte, daß ihr die Freude geschenkt würde. Daß sie am selben Ort, an dem sie ihrer beraubt wurde, die Freude wiederfände.

Nicht jene hemmungslos zynische Schadenfreude, die sie überkam, als der Oger stürzte, auch nicht das Hochgefühl des kriegerischen Triumphes, das sie verzweifelt herbeiwünschte an jenem fernen Gewitterabend, und ebenfalls nicht der blinde Taumel voller Unrast, dem sie lange und vergeblich auf ihren Irrfahrten und bei ihren Eintagesliebschaften nachjagte. Lucie hat endlich verstanden, daß man seiner Vergangenheit nicht entkommt, indem man sie verleugnet oder verdrängt. Sie ist vorbei, die Zeit, in der sie auf Friedhöfen herumstrich, magisch mit den Tieren des Moors paktierte, in den Spiegeln nach dem Blick des Todes fahndete und apokalyptische Reiter aus den Schneisen des Himmels beschwor. Der über die Heide brausende Gewittersturm hatte ihr den Medusenblick weggerissen, und im Laufe der Jahre, vor allem durch die Trauer um die Eltern, sind ihre Augen sanfter geworden. Sie sind nicht mehr so weit aufgerissen, sie gemahnen nicht mehr an ein wutschnaubendes Idol – oder an eine sich härmende Orante, die auf einer versinkenden Welt nach einem wildwütigen Gott Ausschau hält.

Die Freude, auf die Lucie nun wartet, ist anders, sie ist leicht. Leicht wie das Säuseln des Windes im Haselnußstrauch, leicht und sanft wie das Blöken der Lämmchen auf der Weide, leicht wie die Nebelschwaden, die in die Morgenröte entschwinden.

Eine von Zorn und jeglicher Gewalt geläuterte Freude, die von anderswo kommen würde, und auf andere Weise. Ein Friede, der wie im Fresko von Taddeo Gaddi plötzlich als Licht herabfiele und das Halbdunkel erleuchtete, in dem sie noch schlummert, ein Friede, der gleichzeitig wie Melchiors Gesang der Erde entsteigen würde.

Alles ist vollzogen, und doch ist längst noch nicht alles vollbracht.

Lucie wartet auf die Freude.

*

Es sind nun schon sieben Jahre, daß Lucie wieder in der Rue de la Grange-aux-Larmes wohnt. Sieben Jahre, daß sie in der Abgeschiedenheit zwischen Büchern und Bäumen, zwischen Heiden und Moorseen lebt. Sie zeichnet wieder, und sie hat begonnen zu schnitzen. Sieben Jahre sind es auch schon, daß sie mit Louis-Félix wieder Kontakt hat. Es ist eine neue Freundschaft entstanden. Sie sehen sich nicht oft, Louis-Félix kommt nur zwei- oder dreimal im Jahr, um seine verwitwete Mutter zu besuchen. Im Sommer bleibt er länger, er kommt dann mit seiner Frau Judith und seinen beiden Söhnen Mat und Andrew.

Lucie spricht viel mit Louis-Félix, sie interessiert sich für seine Arbeit und seine Forschungen. Doch sie hat ihm nie gestanden, weshalb sie ihn damals so niederträchtig behandelte. Nur einmal sagte sie beiläufig: „Ich war sehr unglücklich." Ihr Freund hat auch nie eine Erklärung verlangt; er fragt nur bei seinen Planeten und Fixsternen nach dem Warum, seine ganze Neugier wird vom Himmel beansprucht. Seinen Mitmenschen gegenüber ist er sehr zurückhaltend und taktvoll. Die etwas schrullige Art seiner Kindheit hat er nicht ganz abgelegt; er hüpft nicht mehr, dafür zuckt er nun ständig wie verwundert die Schultern.

Lucie hat ihn und seine Familie schon mehrmals in Amerika besucht. Doch sie verliert zusehends die Lust aufs Reisen. „Paß auf", sagt Judith, „du wirst noch wie meine Schwiegermutter. Weil sie überhaupt nicht mehr reisen will, ist sie am Stuhl festgewachsen. Eine richtige Stubenhockerin!"

Es stimmt, Madeleine Ancelot ist eine zutiefst häusliche Seele. Je älter sie wird, desto mehr scheut sie den Ortswechsel. Sie verläßt kaum noch das Haus an der Rue des Oiseleurs. Als Vorwand führt sie ihre Katzen und Blumen, ihr hohes Alter und ihr Rheuma an. Doch der wahre Grund liegt woanders. Lucie besucht sie oft, Madeleine Ancelot und sie sind Nachbarinnen.

Die alte Dame verbringt ihre Tage am Fenster, das zum Garten hinausgeht. Doch was erst resignierte Untätigkeit war, ist zur Kontemplation geworden. „Stellen Sie sich vor", gestand sie Lucie einmal, „ich mußte sechzig werden und meinen Mann verlieren, um endlich zu begreifen, was sehen heißt, und mir gleichzeitig bewußt zu werden, wie wenig ich vorher auf das aufmerksam gewesen bin, was meine Augen sahen. Nach Pierres Tod habe ich mich so unendlich gelangweilt in meinem leeren Haus! Ich bin stundenlang einfach dagesessen, an allem hatte ich den Geschmack verloren. Für wen sollte ich kochen, die Wohnung aufräumen, mit wem mich unterhalten? Dann habe ich angefangen zu schauen, einfach zum Fenster hinauszuschauen. Ich habe den Himmel gesehen. Oh, natürlich nicht so, wie mein Sohn ihn sieht! Er sieht ihn mit den Augen des Wissenschaftlers. Aber ich ... wie soll ich sagen ... ich sehe ihn mit den Augen ... mit den Augen einer Witwe. Ja, das ist es. Mit den Augen einer Witwe. Ich habe so viel geweint nach Pierres Tod, irgendwann haben die Tränen aufgehört, aber der Schmerz ist derselbe geblieben. Ich habe nicht mehr gewußt, wo ich hinschauen soll im Haus, jedes Möbel, der kleinste Gegenstand hat mich an Pierre erinnert, und das hat weh getan. Aber der Himmel, der Raum des Himmels, der hat nicht weh getan. Er war mit keinen Problemen und keiner Vergangenheit behaftet. Er war gewaltig, und er war einfach da, immer da, und doch immer in Bewegung. Er war vertraut und gleichzeitig geheimnisvoll, und schön. Ich habe mich besser gefühlt, wenn ich den Himmel betrachtete. Besonders, wenn Wolken da waren.

Man sagt: Der Himmel ist blau, der Himmel ist grau, er ist dies und das. Aber damit sagt man sehr wenig. Es gibt so viele Zwischentöne in diesem Blau und Grau, in all diesen Rot-, Purpur-, Gelb- und Weißtönen, und im Schwarz der Nacht erst! Schwarztöne gibt es unzählige! Ich könnte auch gar nicht die richtigen Wörter finden, um alle diese Farbtöne zu bezeichnen. Ich sehe mehr, als ich erklären und beschreiben kann. Und ich habe auch nicht Ihr Mal- und Zeichentalent. Deshalb schaue ich ganz einfach. Ich schaue, so aufmerksam ich nur schauen kann, und irgendwann vereinigt sich mein Schauen mit dem Gesehenen ... Meine Augen werden eins mit dem Himmel, dem Licht, den Wolken ... Und ich werde selbst fast eine Wolke! Ich meine damit, daß ich das Gefühl habe, davongetragen zu werden vom Gewoge der Wolken, mich aufzulösen im Licht, im Nebel. Ich bin der Regen, der Wind ... Und dann leide ich nicht mehr, dann vergesse ich meinen Kummer, meine Einsamkeit, und beim Gedanken an Pierre wird mir ganz leicht ... Verstehen Sie?

Ja, so verbringe ich meine Zeit, und darum verbringe ich sie so. Darum habe ich auch nicht den geringsten Wunsch, zu reisen und herumzufahren. Die Weite ist hier, hinter meinem Fenster. Ich brauche nur ein wenig den Kopf zu heben ... was soll ich noch wegfahren? Je weniger ich herumfahre, desto mehr reise ich ..."

Madeleine Ancelot geht auf Reisen, ohne ihren Stuhl am Fenster zu verlassen; sie fährt nicht in der Welt herum, sie bereist den Himmel. Sie fliegt auf und davon, getragen allein von der Kraft ihres Blicks. Ein Stück Himmel genügt ihr, eine einfache Wolke ist ihr Sehenswürdigkeit genug. Sie erwartet keine Wunder, sie träumt nicht von einer Feuerwolke mit einem strahlenden Engelsgesicht darin, nicht einmal von einer grandiosen Sonnenfinsternis. Für sie ist jeder Nebel ein Wunder, der leiseste Wind ein Trost, das geringste Leuchten ein Glückserlebnis. Sie besitzt die Bescheidenheit der Armen und die unendliche Geduld von Menschen, die auf nichts mehr warten, außer daß sie selbst ins Geheimnis des Todes eintreten.

Die Nachbarschaft mit Madeleine Ancelot hat Lucie in ihrem Bemühen unterstützt, selbst allmählich zur Ruhe zu finden. Die Bescheidenheit dieser Frau, ihre außerordentliche Aufmerksamkeit für die Bewegungen und Farben des Himmels ließen sie ihre Vergangenheit und ihre Erinnerungen in einem neuen Licht sehen.

Bis vor wenigen Jahren ist ihr Leben mehr oder weniger untergründig von Panik und Wut gezeichnet gewesen. Das Herz voller Unrast und den Blick voller Gier, ist sie durch die Welt gehetzt. Sie hat unzählige Länder, Hunderte von Städten und Tausende von Menschen kennengelernt. Aber hat sie auch nur ein einziges Mal so vollkommen aufmerksam geschaut wie Madeleine Ancelot? Lucie bezweifelt es. Was hat sie denn wirklich gesehen? Hastig herausgerissene Fetzen des Sichtbaren, ohne Sinn und Verstand verschlungene Wunder an Schönheit. Und was bleibt ihr davon? Ein Kaleidoskop von Bildern ohne Zusammenhang und innere Ordnung. Scherben von Bildern, die oftmals ins Fleisch schneiden.

Lucie spürte, daß sie das Sehen neu lernen mußte, daß sie lernen mußte, etwas anzuschauen. Nicht nur den Himmel, sondern auch die Bäume, die Feldwege, die Schatten auf den Mauern und auf den Dingen, die Gesichter. Die Gesichter vor allem.

Sie mußte auch lernen, zu hören, die Zwischentöne der Stimmen, des Schweigens und des Atems wahrzunehmen. Sie mußte lernen, behutsam auf die Welt zuzugehen, sie mit den Fingerspitzen zu berühren, um die darin verborgene Sanftheit zu ertasten. Sie mußte lernen, Geduld zu haben.

Geduld jeden Tag, und jeden Tag mehr. Geduld, um langsam das Chaos quälender Erinnerungen und tief im Bauch sitzender Schrecken zu entwirren. Geduld, um aus ihrem unzählige Male verletzten und von Haß- und Rachegefühlen noch nicht freien Herzen das zarte Lächeln der Vergebung sprießen zu lassen.

Geduld, um aus sich selbst herauszukommen – heraus aus dieser Wüste, wo die Liebe ein Nomadendasein führt, wo tausendfache Scham, Angst und Qual alles versengt und nur ab und zu flüchtige Trugbilder aufscheinen, die, wenn sie wieder erlöschen, den Durst und die Wunden nur um so grausamer brennen und die Wut aufheulen lassen. Unendliche und fast unmenschliche Geduld, um ein Leben mit sich selbst, ohne Waffen, zu bejahen; um zu bejahen, daß sie nur sie selbst ist – eine vom Wind der Gnade abgeschliffene Wüste.

*

Lucie legt die Karte von Louis-Félix auf den Tisch, sie blickt auf. Durch die Fensterfront sieht sie den in voller

Blüte stehenden Obstgarten. Der Tag geht zur Neige, das mildere Licht nuanciert die Farben der Blumen, unmerklich neigen sich die Zweige unter dem Gewicht der in Blüten und Blätter eindringenden Schatten. In der kühleren Luft wird das Vogelgezwitscher lebhafter, dichter.

Lucie steht auf und geht hinaus. Sie gießt im Garten die Blumen, dann setzt sie sich auf die Stufen der Außentreppe und raucht eine Zigarette. Auf der Straße radelt fröhlich pfeifend ein Kind vorbei. Auf dem Gepäckträger hat es eine Kiste befestigt, aus der, die Nase im Wind und die Ohren aufgestellt, ein junger Hund mit weißem Zottelfell herausschaut. Es gibt weniger Kinder im Dorf als früher. Viele Bewohner sind weggezogen; die Böden sind undankbar, das Leben ist träge, unglaublich träge und eintönig in diesem Sumpfgebiet. Geblieben sind hauptsächlich Alte. Und Vögel.

Die Vögel sind hier den Menschen gegenüber weit in der Überzahl. Sie nisten im Schilf, auf Flößen aus Gras und Reisig, auf schwimmenden Wasserpflanzen. Die Häuser der Menschen verwaisen eines nach dem anderen, die Gärten verwildern. Von den Wölfen, die einst die Wälder unsicher machten, ist nicht einmal ein Schatten geblieben; die Feen und Kobolde, die guten und bösen Geister in Heide und Röhricht, sie schlafen alle. Es braucht keine Blitze mehr, um Feen mit zartem Gemüt zu vertreiben, das besorgen jetzt die rotierenden Scheinwerfer der Riesenantennen. Doch die im Land gebliebenen alten Männer und Frauen wissen, daß diese vagabundierenden Geister unversehens wieder aufwachen können – und daß man sie vor allem nicht leichtfertig rufen darf.

Auch Lucie weiß dies jetzt; sie hat gelernt, daß man nicht unbedacht den bösen Zauber der Erinnerungen entfesseln darf. Sie weiß auch, daß man sich nicht mit Gewalt und Zorn gegen den Schatten der Vergangenheit wenden darf, weil man sich nur an ihm verletzt.

Er sträubt sich, er wird zäher und belastender, er wird zum Feind. Lucie hat begriffen, daß man die Stimmen, Gesichter, Gesten und Schritte der Entschwundenen zu ihrer Zeit kommen und zu ihrer Zeit gehen lassen muß. Sie hat gelernt, geduldig zu sein.

Die Sonne ist untergegangen, es bleibt nur noch ein flach einfallendes Licht, der Himmel ist von einem dunklen, kalten Blau. Das Vogelgezwitscher löst sich in einzelne, zaghaft werdende Stimmen auf. Die Blumenkelche schließen sich. Der kleine weiße Hund kommt die Straße heraufgerannt, tief auf den Lenker gebeugt strampelt der Junge hinter ihm her. Er klingelt, der Hund bleibt stehen, dreht sich um, bellt kurz und saust mit wehendem Schwanz wieder davon. Lucie erhebt sich von den Steinstufen, sie kehrt ins Haus zurück, geht zur Wohnzimmertür und öffnet sie. Doch als sie das Licht anschalten will, zögert ihre Hand.

Auf dem Tisch liegt die Postkarte, ein weißer Fleck auf der dunklen Holzplatte. Alle Dinge rundherum scheinen sich zurückgezogen, im Halbdunkel des Zimmers aufgelöst zu haben, um diesem einen Bild Platz zu machen, um es mitten ins Blickfeld zu setzen. Lucie geht zum Tisch, sie sieht nur noch diesen hellen Fleck. Sie beugt sich über das Bild. Und ihre Kindheit beugt sich mit ihr.

Lucie Daubigné, die bald Vierzigjährige, und Lucie, das kleine Mädchen, betrachten beide dasselbe Bild, und ihr beider Blick hellt sich langsam, langsam auf im strohgelben Schein, der von diesem Abhang mit den Palmen, den Hirten und den Schafen aufsteigt.

Ein tiefer Friede geht vom Bild aus und tröstet das Kind, das so lange im Schatten der Frau verharrt hat. Freude, leicht und hauchzart, erklingt in diesem Bild und erlöst die Frau von dem kleinen Mädchen, das ihr Halbschatten und ihre Fessel war. Ein unendlich sanfter

Friede entfaltet sich in Lucies Herz, er geht auf wie die Blüte der gelben Schwertlilie im Moor. Denn dieses Bild hat lange wie ein Saatkorn in ihrem Herzen gelegen, im Dunkel und im Schweigen ist es aufgekeimt; sein Erblühen ist wunderbar und natürlich zugleich. Es ist das Erblühen langer Geduld.

Eine zweite Kindheit ist in Lucie geboren. Eine Kindheit mit Augen, die nicht mehr von verhaltenen Tränen verbrannt sind, sondern überfließen wie nach einem beseligenden Traum. Eine Kindheit mit Augen, die nicht mehr an Schreckensbilder oder halluzinierte Oranten gemahnen, sondern übergehen von Liebe, von lauterster Liebe.

Eine neue Kindheit, die schon nach ihr ruft und die, weit davon entfernt, sie nach rückwärts zu zerren oder ihren Weg nach vorn zu behindern, sie einlädt, hinter ihr Alter zurückzugehen.

Dort, dort, und doch mitten im Hier und Jetzt, leuchtet milde das allerherrlichste Dort. Dort, hier – aus dem goldgelben Stroh leuchtet eine neugeborene Kindheit hervor. Sie will umsorgt sein. Lucie gewährt ihr Herberge in ihrem Blick.

In ihrem Blick, der noch immer die Farbe der Nacht hat. Doch fortan der Heiligen Nacht.

Steh auf, nimm das Kindlein und seine Mutter mit dir und zieh hin...

Matth. 2, 20

Inhalt

Geduld

AtV

Band 1020

Sylvie Germain
Tage des Zorns
Roman

272 Seiten
16,80 DM
ISBN 3-7466-1020-6

Wer wagt es noch, oder wieder, so zu erzählen? In traumhaft schönen, schrecklichen Bildern beschreibt die Autorin des „Buches der Nächte“ hier die Geschichte einer wahnwitzigen Liebe eines Mannes zu einer ihm unbekannten ermordeten Frau, deren Abbild er drei Jahrzehnte später in ihrer Enkeltochter wiedererstehen sieht.

AtV

Band 1050

Alexandre Dumas
Die Bartholomäusnacht

»La Reine Margot«

Roman

Aus dem Französischen von Christine Hoeppener

Mit 16 Szenenfotos aus dem gleichnamigen Film von Patrice Chéreau, der in Deutschland unter dem Verleihtitel »Die Bartholomäusnacht« im September 1994 Premiere hatte

721 Seiten
19,90 DM
ISBN 3-7466-1050-8

Zu den Hochzeitsfeierlichkeiten ihres jungen Königs Henri de Navarre mit der 19jährigen Marguerite de Valois sind Protestanten aus ganz Frankreich nach Paris, in die Machtmetropole der Katholiken, geströmt. Das Fest wird für sie zur Falle: in der Nacht zum 24. August 1572, der »Bartholomäusnacht«, werden in den düsteren Gängen des Louvre und in den Straßen der Stadt Tausende von ihnen niedergemetzelt. Die schöne, leichtlebige Marguerite, vom Volk Margot genannt, gerät in den Strudel dieser Auseinandersetzungen, in den Konflikt zwischen Macht und Liebe, mörderischer Staatsräson und tiefer Leidenschaft.